司方维／著

认同与解构
台湾外省第二代女作家研究

中国社会科学出版社

图书在版编目(CIP)数据

认同与解构：台湾外省第二代女作家研究 / 司方维著 . —北京：中国社会科学出版社，2017.8

ISBN 978 - 7 - 5203 - 0398 - 9

Ⅰ. ①认… Ⅱ. ①司… Ⅲ. ①女作家—文学作品研究—台湾—现代 ②女作家—人物研究—台湾—现代 Ⅳ. ①I206.7②K825.6

中国版本图书馆 CIP 数据核字(2017)第 109825 号

出 版 人	赵剑英
责任编辑	慈明亮
责任校对	韩海超
责任印制	戴 宽

出　　版	中国社会科学出版社
社　　址	北京鼓楼西大街甲 158 号
邮　　编	100720
网　　址	http://www.csspw.cn
发 行 部	010 - 84083685
门 市 部	010 - 84029450
经　　销	新华书店及其他书店
印　　刷	北京明恒达印务有限公司
装　　订	廊坊市广阳区广增装订厂
版　　次	2017 年 8 月第 1 版
印　　次	2017 年 8 月第 1 次印刷
开　　本	710×1000　1/16
印　　张	15.5
插　　页	2
字　　数	219 千字
定　　价	69.00 元

凡购买中国社会科学出版社图书，如有质量问题请与本社营销中心联系调换
电话：010 - 84083683
版权所有　侵权必究

目　录

序 …………………………………………… 曹惠民(1)

引言 …………………………………………………… (1)

第一章　认同想象：以眷村书写为中心 ……………… (5)
  第一节　眷村在文学中的位移 ………………… (6)
  第二节　认同的多重面向及其流变 …………… (11)
  第三节　乡关何处：认同之危机 ……………… (24)

第二章　身份的建构与解构 …………………………… (43)
  第一节　在地认同 ……………………………… (43)
  第二节　重现历史 ……………………………… (46)
  第三节　祛魅政治 ……………………………… (68)

第三章　都市的多重魅影 ……………………………… (83)
  第一节　都市：身份演练的新场域 …………… (83)
  第二节　都市文明的双重面貌 ………………… (92)
  第三节　绝种的危机 …………………………… (106)

第四章　女性身份的三维书写 ………………………… (118)
  第一节　第二性的泥沼 ………………………… (119)
  第二节　神性的救赎 …………………………… (132)

第三节　人性的关怀 …………………………………（141）

结论 ………………………………………………………（151）

附录一　台北访谈录 ……………………………………（157）

附录二　研究资料要目 …………………………………（192）

主要参考文献 ……………………………………………（232）

后记 ………………………………………………………（237）

序

曹惠民

司方维博士的第一部个人专著《认同与解构——台湾外省第二代女作家研究》即将由中国社会科学出版社出版，可喜可贺！这是在她的博士论文基础上经数年的修改充实而成的。看着方维发来的著作电子文档，自她最初介入台湾文学研究时起，十多年来的历历往事一一浮现在眼前……

2005年，方维从她的老家山东考入苏州大学文学院攻读现当代文学的硕士学位，在确定专业方向时，她选择了台湾文学，于是我成了她的研究生导师。初识之下，她给人的印象是安静娴雅，相处日久，就会发现在她娴静的外表下，内蕴的却是执着与认真，她分明有着自己的追求与坚守。读硕期间，她阅读了大量台、港、海外华文文学作品和相关的中外理论书籍，奠定了坚实的专业基础。她是一个不仅舍得用功读书的人，还很善于思考与专业研究、教学有关的一些问题。他们那届硕士进校的第二年，我基于几年的思考和准备，决定开设一门新课程——《中国现代文学研究基础》，试图就研究生教学与培养摸索点新路径，对纠正研究生教学的本科化倾向、建构师生"互动"的教学新模式、撰写论文要加强对资料搜集的重视、要谨守学术规范、研究方法要多元以及学术研究要建立国际视野等都有一些思考与实践，课程最后还举办了模拟学术研讨会……此课结束之际，她对我做了个访谈，以师生对话、互动的形式，就这一课程的实践情况进行及时总结反思。她根据此次访谈录音整理出的文章《在"互动"中提升——导师与研究生的对话》，刊发于 2006 年底的《苏州大学报》，引发了较多关注，对全校研究生教学与培养产生了相当好的影响。

读硕期间方维还发表了多篇论文，科研能力得以明显提升。硕士学位论文做的是《台湾乡土文学意象论》。在阅读了大量台湾乡土文学作品后，她抓住了"意象"这个中心作为切入点，从审美的角度对台湾乡土文学展开了较为全面综合的考察与分析。论文择取牛车、火车、番薯、甘蔗、秤、枷、鲁冰花、"压不扁的玫瑰花"等物象，来深探台湾乡土文学作品所蕴蓄的文化、历史、心理、民俗等丰富内涵，从而对象繁意深的台湾乡土文学做出了新的解读，为乡土文学的研究拓展了新的思路，赢得了校内外评审专家的一致好评。

硕士毕业在即，她却向我表达了报考我博士的意愿，多少有点让我意外，因为在此前的接触中，她从未流露过这方面的想法，我自然也不会主动动员她考博（我历来的原则、习惯都是不主动招徕博士生源，而是守株待兔式地等人上门，鄙意以为这类决定事关重大，往往牵涉个人的多方面考虑，不宜由导师给予主导性意见）。考试结束，她的专业成绩在来自全国的近 20 名考生中拔得头筹，加之又有一定的科研成果，综合优势明显，成为我招收的第十届博士，也是我指导的最后一个博士。攻博三年，她在前三年研读台、港、海外华文文学作品的基础上，进一步扩大阅读面，同时深化由阅读而生的思考，视野更为开阔，问题意识更为强化，独立科研的能力进一步加强，而研究的方向仍然锁定在台湾文学，正应了马克思的一句名言——"目标始终如一"。

2010 年 3 月，首次以"海外华文文学与诗学"为主题的"全国博士生论坛"在广州举行。该论坛由教育部学位管理与研究生教育司、国务院学位委员会办公室主办。全国共有 100 多篇论文应征，来自 18 个省、市、自治区 40 多所高校研究生院（包括中国社科院及十多所"985"高校）和台、港、澳几所名校的 60 多位博士生、博士、博士后出席了论坛。方维从他们中间脱颖而出，被安排为大会报告人和分会场主持人之一。经专家盲审，她提交的论文被论坛学术委员会终评委评为9篇获奖的优秀论文之一。接着还参加了有十多个国家和地区百余位学者出席的"华文传媒与海外华文文学国际学术研讨会",这都使她增广了见识,也给了她很大的激励。

在苏大攻读硕博士期间,她多次协助我承办学术会议,接待来苏访问、讲学、交流的台湾、香港与旅居海外的华文作家及外国学者,在不卑不亢的得体应对中,于专业背景的了解上也受益颇多。她还曾自费专程造访国内台湾文学研究的重镇——厦大台湾研究院,看书、找资料、拜访请教著名专家(如刘登翰、朱双一先生等)。又两度应邀赴台,积累了亲身感受的台湾经验:先是以硕士生身份到台湾参加两岸研究生学术研讨会,提交论文作大会发言,后又在撰写博士论文期间到台北访学两个多月,为认真完成博士论文搜集了大量必需的原始资料。她的全情投入和勤奋得到了台湾老师和同学的一致肯定,她曾请益过的吕正惠、廖玉蕙、林于弘、陈信元等著名教授,都十分关注她的访学,给予了多方关照,还送了她不少很有价值的书刊,为她顺利撰写博士学位论文提供了极为宝贵的指点和支持。她的博士论文选题是对外省第二代女作家的整体研究,利用这一难得的"在地"机会,她还访问了苏伟贞、朱天心、平路、袁琼琼四位著名外省第二代女作家,进行了相当充分的交谈(见本书附录)。作家们的口述实际上提供了不少别处无法获得的第一手材料,弥足珍贵,也使她对这一特殊的作家群体有了更多的"理解的同情",为博士论文增色多多。在盲审中,论文获得了参与盲审的全国各地著名专家的高度肯定,答辩时也赢得校内外七位答辩委员的一致赞誉,一无争议地被评为"优秀"。姑苏六年,心无旁骛的她走得虽辛苦却收获丰硕,而老东吴的熏陶,又使她在坚执之外增添了几许灵动,历经磨炼,她正一步步走向成熟。

2010年起,我应邀参与南京大学吴俊教授(长江学者、研究生院副院长)为首席专家的教育部重大项目《中国当代文学批评史》的研究工作,承担台港澳与海外部分,作为项目成果之一,其间筹划《台湾文学研究35年(1979—2013)》一书的撰写。因交稿时间紧迫，计划启动两年之后，我邀请方维加盟合作，其时她已到许昌学院任教，工作繁忙，且又进入南大博士后流动站（联系导师正是吴俊教授），进一步深造的压力也很大，但她毫不犹豫、一口答应，认真完成了她主要执笔的专题篇和学者篇等部分。其间，师生频频"意妙"（EMAIL）往还，切磋琢磨，配合默契，使该著得以在与江苏大学出版社合同商定的三年内（2015年12月）顺利完成并准时出版。此书承蒙我的导师钱谷融先生欣然赐序，先生在序中充分肯定："《台湾文学研究35年》既是台湾文学研究，也是20世纪中国文学研究中一个重要的新创获。"对两位著者扎实的史料搜罗梳理工作尤其予以赞赏，并说"我们的学术研究需要这样的学者"。如今回首，一本书俨然成就了连接三代学人因缘承传的一则佳话，也为我几十年的学术生涯留下了令人难忘的美好记忆。方维也在与我的又一次互动、交集中，不仅对大陆35年来的台湾文学研究历史与现状有了更清晰的把握，而且对未来学术的发展也有了更为自信的前瞻。

　　钱谷融先生最有代表性的观念是"文学是人学"。我的理解，"人学"的一个重要成分就是"学人"——从事文学研究、文学批评的"人"。研究成果固然重要，做研究的人本身的品位、素养、学风、德行，更是不容忽视。面对学界的浮躁、文坛的喧嚣，一个真正敬畏学术、以学术为志业的"人"，必须从容、淡定，必须有所为有所不为。看着方维抱持着如此姿态一路走来的坚实脚印，我为有这样的学生而感到欣慰。

　　故此，我不想太多评介方维这本书本身，读者诸君读后自有客观公允的评断。简言之，《认同与解构——台湾外省第二代女作家研究》是一部论题集中、问题意识凸显、富有创意的扎实之作。它紧紧抓住"外省第二代女作家"这一特殊群体，提出了建基于大量史料梳理和作品细读前提下的个人见解，论述周延，切中肯綮，眷村的社会环境与言说语境，身份认同的多重面向与三维书写，都是颇具学理内涵的切入角度和诠释基点，彰显了论者的独到思维与独特解读。更难得的是，论者的观察与论说常带感情，无论是"理解

序

的同情"或"同情的理解",都能让人感受到她面对充满心灵伤痛和历史创痕的话题,那颗善感之心的真挚剀切。大陆和台湾两岸之间的文化渊源与深层连接,至为重要而研究不足,对此方维的考察和解读有自己的认知,未见得就是定论,但关于外省第二代女作家创作这一文学现象与大陆文脉的连接,其深入的思考具有学术性的探讨价值,其意义不言自明。当然,这一论题扩容乃至深化的空间也还是存在的。我以为,倘若能把外省第二代作家与第一代作家(以朱西宁等为代表)勾连起来作纵向解读,再把她们与同辈的外省籍男作家(如张大春、骆以军等)、本省籍女作家(如李昂、蔡素芬等)的双重关系作横向的比较考辨,进一步加强论述力度,如此拓开视野和格局,必然会有一些新的认知,在深度和广度的结合上对台湾文学的研究将具有深层解读的意义。

在我看来,作为一个"80后"的学术新人,方维的研究在某一个方面正代表了近十年来初涉学界的新一代学人的共同走向。而他们的走向将对以后数十年的相关研究影响至巨,不可小觑。就整体而言,三十多年来的台港文学研究无疑正拓开新局,新一代学人接受过严格规范的学术训练,常就某一个专题进行新的垦拓,正昭告着大陆学院派的台港文学研究体制化的渐趋成形。议题的丰富与具体、方法的多元与适切,构成了新生代研究的醒目特征。无论是史论型、群体型、还是个案型……都进入了他们的视野,覆盖既广,钻探亦深。除了普遍重视原始资料的搜集和文本的解读(甚至细读)而外,他们还能够根据对象的差异,选择适切的研究方法,举凡社会学、心理分析、文化研究、主题研究、形象研究、文本批评、文学地理学、女性主义批评、后殖民批评等,在此一场域都找到了相当契合的用武之地。议题的具体、方法的多元,激活了研究的想象力与穿透力,其突出表现之一,是善于提出自创的论说概念,建构自足的论述框架。与坚实的史料梳理、深入的文本解读与适切的方法相伴生的,是见解的新颖与独到。研究水准的提升、研究局面的拓新,也就显现出新一代学人群体的奋进之势。学科发展的希望寄托在他们身上。但愿新一代学人能以敢于超越前行代学者的心态和开阔的全球化学术视野，继续努力提升自己的学养和识见，从而引领新世纪的学术风潮，走向国际学术界的前沿。

方维还有很长的路要走。值此再出发之际，我想将我衷心尊奉的八个字——"淡泊明志，宁静致远"，赠予又将开启新征程的她。

相信她会喜欢，并一如既往地践行。

2016 年 10 月 28 日于姑苏长岛

引　言

所谓"外省人",主要指1945年后移民到台湾的大陆居民,尤以1949年跟随国民党迁台的军队及其眷属、公务人员及一般民众为大宗,共计约120万人。虽然只占台湾总人口的13%左右,但短期内大量移民的涌入还是极大冲击了台湾的社会环境。本就有先来后到之别,再加上虽然同为中国人,都是移民,但这些过百万的新移民来自天南海北,与已迁台几代落地生根的早期移民相比,地域文化差异明显;尤其是军队及其眷属,因为军队的特殊管理制度,自成一体,与本地人之间没有太多交流。主观上,新移民早期又普遍带着过渡心态暂居,自然而然就与早期移民区隔开来。"外省人"这一概念,本是当时国民党当局用来区隔这些新移民与早期移民的。"外省"是相对于"本省"而言,本只是一个省籍的概念,但因为被日本殖民历史造成的台湾人的亚洲孤儿心态,国民党当局在台政策又确实倾向于外省人,省籍矛盾在集权统治下虽隐而不显,却已埋下隐患。20世纪80年代之后,随着党外势力及民进党的崛起,台湾的政治形势发生变化,不同政治势力为了获取政治资源开始人为撕裂族群,无限放大族群之间的差异,省籍矛盾全面爆发,并异化为政治斗争的工具。"外省人"此时成为一个带有很多负面评价的贬义词,被"本省人"排斥甚至敌视。新世纪以来,尤其是民进党神话终结后,台湾民众多已能客观理智地看待省籍矛盾,省籍身份的政治意味日益淡化。

"外省人"这一概念在不同的历史阶段附着着不同的衍生物,在历史的演进中,既沾染上浓重的政治色彩,同时也是一个复杂的文化群体。外省人在与大陆、台湾不同层面的多重关系中衍生出独特、复杂的面相与气质，他们在政治攻防、社会转型等多重合力拉扯下的艰难身份建构是非常有价值的话题。

现今，外省第一代已日渐凋零，外省第二代也步入中年渐入老年。而随着不同族群间通婚增多及父系概念的淡化而来的族群融合，致使族群分界必将模糊难辨，再加上族群观念的日益淡薄，外省第三代、第四代的淡出已是必然。作为过渡者的第二代，其身份书写与外省第一代作家相比，与同世代的本省作家相比，都有其独特之处，有很大的研究空间。台湾文坛的很多重要作家诸如苏伟贞、朱天文、张大春、朱天心、平路、袁琼琼、骆以军、郝誉翔等，都属于外省第二代。他们作为一个群体，其文学创作已成为台湾文坛不可小觑的成绩。在国民党威权崩溃、"本土论述"兴盛的大环境下，其书写虽具有政治上的意义，但又不限于族群身份所带来的政治意识形态色彩，是以其扎实丰富的文学成就成为文学多元版图中的瑰宝。

当然，外省人"代"的划分，并不能一刀切个干净明白，其中有很多复杂的情况。一般来说，习惯将1945年后赴台的那一代人称为第一代，其子女辈则为第二代。但是这一批赴台的人并不是整齐划一，年纪差距颇大。正值青壮年的一批人处于群体的核心部分，比如朱西宁、姜贵、王蓝、周梦蝶等军中作家，划属外省第一代是没有疑问的。但年老（还有少数祖辈亦跟随赴台）或年少的则处于概念边缘的模糊部分，三者混在一起便有辈分的尴尬。外省人的子辈情况更加错综复杂。在台湾出生的争议最少，婴幼儿时期跟随父亲迁台的也较少争议，因为年纪尚小对老乡生活无记忆或记忆不深，与到台湾后才出生的"弟弟"和"妹妹"相比成长经验差异不大。还有一些复杂情况，比如白先勇是1948年迁居香港，1952年移居台湾，到台湾时虽未成年却已有15岁，与一些军队中的小兵（这些小兵因为只身赴台只能成为"第一代"）年纪相仿，诗人痖弦随军队去台时就只有17岁。白先勇的父亲亦在台湾所以他不能归入第一代，按照辈分只能是外省第二代，但与年纪相差近

20岁的其他第二代相比,在年龄上显然又是两代人。

在台湾出生的第二代,其中也存在一些差异。到台湾时,有的夫妻同去,或者较早结婚,加之台湾当局鼓励,20世纪50年代有一波生育高峰,这些孩子是第二代中的主体组成部分。但也有一些外省第一代一直等到"反攻大陆"无望后才结婚生子,年纪已大,孩子却小,60、70年代出生的都有。虽然同属外省第二代,50年代出生的第二代与60年代及以后出生的第二代,出生成长的环境差异造成了他们之间在价值观念等方面也存在颇多不同,并不宜一概而论。朱天文在《带我去吧,月光》中,借由哥哥之口讲述过他与妹妹的不同,相差八岁的兄妹两人,正是早生与晚生的外省第二代的代表。哥哥佳柏经历过没有冰箱的日子,那时全村就一户人家有冰柜,暑假时三轮车送冰块来,孩子们围着车等冰块卸下抢碎冰碴,如果能抢到一块巴掌大的冰就乐歪了;佳柏当年还以开面店卖卤蛋为人生志愿,因为想让自己豪华地每天吃一个完整卤蛋,而不必等到请客那天,还分不到薄薄的两片。到了佳玮出生,家里条件已经宽裕起来,物质不虞匮乏,所以孩子们被养成"予取予求,手心向上的一代"[①]。物质生活条件的改变,还影响着两代人的处事方式与价值理念。佳柏这代人因为服兵役错过经济起飞,从当人家的部属一路辛苦混上来,他们自觉一切"都是自己打拼来的"。相较于佳柏他们的忍耐打拼,妹妹佳玮这代人却是"算盘珠子拨一下动一下,难做的事,讨厌的事,超出吩咐以外的事,打死也不会主动去做。情绪又来得多,动辄要沟通,沟通"[②]。佳柏带有情绪因素的牢骚话语,并不能完全概括早生者与晚生者各自的复杂情状,却也点出了50年代出生者与60年代出生者一眼即明的差异。同样,在不同环境下成长起来的外省第二代作家,也有社会发展所导致的代际差异,其创作风格与主题内涵都略有不同。

早生者与晚生者,一差十年,各有各的特色。晚生者有不可忽

[①] 朱天文:《带我去吧,月光》,《世纪末的华丽》,台北:INK印刻出版有限公司2008年版,第116页。

[②] 同上。

略的研究价值，早生者亦然。本书无意囊括所有外省第二代女作家，而主要选取 50 年代出生的女作家为研究对象，尤以朱天心①、朱天文②、苏伟贞③、平路④、袁琼琼⑤等几位作家为主。为了论述方便，并不另外命名，仍然沿用了"外省"的概念，但不采用这一概念在任何历史阶段衍生而出的其他内涵，只取其中的省籍含义。外省第二代女作家兼具外省与女性双重身份，在台湾社会转型期成长起来，共同面临身份认同、文化冲突、女性困境等议题，有其作为一个群体相似的应对策略，也有因个体经验的差异而生出的多元混音。本书力图将外省第二代女作家作为一个群体进行整体性研究，期望能进一步开拓外省第二代女作家的研究视野。

---

① 朱天心（1958— ），山东临朐人，生于台湾高雄。
② 朱天文（1956— ），山东临朐人，生于台湾高雄。
③ 苏伟贞（1954— ），广东番禺人，生于台湾台南。
④ 平路（1953— ），原名路平，山东诸城人，生于台湾高雄。
⑤ 袁琼琼（1950— ），笔名朱陵，四川眉山人，生于台湾新竹。

第一章　认同想象：以眷村书写为中心

1945年台湾光复后，即开始出现从大陆到台湾的移民潮，这股移民潮在1949年国民党败势已定后达到顶峰。约莫120万移民短时间内集中涌入台湾，如何妥善安置这些移民，成了巨大的挑战。这些移民中约有一半是军人；所谓眷村，指的就是国民党为安置中下层官兵及其眷属所搭盖的军眷区。

军眷区并不仅见于台湾地区，大陆也有，只是习惯称之为军队大院或部队大院。不管是"眷村"还是"大院"，因为军队体系的特殊性，它们有着统一管理、封闭、自给自足等共通性。但台湾眷村因为特殊的形成原因与历史走向，已经成为台湾社会一处不可或缺的文化地景。

眷村依附军队而建，自20世纪50年代起，台湾从北到南有近九百处。眷村是在所谓"反共复国"的背景中建起来的，属于过渡性质，并无长久定居的打算，而且资金多是募集而来并不充裕，只能因陋就简。"眷村的建筑型态从最早接收日本人撤台后遗留的'日式宿舍'、到蒋夫人与'妇联会'筹建的大批连栋鱼骨式'克难黑瓦平房'、四或五层楼公寓式的'职务官舍'，以及更新老旧眷舍的十余层楼大型小区式的'××新城'。从'新村'到'新城'，见证了几十年的眷村演变历程。"[①] 随着时势变迁，草草而就

[①] 李俊贤：《眷村走透透》，张嫱主编《宝岛眷村》，中国人民大学出版社2010年版，第58、60页。

的临时住所成了永远的家，异乡变为故乡。20世纪80年代后，眷村改建成"国宅"，面临被一一拆除的命运，却也得到了一个保护眷村文化陈迹的契机。

眷村是很多外省第二代"青少年时期的主要活动场所，在'眷村'中经历、感受和体验到的一切，已成为他们人生经验、情感内涵的最重要部分，深深地烙印在他们的思想、行为中。"[①] 进入文坛的外省第二代作家创作了极为丰富的眷村文学。文学，也是保存这一文化地景的重要手段之一，眷村将在文字中得以留存和重生。经过一甲子的光阴，眷村收纳了太多的人与事，加之台湾族群身份敏感，为眷村进入文学提供了无限的空间。眷村如此丰富多面，也正适于外省第二代女作家展开认同想象的书写。

第一节 眷村在文学中的位移

眷村，既是地理空间，也是文化空间。对于眷村人而言，眷村是家，既是物质的家，也是心灵的家。对出生于眷村的外省第二代女作家而言，眷村是丰富的创作资源。眷村是一个绕不过去的界碑，它以不同的面貌，或深或浅、或明或暗地活动在外省第二代女作家的文字中，但位置不定，或有移动。

一 作为生活背景的眷村

很少有作家的文学创作完全不动用到个人的生活经验，尤其是在创作初期，多数作家都会从最熟悉的生活入手，读者常常在他们的作品中看到作家个人或者亲朋好友的生活背景甚或人生经历。出生于眷村的外省第二代女作家也是如此，她们的文学创作如果完全跳脱眷村反而奇怪。

眷村最早出现在外省第二代女作家的创作中，往往只是单纯作

---

① 刘俊：《从〈有缘千里〉到〈离开同方〉——论苏伟贞的眷村小说》，《暨南学报》2007年第4期。

为一种生活背景。部分第二代作家,开始写作时年龄较小,二十岁不到的年纪,少年不知愁滋味,取材下笔自然多是较为熟悉的人和事。比如朱天文、朱天心两姐妹,少年成名,她们的早期创作,不管主旨为何,多是眷村背景,小说中的人物基本上都生活在眷村里。朱天文的《乔太守新记》与《传说》两部小说集都有眷村的背景。《扶桑一枝》中的萧家,是一个热闹的眷村家庭;《子夜歌》是"我"眼中的眷村之歌。朱天心风靡一时的长篇散文《击壤歌》,写的是眷村女孩小虾与其家人朋友的生活点滴;早期的《方舟上的日子》《昨日当我年轻时》等小说集也都有眷村背景,如《昨日当我年轻时》是以一个小女孩的视角写一个眷村家庭的悲喜。苏伟贞开始创作的时间相比朱氏姐妹晚了几年,1979年一篇《陪他一段》惊动文坛,陆续又发表《红颜已老》与《世间女子》等。这些小说虽重在探讨女性话题,但隐约都有眷村的背景。《情分》中的平慧,也是嫁入眷村的外省女子。而小说人物的那种苏式性情,也与眷村环境有莫大关联,像是典青(《旧爱》)。

不管外界如何评价眷村,眷村之于眷村人是一种自然而然的存在。眷村是生我养我的"家",而且已经内化为作家人生经验的一部分,是她们的"地域"特色,就像出身农村的作家很少能不写乡土。尤其在眷村还未被贴上各种标签之前,外省第二代女作家对眷村的书写,基本上还未自觉要透过眷村来表述族群身份等日后争论不休的话题,她们只是在使用自己的成长经验,记录眷村人和事,那些人是生活在身边的人,事是发生在身边的事。有时眷村是书写的对象,有时则只是背景而已,无关宏旨。

这种"不自觉",是一种不设防的姿态。没有自觉,也就没有隐藏,更加真实。她们对于父辈生活的记叙,对于眷村生活自然状态的描写,总要流露出这一群体某些普遍的取向。比如父母亲挂在嘴边的"还是要回去的呀!"称呼眷村外的人为"老百姓"时那种复杂特别的情感,都泄露了他们的自身定位与他者认知,与日后身份认同的断裂与持续密切相关。

二　都市化进程中的眷村

促使"眷村文学"这一文类出现的一个重要原因,是 20 世纪 80 年代开始的眷村改建。眷村本属过渡性质,几十年下来早已老旧不堪,改建前就有第一代父母因为各种原因(家庭成员增加导致空间狭小不敷使用、居住条件差等)陆续搬出眷村,留居眷村的第二代儿女也日益减少,众多年轻人迫不及待想要逃离眷村开展新生活。改建才可以改善生活条件,而且改建已是不可阻止,但等眷村真要被推倒了,反而激发了"怀旧"情怀。

"记载一群眷村小孩的成长"①的《未了》,按朱天心自己的说法:"这个题材本是想好了要等将来功力够的时候,好好写成一篇长篇的,没想到去年五月得悉以前住的村子要拆建为四层楼的国宅,为了这个,短短的数日内仓促下笔。"②她这种心情很具代表性,改建确实催生了大批眷村题材的文学作品。朱天文的《伊甸不再》,是一个眷村女儿三个姓名下的三段人生;《这一天》《荷叶·莲花·藕》与《叙前尘》是以父母为原型创作的一系列作品,稍晚的《桃树人家有事》是由外省先生和本省太太组成的孟家的故事。他们的生活有悲有喜,有苦有乐,总是透着一份热闹的生命活力。苏伟贞的《有缘千里》,也是眷村文学的代表作,记录了两代眷村人的悲欢离合。正如朱天文所写,"眷村的生活,变成一种颜色,一段曲调,一股气味,永远留在生命的某一处了"③。面对消逝,她们不能不为眷村立传。中国人普遍念旧,况且那些矮矮旧旧拥挤不堪的房舍中藏着那么多不平凡的故事,她们用文字留存住眷村特有的味道。

离开眷村,眷村人走入都市。在都市中回望眷村,回忆会过滤

---

① 朱天心:《人身难得(得奖小感)》,《未了》,台北:联合文学出版社 2001 年版,第 21 页。
② 同上。
③ 朱天文:《我歌月徘徊》,《黄金盟誓之书》,台北:INK 印刻出版有限公司 2008 年版,第 30 页。

掉不愉快的部分，只留下美好的图景。纵使那些不愉快的甚至悲惨的经验，也都成为不可多得的珍宝。美好的旧眷村，亦成为外省第二代女作家反思现代都市的一个参照物。

从眷村搬进公寓，不只是居住空间的改变，也是生活方式和价值观念的改变。这与乡土世界在现代化进程中所要面对的难题极其相似。虽然风俗习惯有所差异，外省人聚居的眷村和本省人聚居的乡村，都还保留着中国传统的生活方式和价值取向，一旦转型，"对于个人以及一般意义上的社会组织来说，这都是一个经典的两难困境，即，在变迁的进程中，我们一方面推进了变迁，另一方面又需要确保适度的秩序和稳定"。① 传统的好，自然成为反思"现代的坏"的一个对照物，况且，还想要在全球化的浪潮中保住民族的传统。诸如眷村"浅门浅户"式的生活方式，邻里之间过于热衷探听别人家的隐私，对崇尚现代生活的年轻人来说太过缺乏距离，但与现代都市的物质富足但人际关系冷漠一对照，又凸显出"探听"其实是人与人关系的紧密和融洽的象征。

但是，在这个层面上，眷村牵扯外省第二代的力度，毕竟不像乡土之于乡土作家那么深重。朱天文自言，她同意布莱希特的"不要从旧的好东西着手，要从新的坏东西着手。"② 朱天文、朱天心、苏伟贞等外省第二代女作家站在都市当中对现代社会的多重反思，这便是"从新的坏东西着手"了。

三 族群关系中的眷村

写到眷村，就回避不了外省人的身份认同问题。苏伟贞为张嬿主编的《宝岛眷村》一书所写的序言名为《拒绝遗忘》。"拒绝遗忘"的含义首先便是拒绝忘记那些过去的好东西，但在族群被人为撕裂的背景下，"抗拒遗忘"便多了另外一重含义：用书写还原真

---

① ［美］弗雷德·戴维斯：《怀旧和认同》，王丽璐等译，周宪主编《文学与认同：跨学科的反思》，中华书局2008年版，第105—106页。

② 朱天文：《废墟里的新天使》，《有所思，乃在大海南》，台北：INK 印刻出版有限公司2008年版，第253页。

实,清除污名,沟通理解,以求族群平等共处。

因为改建催生出的大批眷村文学,早期多以写实为主,一一记录眷村的生活和精神状态。这些作品以呈现眷村内部为主,涉及族群关系的部分基调都较为平和。诸如《未了》中写到了本省外省学生从分开编班改为混合分班的过程,从孩子间日益融洽的交往侧面反映了族群的平和相处,关键点还在了解与理解。《有缘千里》也在种种不如意的人生境遇中强调一种坚韧和融洽。眷村子弟与村外的本省子弟从莫名其妙的见面就干架到从打架中发展出男孩/男人的友谊,应该是当时族群相处的真实状况。苏伟贞取"有缘千里来相会,无缘对面不相逢"这样一句佛语来概括这些眷村人的人生,似乎其中一义也是要抹平各种族群之间的鸿沟。除却安排外省子弟与本省子弟的交往,还有一条汉族男孩与回族女孩的恋爱线索。高方与平珞的故事似乎应了那句"人生情缘,各有分定",两人不能在一起是因为回族不准与外族人通婚这一规矩,明知道不容易,重逢后高方还是有心想要挽回。

然族群矛盾愈演愈烈,眷村的地位日益边缘,亦被贴上不同立场的各色标签。后期的眷村文学,加大了从内到外的反思力度。比如朱天心《想我眷村的兄弟们》,精准抓到了两代外省人在台湾的尴尬处境和微妙暧昧的心理,不仅为外省人辩护,也自省,更延伸到对当时社会政治的批判。朱天心这一时期对身份认同及其相关问题的书写,采取的策略明显比早期多了"攻击性"。苏伟贞的《离开同方》,同样也写一个眷村中几户人家老少两代的故事,却比《有缘千里》荒诞和诡异,进一步深化了对眷村人生命形态的思考:"创造出一种原始神秘的真实。那种真实非一般俗表之真实,既带有荒谬、夸张的诡秘性,又深挖到灵魂血处,令人不敢逼视。"[1]

从兴建到改建,60年倏忽一瞬间,眷村拖着历史,又历经台湾社会政治、经济、文化等各方面的变迁。眷村成为身份演绎的一

---

[1] 陈义芝:《悲悯撼人——为一个时代作结》,苏伟贞《离开同方》,台北:联经出版事业公司2002年版,第4页。

个绝佳场域。眷村处在一个关系网中,它是一个连接点,连接着外省第一代和外省第二代,连接着外省人与本省人,连接着"竹篱笆"外的都市,亦连接着台湾与大陆。眷村在文学中的位移,是这些时而同行、时而背离的力量交错拉扯的后果。透过眷村,可以看到外省第一代与第二代各自身份认同的持续与断裂,看到其中的同与异,其中的复杂纠结;可以看到这一群体对于族群关系的反思和期许;也可以看到台湾的社会历史变迁。

第二节 认同的多重面向及其流变

不是"过客",外省人也是移民。以眷村人为代表的外省人都是流离者,眷村文学也算是移民文学的一种。在外省第二代女作家的眷村书写中,可以看到其"持续追求归属和无穷追问身份"[①] 的努力。认同不是一个本质主义概念:"认同从来就不是一种单一的构成,而是一种多元的构成,包括不同的、常常是交叉的、敌对的话语、实践和立场。它们完全服从于历史化,永远处于变化和转变的过程中。"[②] 外省人身份认同的多面向与流变正好见证了这一点。在外省人的身份网络中,国家、政党、文化、家园、族群等是其中重要的几个面向。且每个面向并不是固定不变的,其认同对象随着时间的推移或者持续或者裂变,不一而足。透过眷村文学,可以深入分析外省人认同的多重组成,各个认同面向的流动变化,不同面向之间的交互影响,以及认同主体与认同对象之间的复杂互动。而外省第一代与第二代的身份认同,有传承也有异变,共同演绎着外省人复杂纠葛的认同网络。

一 离散者的国家认同

国家认同,是外省人身份认同系统中非常重要的一个面向。在

---

① 钱超英:《流散文学与身份批评》,《中国比较文学》2006 年第 2 期。
② [英] 斯图亚特·霍尔:《导论:谁需要"认同"》,周韵译,周宪主编《文学与认同:跨学科的反思》,中华书局 2008 年版,第 5 页。

认同与解构

外省第二代女作家的书写中，可以看到外省人的国家认同大致上没有改变，第一代和第二代都坚持中国认同，承认自己是中国人。

外省人从大陆迁至台湾，也是离散者，但离的是"家"，不是"国"。军人的国家观念尤其浓厚，眷村人奉行的是家国一体的认同模式。尤其是在早期，所谓"反攻复国"不仅仅是个政治口号，已经内化为眷村人日常生活的一部分，晚饭后的龙门阵都不谈论东家长西家短，而要以时局政治为话题，自己家里票戏也要扯上"光复大陆是西天取经"。现在看起来实在荒谬的事情，在当时却是理所当然无所置疑的。高方与阿草两个小孩子打架打破了头，大队长都知道，"村上任何事，大队长都很快得到报告，家事、村事、国事不能绝对分开"。[①] 对国家的忠诚已经融入日常生活之中，就和吃饭睡觉一样习以为常，如此自然而然。这样一种家国一体的管理模式，是照顾也好，控制也罢，身处其中的眷村人，在这种认同模式还未解体的时候，自我内部并没有身份的疑虑。

从私心上讲，多数外省第一代也想保住他们在老家时的好生活。外省人第一代自叙身世时往往都像传奇，然这"传奇"往往是富家子弟落魄异乡的故事。像奉家（苏伟贞《离开同方》）在老家是个大家族，余叔叔名下家业说不清，席阿姨则是湖北有名大户人家的独生女。但是少爷小姐们到台湾后，都只能成为眷村中生活清苦的小人物。奢靡的生活和尊崇的地位，在落魄后更容易被人念念不忘，甚而夸大强化。当年的富贵与流落异乡的清贫之间的巨大落差，并不容易为多数人所接受。秦世安（苏伟贞《有缘千里》）那样精通吃喝玩乐的富家少爷，儿子出生却连最基本的红蛋都买不起，更不用说像在老家那样大摆流水席，如何能自甘于为吃喝发愁的眷村日子？

中国人安土重迁，家国一体的认同模式加固了外省第一代对国家的认同感。父辈的传承和从小接受的教育，也使外省第二代自然而然延续了这种认同模式。

---

① 苏伟贞：《有缘千里》，台北：洪范书店有限公司1986年版，第25页。

第一章 认同想象：以眷村书写为中心

"'曾经沧海难为水，除却巫山不是云'，我是只向中华民族的江山华年私语，他才是我千古怀想不尽的恋人。"①

"而我们，我们是万里江山万里人。河水纵然浩大，怎奈载不动我们对中华民族的千岁亘古之思。那三月桃霞十月枫火的海棠叶，是我们永生的恋人——哪一天，哪一天啊，才是民国的洞房花烛夜？"②

上面两段话出自朱天文的《我梦海棠》与《之子于归》，皆收入《淡江记》，是她大学时期的作品。少女怀春的年纪，多数女生都充满对爱情的幻想，朱天文把"中华民族"比作自己的恋人，可见对国家、对民族的痴念。朱天心在《击壤歌》中也写到一位同学考中国近代史时哭着跑出教室，因为实在写不下去了，可见民族情感之深切。当时的小虾没有这种为国难"哭泣"的心情，但并非冷漠无感，而是因为她觉得"中国是个鲜活热闹的民族，是个政治的民族"，所以不管怎么动荡悲戚的时代都是为了"江山代有才人出，各领风骚五百年"。这是天真烂漫的年纪里，对民族、国家的无限热爱与信心。

因着历史发展的特殊情势，外省人的国家认同必然要处理两岸关系。即便是敌对时代，两岸也从未放弃对方。双方都承认一个中国，承认自己中国人的身份。眷村里的人，来自大江南北，各家各户保留了各地不同的风俗和文化，饭后打的嗝，都是家家味道不同："江西人的阿丁的嗝味其实比四川人的培培要辛辣得多，浙江人的汪家小孩总是臭烘烘的漕白鱼、蒸臭豆腐味，广东人的雅雅和她哥哥们总是粥的酸酵味，很奇怪他们都决口不说稀饭而说粥，爱吃的广柑就是柳丁。更不要说张家莫家小孩山东人的臭蒜臭大葱和

---

① 朱天文：《我梦海棠》，《淡江记》，台北：INK 印刻出版有限公司 2008 年版，第 144 页。

② 朱天文：《之子于归》，《淡江记》，台北：INK 印刻出版有限公司 2008 年版，第 178 页。

各种臭醯酱的味道，孙家的北平妈妈会做各种面食点心，他们家小孩在外游荡总人手一种吃食，那个面香真引人发狂……"① 如此汇聚了多元地域文化的眷村，正是中国的缩影。等到朱天文在戛纳电影节上遇到陈凯歌等从大陆来的导演，写了一篇《我们能，大陆也能》。那时两岸互通时间不久，虽然与很多大陆朋友相处甚欢，也肯定大陆的电影成就，但她仍然对大陆的政治体制抱持怀疑态度，而且有着不想被比下去的竞争心理，然而她还是愿意承认："我们与大陆，敌我分明，而又同时是敌我一体的切切之情啊。"② 随着两岸的沟通交流日益频繁，两岸关系一路走好，朱天文在《去大陆的路》等文章中，对于两岸的和平之旅还是充满期待。

二　知识分子的政治认同

眷村虽然依附军队而生，却并非每个眷村人都有政党的背景。但中国的知识分子有忧国忧民的传统，不能放弃的社会责任感，让外省第二代女作家从未对政治敬而远之，即使力量微薄，亦欲扭转政治的不良倾向。

1949年前后的大迁徙，数以百万计的民众渡海去台，但却并非每个人都有明确的政治理念。有些人是去寻亲，有些人是去工作，还有些人原本只是去度个假而已，却再难回老家。即便在军队中，有些人是有政治理想的，也有部分人是被裹挟而去，可能只是在田地里劳作时被抓了壮丁，自此身不由己，离开时都未和父母打声招呼，归家时父母可能已经不在。但军人的家国观念较之普通人更为强烈，况且这些人有相似的人生经历与现实处境，共享抗日战争、国共内战等集体记忆，加之军队式的统一管理，眷村虽然内部有差异，但从外部看来，这些军人及其眷属是一个非常坚固的整体。然而时移世易，外省人对国民党如"怨偶"般爱恨交织，老一

---

① 朱天心：《想我眷村的兄弟们》，台北：麦田出版股份有限公司1992年版，第68—69页。

② 朱天文：《我们能，大陆也能》，《有所思，乃在大海南》，台北：INK印刻出版有限公司2008年版，第155页。

辈外省人都想要狠狠痛骂国民党"莫名其妙把他们骗到这个岛上一骗四十年",[①]何况接受了民主运动冲击的第二代。

朱天文的《春风吹又生》和《思想起》两篇小说都写于1978年,都写到了乡土运动。《春》文的主人翁柯立元留洋之前是个"艺术爱好者",留学美国时习得黑人文学理论,回台湾后作风大改,贬低艺术推崇大众路线,还发动了入山下乡的活动。朱天文对此不愿苟同,她把柯立元的"关怀大众,深入社会"当作和他之前追逐艺术一样的某种潮流:"所有的潮流和运动,都将像退去的浪潮一般,在滩上浮现的是,人要活下去,而活下去必须为自己找出一个生存的理由。柯立元也只是有他的理由罢。"[②]《思想起》延续了对于入山下乡运动的不以为然,小说中的人物都不是正义之士应有的形象,小陈与茵茵热衷于谈恋爱而越来越少参加集体活动,小潘等人因为在"布拉哥"事件上帮了些忙但采访专辑上没登名字所以生出很多事故。标榜正义的社会活动暗藏着诸多诡计阴谋,最后赵德春等人因从事颠覆活动被捕,暗示着党外运动的不堪。朱天文并不是个避世之人,她有知识分子的社会责任感,与志同道合者创办"三三"也不是为纯文学,"中国读书人向不甘愿只做个什么家,他志在天下,哪里是西洋分工专业化了的艺人可比的呢"。[③]但三三成员走的路线与乡土运动不同,他们自诩为"士"。这种观念来自中国传统文化,直接承继自胡兰成,与党政立场也不无关系。当时的国民党是朱天文理想中的"士"党,她有责任维护统治秩序以实现政治理想,对乡土运动有异见也是正常的。

朱天心在《时移事往》中写到台湾岛内的政治运动,此时外省第二代的心态已变。《时移事往》讲的是各种运动弄潮儿秦爱波的

[①] 朱天心:《想我眷村的兄弟们》,台北:麦田出版股份有限公司1992年版,第86页。
[②] 朱天文:《春风吹又生》,《传说》,台北:INK印刻出版有限公司2008年版,第266页。
[③] 朱天文:《桃花潭水深千尺》,《淡江记》,台北:INK印刻出版有限公司2008年版,第47页。

故事。爱波也是眷村女儿,出生在重庆,见过漫山遍野比秋天的芦苇还要白的油桐花,而且记得。但她摆脱了源自父系血统的标准人生轨迹,和黄南奇这样的本省子弟混在一起。爱波的一生与陈映真《唐倩的喜剧》中的唐倩有些相像,但朱天心写她游走于邓肯、王尚义、达利、毕加索、披头士等各种主义流派之中的行为,却并非为了讽刺知识界的思想苍白与见风使舵。就像作家选用"我"——一个埋身医学院与医院的爱慕者作为小说叙事者,而不是爱波或其他运动热衷者的自叙,朱天心对于各类运动还是保持着一定距离的观察视角,她从年轻人的成长而非政治的角度观照爱波等人的反对运动。朱天文概括他们是"反抗他们自己的青春。与爱波当时代的青年,他们谈画、谈音乐、谈哲学、谈政治,热烈以身试之,有彻底不彻底的,有似是似不是的,他们讲些什么做些什么全然不重要,事实他们结果也没留下任何建树。重要的是,'用他们虚伪的语言唱他们真实的歌',他们真实的,柔软的年轻的心"。①

关琳(朱天心《台大学生关琳的日记》)也是一位"文化弄潮儿",这次用的是第一人称的日记体。关琳的外省出身让她还保留着一部分与本省人不同的情感走向,例如因为自己是半个广东人所以将国父孙中山也当作"我的爱人之一"。虽然对伟政的各种反对论调持谨慎态度,但也"尽量能超然客观的来看国内的民主运作,已经不是以前那种追随爸爸老党员的誓死拥护国民党",②且肯定自己的这种转变是成长。

或保守,或激进,外省第二代的理念已经与外省第一代不同,他们改用"民主"的视角来看待党外运动,不再延续父辈那种无条件效忠国民党的心情。他们走出了眷村,进入村外的世界,把政权认同和国家认同相分离,比较理性地反思了曾经集结了他们无限崇敬的国民党政权的功过得失,肯定党外反对运动促进台湾岛内民主

---

① 朱天文:《如是我闻——序〈台大学生关琳的日记〉》,朱天心《时移事往》,台北:远流出版事业股份有限公司1989年版,第14页。
② 朱天心:《台大学生关琳的日记》,《时移事往》,台北:远流出版事业股份有限公司1989年版,第167页。

化进程的意义。民主,是外省第二代祛魅党国神话的一个关键词。外省第二代有了国民党之外的政党选择,拥有投票权十几年后,"初次投下与那红布条不同政党的一票"。①部分外省青年与本省青年一路同行,更多人可能比本省青年晚了很多年,外省第二代也进入党外运动,政治立场变得多元。

朱天文早期所写小说中反对运动的种种不堪,并非都是偏见。人性复杂,英雄的判断标准也不是高大全,何况任何运动中总有一些为私利混入其中的投机分子。这些都不能损伤民主进程的必要性,但党外势力为获取政治资源渐渐不择手段,而且将自我塑造成神,举民主大旗行专制之事,撕裂族群,排斥异己。夹缝中的外省第二代女作家只能再次调整立场,秉持知识分子的社会责任感,或运用笔杆的力量或参与社会运动,谋求真正公平、公正的政治环境,争取自由的身份选择权。

三 两地人的家园认同

家园认同是外省人认同体系中另一个重要的面向,两代人多经历了大陆到台湾的转折。朱天文这么形容父亲朱西宁走过的路:"回大陆,不,去大陆的路,我父亲花了整整三十九年,从黑发到白发,从一无所有到妻女成群,桂树蔽屋。回来台湾,此后十年去世,他的手稿和遗物绝大部分都捐赠给在台南的台湾文学馆。"②朱西宁的家园之路,是多数外省第一代共同走过的路。一回,一去,再回,再现了外省人家园认同的裂变之旅。

外省人跟随国民党迁至台湾,最初的目的是"避难",而非定居。他们坚信很快就要再回到大陆去。而且因为隔绝效应,外省人的身世都演变成了传奇,在大陆或有显赫的家世,或有非凡的功绩,或者留有一段凄美的恋情,"眷村的背景是那样一场流离变乱

---

① 朱天心:《想我眷村的兄弟们》,台北:麦田出版股份有限公司1992年版,第68页。

② 朱天文:《去大陆的路》,《红气球的旅行》,山东画报出版社2009年版,第67页。

的时代而大江南北来此汇集了,每一扇日常琐碎的背后,没有一段不是可以伴着三弦唱进弹词里"。① 以致远新村(苏伟贞《有缘千里》)为例,高妈妈敬庄曾是金陵女大的校花;李玉宁是西南联大出身;朱雅博曾留学英国,学的是法律;只补了个下士缺的秦世安在老家也是个大少爷。颠簸去台,历经生死,人生骤落,怎么会甘心老死在台湾这样一个小岛上。

外省人对故土的执念很深,做梦也是回到大陆。所以眷村生活多因陋就简,谁也无心置办家业,房子简陋家具也简单,大人经常说的话是:"买什么房子,安家落户的,就不打算回去了么?!"② 中国人历来有房子情结,将房子与家紧密连在一处,有房才有家,才是安身立命之所。反而言之,不置房产也就无安家之念。国民党兴建眷村的时候,本就是抱着临时过渡的心态,建得潦草,眷村人的日子过得也潦草,很多人家家具都是竹制的,因为便宜,回大陆时扔了也不可惜。所以,即使眷村条件简陋生活不便,就像朱天心在《未了》中所写,很多外省第一代仍然"一直不积极的弄房子,是因为一旦有了自己的房子,就好像意味着真的要在台湾安居落户下来,不打算回去了"。

认同大陆老家为真正的家园,还可以从眷村人的"过年"中找到证据。《有缘千里》如此描述新年:

> 风送腊味,家家户户再不济也灌做了点,在阳光下闪着年的兴味,有股"家"的气息。……换了地方,民俗没变,如今时节不同,年轻的媳妇当家作主,生活难得,年还要过下去,这个年的意义便深厚不寻常了。③

---

① 朱天文:《我歌月徘徊》,《黄金盟誓之书》,台北:INK 印刻出版有限公司 2008 年版,第 30 页。
② 朱天文:《家,是用稿纸糊起来的》,《黄金盟誓之书》,台北:INK 印刻出版有限公司 2008 年版,第 75 页。
③ 苏伟贞:《有缘千里》,台北:洪范书店有限公司 1986 年版,第 26—27 页。

第一章　认同想象：以眷村书写为中心

有了年味,才烘托出"家"的气息,不就是说这里在平时没有"家"的味道。流离在外,没有入乡随俗,仍然秉持老家的民俗把"年"过得尽量周全。这是思乡的一种反作用力,把对家乡的思念反作用到当下生活中。流离在外,生活艰辛,更要把日子向老家看齐,物质生活已经不能,也要守着风俗。把个年忙碌起来,难免又要生出"要在老家……"的心思,但如何比得过,异地的生活毕竟无依靠,无田无产无亲戚,离情愈厚。生活辛苦,年的意义也是一个希望,回去的希望。

"安土重迁,黎民之性;骨肉相附,人情所愿也"。外省人对老家的看重和认同,还体现在对老人的重视上。《有缘千里》高家老太太的渡海赴台,非常具有代表性。在写到高老太太到台湾之前,就已有赵老太太做铺垫。赵老太太在外散步,"路上四处有邻居和赵老太太问好,每一声都是醇厚,大家并不因为老太太是大队长高堂,完全拿来当长辈尊敬,村子上老人少,有事时,有个老人家在,大伙儿才好过,所以就分外珍惜"。[1] 中国人有尊老爱幼的传统,家有一老如有一宝,不仅说的是老人为人处事的智慧可以教导帮助后辈,也是老人有安定人心的作用。中国人的宗族观念重,上有老下有小才让人感觉到生命的延续,才觉得生活有根基有奔头。眷村里的娃娃很多,生了孩子,那是开枝散叶;缺了老人,似乎失了根须。有了老人家,一个家才完整,亦可淡化流离感,宛若生活未变。眷村里老人不多,益发显得珍贵。这让高老太太的到来,不只成为高家的大事,也是致远新村的大事。比船期早两天,高奥就已经沉不住气频频打电话询问,急得像热锅上的蚂蚁。时间一近,就带了敬庄和四个孩子先上台北好就便打听消息。船来的那一天,更像是做梦,双方见面,泪流不断,早已成家立业的"高奥从来没有的小,孺慕之情得到倾诉,一路都紧牵母亲的手,不舍得放掉,坐车也好、走路也好,怕亲娘热到了、饿到了、再累倒,从来没有

---

[1] 苏伟贞:《有缘千里》,台北:洪范书店有限公司1986年版,第28页。

的细腻"。① 母子亲情，无以言表。回到致远新村后，邻居都闻风而来，至晚才散。谁人无父母？村子里其他人久久不散，也是移情心理，自己的父母未来，便把这个老人当作父母。那些父母留在大陆的外省人，思念之情如何不深，回大陆之心如何不切。

  小孩子就算懵懵懂懂，也内化了父辈的执念，一家老小，包括本省妈妈，提到大陆，用的都是"回去"，诸如"就不打算回去了么?!"等等，言谈间都坚信"还要回去的呀!"回去大陆，代表着说话人认为自己属于那个地方，认同那个地方。"影响每一代集体记忆的主要是他们相对年轻时期的生活经历"②，外省第二代成长于国民党威权还未松动的年代，相信着国民党塑造出来的家国图景，又浸淫在叔伯长辈集体营造出的乡愁氛围中，大陆原乡自然深植于他们的家园认同中。

  因为无意定居，所以眷村只是一个临时的家。在这里，他们只有邻居，没有亲戚，没有过去，没有祖先，"清明节，他们并无坟可上"。而"没有亲人死去的土地，是无法叫做家乡的"。③ 话虽如此，生活既然铺展开了，根也就慢慢扎进土地了。不管是致远新村，还是同方新村，或者其他知名的不知名的村子，都累积了新的记忆。搬出去和新搬来的，"为国捐躯"和意外送命的，家庭幸福和吵闹分手的，正常人和疯子……把每个眷村都填得满满的。斗转星移，从"过客"到"移民"，眷村从"临时的家"一变而为"永远的家"。

  除却在台湾 40 年的情感积累，"回不去了"的事实也是外省人改认台湾为家园的重要助力。"开放大陆探亲实在别具意义，它让在台湾生活了四十年的外省人有机会走出梦幻，历经一次真正的选择（而非被迫的选择）：可以回去了，回到想了四十年的地方，随

---

  ① 苏伟贞：《有缘千里》，台北：洪范书店有限公司 1986 年版，第 43 页。
  ② [美] 刘易斯·科瑟：《导论——莫里斯·哈布瓦赫》，[法] 莫里斯·哈布瓦赫《论集体记忆》，上海人民出版社 2002 年版，第 52 页。
  ③ 朱天心：《想我眷村的兄弟们》，台北：INK 印刻出版有限公司 2002 年版，第 66 页。

第一章 认同想象：以眷村书写为中心

即或多或少历经了马森式的'中国啊！你仍是我的困惑'，而后回来台湾（绝大部分），因而发现自己真正熟悉、真正想生死与共的原来是台湾。"① 部分外省人执着回家，更多的人经历了想象与现实的落差，新获得一个"台胞"的身份，与时空的隔阂叠加在一起，已很难再回乡。朱天文在《秭归》写两厢虽分别多年但相处愉快，姑姑热络地计划买房给朱西宁返乡定居，父亲仍是有疑虑："日后如有统一的一天，到底是回去住的吗？老家或是南京？或不论哪一个地方？好像都不成。从此今生，该就是住在台湾了罢，没想到自己就成了台湾人。"② 这恐怕是住在眷村时"连存钱购屋的意欲也不愿有"的父亲当初怎么也想象不到的。

大人的世界太复杂，小孩子有耳无心，就算知道也未必能体会。物质的清贫，父母的乡愁，都妨碍不到孩子们胡天野地地乱窜游玩。或许当时真的清苦，独吃一个完整的卤蛋都是奢望，但经过时间的洗礼后，再回忆儿时，留下的是游戏和笑声，"眷村的孩子就像山里的猴子那么多，这时充足得到处都是，打垒球、跳房子、抢宝石、官兵捉强盗、过五关斩六将，一片杀声震天，叫妈妈喊死了回来吃饭哪也不理"。③ 朱天文在《子夜歌》中也讲到了眷村孩子的多与他们的游戏。在朱天心的《未了》中，更是可以看到眷村孩子们呼朋引伴漫山遍野的游戏乱跑。这些就是成年后想念不已的"眷村的兄弟们"，他们也活跃在《有缘千里》《离开同方》中，活跃在每一个眷村里。孩童的游戏往往简单，却充满大自然的野趣和两小无猜的友谊，还有一种集体的意识与观念。成帮结派的孩子在浅门浅户的眷村，像兄弟姐妹那样长大，也造就了眷村第二代一些共同的特征，沾染上"浓浓的眷村味儿"。

---

① 朱天心：《读盖洛普眷村调查有感》，《小说家的政治周记》，台北：联合文学出版社2001年版，第38页。
② 朱天文：《姊归》，《有所思，乃在大海南》，台北：INK 印刻出版有限公司2008年版，第225页。
③ 朱天文：《我歌月徘徊》，《黄金盟誓之书》，台北：INK 印刻出版有限公司2008年版，第30页。

认同与解构

既然"影响每一代集体记忆的主要是他们相对年轻时期的生活经历"①,在眷村中长大的外省第二代,不仅从眷村得到了最初的家国想象,也得到了落根台湾的养分。苏伟贞在《离开同方》中提到,"以往我们总以为么么拐高地的人才是中国人,其他地方都是外国"。②这句话是眷村封闭性的例证,也很明显地透露出眷村人并未有要落根台湾的意愿。但这句话有个时间限定词"以往",用了"以往",就代表着所说的那种状况发生在说这句话以前,说这句话时已经改变了。《离开同方》中这句话出现的背景是眷村妈妈们出去眷村到工厂里做工,这就是一个融合的开始。而第二代将比父母一代更快更容易地在台湾落地生根。他们在台湾出生,度过童年,上学,工作,成家立业,不移民的话也会在人生的终点埋骨台湾。他们认同台湾为家园也是情理之中。

第二代出生在眷村,成长在眷村,对于父母口中的"故乡"只有想象,从未亲历。比起缺乏认同场所的虚幻的、回不去的"故乡",眷村是更容易产生认同的实体。正如苏伟贞所说,她1973年北上读大学的那一刻,"影剧三村变形为我的'故乡'"。③父母一代"没有想到便在这个最南方的土地上死去了,他们的下一代亦将在这里逐渐生根长成"。④岁月留痕,外省人在台湾也有了亲人死去,清明节也有坟可上了,身世之路从大陆绵延到台湾。

四 外省人的族群认同

族群一词对应英文 ethnic group,但此一概念在台湾的应用逐渐远离了 ethnic group 的原意,不断泛化。台湾有所谓"四大族群"的划分,闽南人、客家人、原住民和外省人,前三者统称为本省

---

① [美]刘易斯·科瑟:《导论——莫里斯·哈布瓦赫》,载[法]莫里斯·哈布瓦赫《论集体记忆》,上海人民出版社2002年版,第52页。
② 苏伟贞:《离开同方》,台北:联经出版事业公司1990年版,第198页。
③ 苏伟贞:《拒绝遗忘》,张嫱主编《宝岛眷村》,中国人民大学出版社2010年版,第8页。
④ 朱天文:《童年往事》,《炎夏之都》,台北:INK印刻出版有限公司2002年版,第193页。

人。所谓外省人与本省人，其划分依据主要不是人种、民族、语言、文化等标准，而是省籍。外省人的族群身份，是以省籍为标准划分出来。这本是天然的随着出生而来的身份，无从选择。但因由台湾特殊的社会情境，族群身份由隐到显，成了外省人身份构成中的一个重要部分。

省籍问题在台湾有其历史渊源，本省人和外省人的隔阂与矛盾一直都存在，犹以"二·二八"事件为代表，是所有本省人和外省人共同的悲情和禁忌。以"二·二八"事件为代表的省籍矛盾究其本质并不是哪个族群欺压另一族群，而是腐败政权不当统治的结果。但刚从日本殖民统治下解放出来又遭遇接收台湾的国民党当局的种种劣行，本省人难免产生外省人欺负本省人的情绪。在外省人这边，外省人是跟随国民党到台湾，但其实大部分普通官兵与寻常百姓并未得到什么实质好处，生活非常艰难，不过多少总是受到政权的倚重和照顾，是所谓国民党的"自己人"。虽有差异，但还不至于水火不容，不同族群的相处经历了从隔膜到融洽的过程，普通百姓之间的交往并不会强烈感受到来自族群身份的威胁，族群身份并不彰显。像朱天文、朱天心等出身眷村的作家，早期的作品多有眷村背景，但甚少强调族群身份。朱天文《小毕的故事》，是一个以眷村为背景的少年成长故事；朱天心带有自传色彩的《未了》，也是成长意义大于眷村背景。

国民党去台后一直采取高压政策，族群问题在台湾虽然隐而不显，却积累了很多负面情绪。本省人对国民党的专制统治日益不满，本土意识崛起，从反抗强权终至演变为"台独"。族群在政治争斗中是易于操作的资源，非常容易挑起民众的敌对情绪从而获得选票。在一些政客的刻意操弄下，族群矛盾被人为夸大，外省人被放置在与本省人对立的位置上，诸多国民党当局的恶行被解释成族群冲突，所有外省人都被贴上了敌人的标签。处于不太健康的政治氛围中，加之由强势转弱势的心理落差，族群身份日益凸显出来。

在此大背景之下，无从选择族群身份的外省人，主动或被动地加强了对自身外省人身份的省思。眷村是外省族群的代表，而眷村

23

文学的出现，已是外省人关注族群身份的证据。外省第二代女作家对眷村的反复书写，已是对无能选择的省籍身份之承认。她们对眷村不同层次的持续书写，也是在肯定自己族群身份的正当性，洗刷外界强加而来的污名，并对政治操弄族群仇恨予以反击。朱天心的《想我眷村的兄弟们》、苏伟贞的《离开同方》等较后期的眷村小说比早期的《未了》《有缘千里》等更加倾向于内省与反思。而像朱天心《小说家的政治周记》中的某些篇章，已经是对族群政治的直接反击了。

第三节　乡关何处：认同之危机

外省人的认同结构是多重的，每个面向的认同对象有持续也有裂变。而且每个面向的立场也不完全相同，有交叉甚或对立。立场不同，互不矛盾，但不同的立场却为他们日后的认同建构制造了巨大的障碍，备受撕裂之痛。另外，外省人作为认同主体，与他们的认同对象之间不总是互相承认，外界环境的恶意，同样加深了认同之伤。

一　认同的原罪：身份从流离开始

国民党败走台湾，才有了外省人这个特殊的群体。这是背负战争原罪的一群人，故事往往从他们的逃难史开始。而逃难，是一个狼狈、仓皇、痛苦、漂泊不定的意象。时代的大变动改变了众多普通人的命运，使他们原本普通的人生变得不平凡，变成传奇。传奇在外人听起来啧啧称奇，身历其中的人则是甘苦自知。

袁琼琼的长篇小说《今生缘》的开头就是兵荒马乱的渡海人群，船下人多，船上也"到处是行李和人，男人、女人、老的、少的、箱笼、行李、包袱、铺盖，四下全是，挤塞得难以下脚"①。船还未开，就有个孩子掉进海里淹死，他的妈妈哭声凄厉欲抓着栏杆往下跳，众人却神情漠漠地继续往前挤。见惯了不知多少生离死

---

① 袁琼琼：《今生缘》，台北：联合文学出版社有限公司1997年版，第7页。

第一章　认同想象：以眷村书写为中心

别，才会让人心如此的冷酷。大人如此，小孩也如此，完全无动于衷，"木木的看着这些，过了一会儿，打了个呵欠"。[①] 这个坐在甲板上木然看着这一切的十岁小男孩，也许就是《有缘千里》中的高方，几年后突然向妈妈提起："妈，你记不记得我们坐船来的时候，有个小孩掉到海里去了，他妈妈一直哭。"[②] 苏伟贞在《有缘千里》中格外强调外省人落难台湾后如何用心地过生活，小高方那样一个惊心的问话也被妈妈轻轻挡了过去，只暗暗下决心不再让这样的事发生。虽然小高方最后健康地长大了，但战争对人性的损伤是难以言喻的，当时被逃难与离别伤的麻木不仁的情感，再恢复之后也留下了永远难以愈合的疤痕。致远新村时期未显现，同方新村时期则全面爆发开来。《离开同方》中的人物与《有缘千里》相比，从老到少皆举止怪异，不合常理。袁家伯伯风流酗酒，妻子死后他变本加厉，续娶仇阿姨后也毫不收敛，最后被白痴儿子袁宝刺死。李家伯伯常年驻守外岛，李家妈妈痴傻，生下父亲不详的中中后失踪。女儿阿瘦一直担着照顾李家的责任，妈妈失踪后从未放弃寻找。传说戏班子风采过人的台柱全如意即是失踪的李妈妈，但无法确认真假。方家女儿方景心美丽聪慧，与小余叔叔的自由恋爱遭到家人反对，两人在一场甘蔗地大火后失踪。阴差阳错之下大家都误认为甘蔗地里的尸体是被大火烧死的两人，方妈妈因此发疯，其实他们只是相约私奔去外地，如鬼魅般不断来信并最终现身同方新村。段家叔叔的洁癖几近变态，对妻子席阿姨是否忠贞总是疑神疑鬼。

这些人物的失常，与他们所经历过的大动荡不无关系。很多普通人的命运因为战争而改变，留下不能轻易抹去的心理创伤。奉家妈妈那么强悍泼辣的一个人，能自己带着幼儿渡海翻遍台湾找到自己的丈夫，却在地震时不肯露天睡在院子里，不要命的举动不是无畏生死看破红尘或者脑子有病不知危险，只是因为不想要再过逃难时的生活。连命都可以不要，可见逃难的颠沛流离之于奉家妈妈到

[①] 袁琼琼：《今生缘》，台北：联合文学出版社有限公司1997年版，第7页。
[②] 苏伟贞：《有缘千里》，台北：洪范书店有限公司1986年版，第41页。

底有多大伤害。再如段锦成，如果没有战争，他就是一个再普通不过的农民，就算被大地主家的千金席宜芳看中，也会被对方家庭、社会舆论等力量百般阻碍。战争给了他们两人一个机会，他们到台湾后甚至彻底抹消了"门当户对"的差距。但他们没有如范柳原和白流苏那样因战争上演另外一曲"倾城之恋"，更不可能像爱情童话的结尾那样从此过着幸福快乐的日子。战争给了他良机，但良机的获得反而加重了段锦成的自卑和恐惧，他不碰自己的妻子，也不放她走，对接近她的任何男人都疑神疑鬼，心理扭曲至严重洁癖。段锦成刷洗青石板的水声，从段家流出来的水，就像带刺的绳索捆着、折磨着段锦成自己以及席宜芳的灵魂。其实像《有缘千里》中强调的那种平和通达，也有一丝不得已而为之的意思。高敬庄、李玉宁那样的眷村妈妈，自然是本身品性好，但若不是遇到了流离之苦，恐怕也不会如在眷村这般过日子。第二代是父母生命的延续，自然也承继了战争给予父母的影响。比如奉家的三个孩子，同父同母却性情迥异，除了"我"相对正常，其他三个都行为怪异，阿跳异常好动，到处栽种植物；狗蛋却又嗜睡少语，偶尔一言犹如神谒；小洗人如其名与雨相伴。

除了对人性的扭曲，战争带给外省人最大的影响，恐怕还是漂泊流离之苦和无以言说的荒诞感。慧先（袁琼琼《今生缘》）跟着徐贯之夫妇船行海上的数天，处处都弥漫着死亡与惶惑。终于下船到了台湾，也是"异地"，初来乍到，路途不熟，语言不通，茫茫之感丛生。慧先初到台湾的第一个夜晚，露宿车站，"清晰的蛙鸣夹着喑哑隐微的虫鸣，奇异的夜的声音，与她一向经历的老家的安详和宁的夜完全不同。老家里的夜，清清的像水，薄白的月亮挂在中庭，地面上落着树影，仿佛盖了印鉴的名人字画，不必去懂即已令人安心。然而在这里，异地的夜，只是昏昏昧昧。凉凉的夜风吹过来，也像欺生，带着险恶意味。风里带着奇异的野草和小动物的臭"。[1] 其实他们一行人到台湾的第一天已经很是顺利，人生地不

---

[1] 袁琼琼：《今生缘》，台北：联合文学出版社有限公司1997年版，第59—60页。

熟的先遇到了好心的朱远帮忙换钱指路，火车列车长人也很好，主动笔谈告诉他们如何找人，慧先却仍然觉得这个异地的夜险恶欺生。其实在本地人看来，这个夜就如慧先老家的夜一样安详宁静，昏昏昧昧的是她的心情。在这个夜里，小小的肇仁则想起自己已死的母亲，魇住了不能解脱。由心而生的不安宁，就像梦魇一样留在外省人的心底，成为他们以后台湾生活的底色。

这种似真还假的不稳定感，与戏剧有某种共通之处。徐钢认为"戏剧性对苏伟贞来说，已不仅仅是从戏剧作为一种文类之中借用的小说写作手段之一，而是她的文学本体（ontology）的基础，也同时是她认知世界（epistemology）的门径。"① 确实如此，在苏伟贞的小说中有一种"人生如戏，戏如人生"的大氛围，她借此窥探男女情爱，窥探人生。也可经由戏剧认知眷村，戏剧之于《离开同方》举足轻重，这不仅是指戏班在小说中扮演重要的角色，其实同方新村的日常生活本身已经具有足够的戏剧性，不说他们来台湾之前的家世背景和逃难史，单单到台湾后的眷村生活，就比戏剧还要戏剧了。方景心和余蓬的恋爱私奔、袁忍中的多角情事、田宝珣的痴傻失踪、段锦成与席宜芳的病态夫妻关系等，比戏里唱的还精彩。朱天文也有类似的说法，眷村"每一扇日常琐碎的背后，没有一段不是可以伴着三弦唱进弹词里"。② 演戏的戏班撞进如戏般的生活，撞出不一样的火花，"戏班的到来所带来的戏剧性使得眷村从大家熟知的生活中析离开来，当日常生活被'悬置'起来时，眷村的'本质'才可以初现峥嵘"。③ 戏班的到来，也可以说是把日常生活中的戏剧性提炼了出来，和戏班、舞台上的戏剧相勾连，真真假假间，便是眷村的"本质"了。

---

① 徐钢：《复活的意义，无声的阴影及写作的姿态——阅读苏伟贞小说的戏剧性》，《东南学术》2001年第1期。
② 朱天文：《我歌月徘徊》，《黄金盟誓之书》，台北：INK印刻出版有限公司2008年版，第30页。
③ 徐钢：《复活的意义，无声的阴影及写作的姿态——阅读苏伟贞小说的戏剧性》，《东南学术》2001年第1期。

认同与解构

　　戏班子刺中了眷村躁动不安的内里，才能把一个同方新村搅得天翻地覆。戏中所带的不真实感、虚幻感，刺激了外省人的漂泊感；无根的流离之苦又刺激着外省人去追逐似真还假的戏剧，因果循环，愈演愈烈。战争改变了这些普通人的命运，流落台湾又不知何时可以返回家乡，同方新村中时时弥漫着无根的焦躁不安，无怪乎苏伟贞将眷村里的花开形容为"瘟疫"，笑声则是"传染病"。明明都是美丽的意象，花团锦簇和笑声连连竟然给人疾病之感，也只能说这个村子本身的精神气质出了问题。他们的人生，这个村子，就像戏文一样，似真还假，明明切骨的经历在时代的摆弄下变得荒诞不经。眷村最缺少的是稳定感，因为眷村人的根不在台湾，他们从老家被连根拔起，丢在一个人生地不熟的地方，加之"复国"梦碎，流离之苦日甚。《同方新村》中发了疯般拿钱出来捧戏班、挨家挨户乐捐也要留住戏班的，都是老太太。年纪越大的人在故土扎的根越深，她们散尽金银捧戏班的行为，也是在追寻旧有的生活方式。她们无缘无故狂笑不止的行径，果然应了"以乐写悲而愈增其悲"。

　　朱天心在《想我眷村的兄弟们》这样写"她"对本地生活的观感："渐与几个住在山后的本省农家同学相熟，应她们的邀约去作功课，很吃惊她们日常生活水平与自己村子的差距：不爱电灯、采光甚差连白日也幽暗的堂屋、与村眷隔墙的毛坑、有自来水却不用都得到井边打水。她们在晒谷场上以条凳为桌作功课，她暗自吃惊原来平日和她抢前三名的同学每天是这样作功课、准备考试的。"[①] 本省人的生活方式与眷村差异很大，眷村虽然物资匮乏，显然本省人的生活条件更差，但是"她"暗暗吃惊之余不仅没有优越感还感觉"惆怅难言"。人总是会吃惊于自己不知道的或者与自己不一样的，但是生活水平的差距没有让"她"和伙伴们变本加厉地吹嘘炫耀自己的生活和家乡的种种，反而闭嘴不谈，主要的原因

---

① 朱天心：《想我眷村的兄弟们》，台北：麦田出版股份有限公司1992年版，第73页。

是本省人的"笃定怡然"。"她"形容本省男孩的词也是相类的"安稳怡然"。恐怕笃定、安稳、怡然才是本省生活与眷村生活的最大不同,眷村是"焦躁、不安"的,其来源是"无法落地生根的危机迫促之感"。

外省第二代女作家写眷村,多选用第二代人的视角倒叙:"由于在历史、时代、社会、人物典型交代方面非常明显,这种'我'的倒叙,是一种全面的、从始到终的、一个完整故事的'包涵叙述'(inclusive narrative)。事件人物虽在不同时间空间分别发生,却无任何时空差异(temporal and spatial differences)。台湾'眷村文学'的第二代描述,经常倚赖这种叙述特性,把过往现在包涵贯串,更能把发生的特殊人事情节,放在一个较大的历史文本里透视。"[①] 像"为一个时代作结"(陈义芝语)的《离开同方》就是如此。"我"不仅是一个构架作品的技术方案,"我"打散了时间和空间的限制,不仅把人事情节拢在一起,这样一个第二代的叙事视角其实也将外省第一代和第二代的命运纠结到一起,"我"来叙述父母的身世,"我"也参与父母的人生,与此同时展开"我"自己的人生。第二代即便没有亲历战争,却与第一代共享了失根的"原罪"。

二 两岸关系中的身份认同

大陆,一直都在外省人的身份认同中扮演者举足轻重的角色。大陆之于外省人的多重意义,都映照在外省人的认同体系中。从国家想象到家园认同,大陆的位置不断转移,两岸关系的转变,也影响着外省人的身份建构。

外省人最早的国家想象,是包括大陆这片土地在内的。但是,时移世易,一年一年过去,"回去"的信念一天比一天动摇,认同难免出现裂隙。要不要相信?如何相信?不信又能怎么办?一生的荒谬,已够难堪。外省人开始整修眷村房舍打算定居台湾时,包括

---

① 张错:《凡人的异类 离散的尽头——台湾"眷村文学"两代人的叙述》,《中国比较文学》2006年第4期。

认同与解构

大陆在内的国家想象就已经裂痕明显了。蒋介石的死亡，是外省人国家想象碎裂的标志。

> 我因此悲憾，村子口的我们这些人！早已玩不在一起且都各奔前程的，村子也要改建国宅了有几户已迁出的，由于伟人之死就又纷纷被一股情绪驱策回来的，濡濡沫，偎偎暖。也许是最后一夜的大胆裸裎，因为明天真是不同了。
> 一整月，村子便这样集体进入催眠。暂忘今夕是何夕，经由电视反复播放的伟人生平行宜，及周边各类纪念活动，节目，访谈，大家全部睡进了回忆。伟人的，每人自己的，重叠分不清的，和着那几条快唱烂的颂诗爱国歌曲说了一遍又一遍，成为吾辈一村人的原乡告别式。①

本已流散各方的眷村人在蒋介石死后重聚于此，悼念的是自己几十年的旧梦。但就算打散了国家想象的迷雾，大陆仍旧凝聚着外省人的乡愁。起初因为国、党、家三位一体的认同模式，家园认同与对国民党政权的认同是捆绑在一起的。但随着时局变化已不能不承认"反攻复国"的荒谬，政权的"回"已不可能，家园之路也只能称为"去"了。但对大陆老家的思念之情，不会因为政权的关系而减灭，在情感层面上，大陆之行仍然是"回"。本来家国一体的认同的模式，至此分离。但有机会回到大陆老家之后，才真正对他们的家园认同造成了实质上的冲击。

1949年内战结束，两岸关系进入冰封期，长达38年。"度尽劫波兄弟在，相逢一笑泯恩仇。"1979年1月1日发布《中华人民共和国全国人民代表大会常务委员会告台湾同胞书》后，两岸关系解冻，即便台湾当局并无正面回应，获知消息的台湾民众开始想办法"偷跑"回乡探亲。1987年台湾开放大陆探亲，两岸交流正式

---

① 朱天文：《荒人手记》，台北：时报文化出版企业有限公司1995年版，第204—205页。

第一章 认同想象：以眷村书写为中心

开启，外省人终有机会直接回大陆探亲。开放探亲的第一年，就有逾10万人申请。长久的时间，遥远的距离，都加深了游子的乡愁。只是外省人对老家的记忆，还停留在当年离家的时候。故乡的时间似乎在离家那一刻即停止，原乡以一种凝定不变的状态在记忆中反复被刻写，在时间的冲刷下去芜存菁，成为乌托邦式的存在。但故乡的时间是流动的，近40年的时间，又经历了多次历史大变动，早已不是原来的模样。对老家的想象与现实的巨大落差，给予外省人的家园认同沉痛一击。

外省第一代故乡认同的第一个难题，是故乡对他们身份的新界定。他们来自五湖四海，台湾的身份证上还写着故乡的地址：山东××、江苏××、四川××、广东××，吉林××……但是这些不同籍贯的人在回大陆后都有一个相同的新身份：台湾同胞。在他们念兹在兹的亲族眼中，他们不仅仅是失联多年的亲人，还多了一重台湾人的身份。重回原乡，却再也不是某某地人，而只能是台胞，这给了外省第一代不被故乡认同之感。

这重台胞的身份，又影响了不同的外省人与其亲族的关系。朱天文有多篇写探亲的散文，朱家在大陆的亲戚都是经济条件和人品性情皆佳，双方相处愉快，她的姑姑甚至张罗着要给弟弟买房子好回大陆定居。即便如此，朱西宁也没有选择回乡定居，时空隔绝已让游子与故乡格格不入，不只是政见的问题，日常生活一言一行都与台湾在地四十年养成的习惯不同，故乡不能不成为异乡。更何况很多探亲之旅并没有这么愉快。两岸开放之初，大陆刚刚改革开放不久，经济发展远落后于台湾，相比之下城乡外观的破败本已让外省人有惊诧破裂之感，更可怕的还有贫穷所扭曲的人性。20世纪80年代台湾经济正在黄金期，普通人所赚工资在大陆人眼中已是巨款，台胞的身份于是被等同于物质的富裕。不是每位穷亲戚都能抵住金钱的诱惑，亲人如水蛭般盯着钱财，不相干的人也仇富妒忌，这无疑消磨了亲情，也消磨了外省人对家园的认同感。苏伟贞《时光队伍》中写到的张家弟弟一事，便是例子。年龄不小的张家弟弟智商有缺陷，这样的人不管哪个时代在哪个地方都是婚姻市场上的淘汰品，不经过非常手段（诸如邮购新娘）根本无娶妻的可能。但当弟弟与在台湾的哥哥联络上，智商还是如旧，身价却突涨，不仅娶了妻，还是娶了一个年轻漂亮的女孩。那个漂亮小妻子嫁的自然不是"张家弟弟"，而是张家弟弟的"台湾关系"，所以处处都是算计。其实这桩婚姻买卖的双方都各自暗藏"祸心"，这些人性丑陋之处并非大陆人所独有，台湾乡土小说中对金钱导致的道德沦丧之批判也举目可见。但原乡之于游子是桃花源般的存在，任何一点阴暗面所造成的伤害都是加倍的，短时间内无法心平气和地讨论此种谋生方式的前因后果。就像程太太（朱天心《带我去吧，月光》），回乡之旅中各色亲朋的丑陋面目，还有那终究无法送出的昂贵腰带，不仅碎了爱情梦，也击溃了身份认同。

不管是台胞的新身份，还是穷亲戚的贪婪丑态，如果能从两岸历史变动的宏观视野来看，都是可以解决的问题。只是人非圣贤，具体到每个个体，在当下却难免有受伤、难过、委屈、愤懑、不满等负面情绪。最终，大陆原乡之旅掉入了想象与现实的裂隙，渐次脱离了家园认同。

当然仍有部分外省人不那么在乎两岸的落差，或者说对老家的情感超过了对台湾的感情以及生活水平差异、政见歧异等因素，还是选择回到大陆定居。孙家爸爸（苏伟贞《老爸关云短》）就是这样，四十八岁才在台湾娶了太太生了第一个孩子，这个"四十八岁"的年龄虽然见证了他想回老家的执念，虽然不爱妻子，却与三儿一女四个孩子生活得非常快乐。大陆的生活水平肯定比不上台湾，儿子也不如台湾的这三个有出息，更况何还有一个最疼爱的唯一的女儿，但他还是选了回东北定居。在台湾的时候，父亲就已时时表露对故乡的深情，在台湾这么闷热潮湿的地方还坚持吃东北冬天才做的渍狗腿。但那时候的"东北"只在幻想中，父亲并没有真的离家而去。关云短口中的三国故事和东北风情，在关云霸看来是台湾的"平行世代，现代和古代时间上没有差距；空间上也没有。"[①] 但既然是

---

① 苏伟贞：《老爸关云短》，《魔术时刻》，人民文学出版社2011年版，第130页。

第一章 认同想象：以眷村书写为中心

"平行"的，就只能选择其中一个。女儿对父亲的决定很生气，一直不肯去看他，就是觉得似乎台湾这边的都不算数，有被抛弃的深沉隐痛。必嘉（朱天文《世梦》）也说过类似的话，父亲对老家执念太深，音质很差的录音带也能听不知多少遍。女儿们因为与大陆妻儿无亲无故又有夺父之仇所以一时难以体会大陆妻儿的分离之痛与父亲的两难抉择之殇。当台湾被摆放在与大陆相对的位置上，台湾的"坏"暂时被搁置，犹如之前想象中的大陆原乡，转而被形塑为另一乌托邦。其实大陆与台湾并不是非此即彼的单选题，不是只有被抛弃的悲情，"一点一点发生的事，改变了两家人的生命轨道"，① 三个不受父亲待见的儿子一趟一趟地往东北跑，连母亲都接受了父亲另有妻子的事实。怨恨是因为重视父女之间的亲情，当同理心出场，女儿最后也理解了父亲的选择。

比起第一代的乡愁，"未曾见过"是外省第二代乡愁的致命伤，让他们的大陆乡愁失了根基，比第一代的乡愁更抽象，更虚幻。认同需要有一个具体的场所作为载体，有了具体的场所，才能将认同感落实。朱天文在《荒人手记》中这样写道：

> 巡礼地球古文明地，我们也曾在雅典娜神庙前坐赏声光秀。目睹奥林匹克废墟开着紫色蒲公英，特洛伊只剩旷风终年刮扫砂石遗迹。橄榄林吹摇着它低矮的墨绿浪，或翻过背去的银灰海。至于永桔因工作，因热情而几乎快踏遍的海峡彼岸，我却一次也不曾去过。
>
> 山阴道上，络绎于途。可是我呢，就是没去过。
>
> 是的在我的世界版图里，我独独跳开那一大块陆地。
>
> 现在，它在那里，一件我脱掉的青春皮囊，爱情残骸，它狼藉一堆扔在那里。我淡漠经过它旁边，感到它比世界任何一个遥远的国度都陌生，我一点也不想要去那里。
>
> 我使用着它的文字，正使用着。它，在这里。

---

① 苏伟贞：《老爸关云短》，《魔术时刻》，人民文学出版社2011年版，第156页。

认同与解构

> 它在文字所携带着的它的一切里，历经万千年至当下此刻源源不绝流出的，这里。
> 毫无，毫无机会了，我只能在这里。
> 我终于了悟，过去我渴望能亲履之地，那魂萦梦牵的所在，根本，根本就没有实际存在过。那不可企求之地，从来就只活于文字之中的啊。①

本应该是如永桔那般几乎踏遍的土地，"我"却觉得"它比世界任何一个遥远的国度都陌生"，一个重要的原因是缺少具体的认同场所。没有场所来落实乡愁，所以他们认同中华文化，却没办法将其和家园认同重叠。家园认同，需要共同的生活经验作为支撑。外省第一代和部分有大陆生活经验的第二代，对大陆老家的感情就比到台湾后才出生的第二代更实在，有具体可感的经验存在，即使物是人非，也有个可参照的对比物，更容易引发乡愁。"第二代探亲，亲是有的，然而生活上共同的情绪却好陌生疏离。""我"不肯去"过去我渴望能亲履之地，那魂萦梦牵的所在"，可能正是因为现在已经了悟，去了之后的结局："这里是中国，而一切恍如异国。"对着完全陌生的亲人，完全陌生的地方，"'亲'是先天在那里的，'情'可不是马上就能有的，倒是后来才渐渐产生的。"②

所以，文中多次强调了文字的意义，"我"以文字来承载乡愁，而不是那块陆地。第二代的乡愁其实是从父辈的经验中生长出来的，容纳了太多的想象。真实的土地无法与想象完全对应，但"它的文字"可以。他们的乡愁，只能是文化乡愁。

另外，《荒人手记》中的"我"跳开大陆不去，正是因为大陆曾经在他的生命中占据太重的地位，所以随之而来的虚幻才让他更加逃避那个地方。但更年轻一些的外省第二代，他们生活在现代和

---

① 朱天文：《荒人手记》，台北：时报文化出版企业有限公司1995年版，第199页。
② 朱天文：《第二代探亲》，《有所思，乃在大海南》，台北：INK印刻出版有限公司2008年版，第196页。

第一章　认同想象：以眷村书写为中心

后现代语境中，对乡愁这种东西是真的冷漠。诸如程佳玮（朱天文《带我去吧，月光》），她是因为要去见夏杰甫才与母亲、哥哥一起到了香港，在此之前她拒绝陪母亲探亲：

> 佳玮对母亲的那些谁谁谁，一海票没有面孔的亲友，既无兴趣，也不想认识。南京上海对她而言，永不及杂志上看来的东京，涉谷，代官山法国式刷白的蛋糕屋，青山路西武的无印良品店，以及遥远希腊的蜜克诺丝岛，澄蓝地中海无浪无云，岛镇全部漆成白壁白墙一样错落繁复的街道小屋，都比那两座老大老旧的城市对她有感情。她一点也不想介入母亲的乡愁中。①

程佳玮这代人对亲属的看法已经十分淡漠，在传统文化中十分珍贵的数量越多越好的"亲友"，对新人类不具任何意义。探亲自然不是一件重要的事，她对一场爱情探险的兴致远远超过探亲。程佳玮不想去南京上海，已经不再是伤痛于乡愁的虚幻，而是对"落后地区"的不感兴趣。他们也没有什么家国观念，他们父辈拼过命的"小日本鬼子"，在他们眼里也褪去了民族情绪只剩下"现代"二字。那些店铺小岛，代表的是一种生活方式和价值观念，是现代都市社会肯定和推崇的生活方式与价值观念，上海南京的房屋街道纵然再多历史沉淀与爱恨情仇亦是落伍、落后。佳玮陪母亲买探亲礼物时就已经表露了不耐烦和看不起，她认为母亲没必要精挑细选也是因为"落后地区"根本不懂好坏。

先进与落后一直是外省人看台湾与大陆关系的一个维度。开放探亲时大陆经济落后台湾很多，两岸的生活方式和生活水平差异颇大，外省第一代还会有"补偿"的心理，外省第二代则多抱着优越心理而常有指责。朱天文在《第二代探亲》中不讳言自己想扮演那

---

① 朱天文：《带我去吧，月光》，《世纪末的华丽》，台北：INK 印刻出版有限公司 2008 年版，第 92 页。

个小时候带巧克力到她家去的阿姨的角色,"礼物是荣誉的象征,物本身具有荣誉的光芒。通过赠予,一个人展示了自己的财富和好运(权力)"。①朱天文想要带给大陆亲戚物质和外面世界信息的心理,就是在扮演施予者和启蒙者的角色。先站定了这样一个高位,再看落后贫穷的大陆生活和亲戚,难生认同之意。蒋晓云《探亲》中毁了家爱名牌旅游鞋的那个以猪圈充当的厕所,怎么能不让两个城市小姑娘大呼"很可怕"。回大陆,仿佛沿着时光隧道倒退了 20 年,处处的落后和不方便,习惯马桶的现代人是很难以平常心待之。《沉默之岛》中被霍晨勉诟病的大土地上拼命活下去的单细胞动物行为,其实很大的一个原因是贫穷,与富裕后的"混吃等死"并不相同。然而霍晨勉并无考虑到这一点,她对大陆"大土地"的讨厌暗含着富裕与贫穷的对立,和站在富裕处的优越感。

　　大陆的现代化程度落后于台湾,这一点在外省人的自我认同中也扮演了重要的角色。朱天文在《巫言》中写大陆没有私人空间,"共产主义的空间亦共产"。朱天文把人与人之间是否拥有"一臂的距离"归因于社会制度,且正是不同的体制导致了经济的差距,而是否有这个距离恰恰又代表着社会发展水平的高低。其实,有没有那个"一臂的距离",是传统农业社会与现代工商业社会生活方式和价值观念的差别。外省人在台湾的生活也是从贫苦到富裕,经历了社会的转型,朱天文、苏伟贞等眷村作家也时常在都市中怀念当年眷村没有距离的生活。到底是人情冷暖还是进步落后,双重标准的背后也隐含着身份的焦虑,否定他者也是加固自我身份的一种方式。

三 族群关系中的身份认同

　　弥漫于眷村中的"焦躁、不安"的气氛,其来源有二。一方面,是时代赋予的"原罪",他们自愿或被迫被时代洪流裹挟,失

---

① [法]乔治·巴塔耶:《竞争性炫财冬宴中的礼物》,肖丽华译,孟悦、罗钢主编《物质文化读本》,北京大学出版社 2008 年版,第 3 页。

国失家。另一方面，则是"无法落地生根的危机"了。自我的不认同与认同对象的拒绝都是"无法落地生根"的原因。外省人的主观意愿和外在形势往往很难达成一致，最后的结果就是外省人掉入认同撕裂的黑洞。

省籍情结，外省人和本省人都有，因为沟通不良与人性晦暗，也发生过很多不愉快的事情。比如《有缘千里》中秦家的本省妈妈宝珠，是秦世安的"避秦"妻，这个"避秦"有避乱战祸之意，但却并非"自是无人有归意，白云常在水潺潺"的结尾，而是"避秦不是无归意，一度逢花一断肠"。那么假若归期如约而至，"避秦"妻宝珠的结局也就可想而知了。何况归期还未来，秦世安的大陆妻张素文已艰辛寻至，对两位"妻"来说，这是何等难堪、苦痛的局面。朱天文《桃树人家有事》中的孟家夫妻，是外省老兵婚姻中典型的老少配，隐瞒年龄又隐瞒在大陆已娶妻，已经是"骗婚"了，虽然也大有苦衷。但如若将"避秦"妻与"骗婚"的根由归到外省人欺负本省人上，则片面了。男性对女性的不尊重，是男性沙文主义意识的表现，利用种种伪装骗取婚姻的行径时至今日也未断绝。而且正是这个"骗"，暴露了外省人在婚姻市场上的弱势，如果真的有所谓优越感，结婚对象自然手到擒来，无须隐瞒这个欺骗那个才能娶到妻子。其实很多老兵最后所娶之人都是婚姻市场上被淘汰下来的更为弱势者，像黄春明在《看海的日子》中写到的莺莺，最后嫁的就是外省老兵。莺莺与白梅这样被家人卖作妓女的女子，若想从良结婚，在本地婚姻市场中只能选择牵牛车或补破锅这样经济条件差且年龄相当大或身体有缺陷的对象，再不然就是外省老兵了。正如陈映真在《将军族》中所写，这些被时代拨弄的可怜人，同为社会最底层的小人物，只能相互依偎取暖，以死亡获取人的尊严。

在很多眷村小说中，可以看到军队开着车到村子里发米发面的情节，外省人尤其是眷村人确实得到了国民党的照顾和倚重，比起自己种田的"老百姓"还是个"铁饭碗"，一般家庭的本省人看外省人犹如乡下人看城里人。但照顾是有限的，单是"外省"的身份还不足以让他们"欺压"本省人,他们又还没有认同台湾这块土地,过客心态自然也不会太过在乎本省人的认同反馈,在本省势力崛起之前,族群身份并未牵制到外省人认同体系的构建。

本省人对国民党的高压专制日益不满,台湾本土意识高涨,本省人奋起争取正当的权力,党外运动兴起,台湾大步迈进民主化进程。这对于誓死效忠国民党的外省人第一代,尤其是国民党老党员来讲,当然是极其难受与难以参加的,但对接受了民主观念的外省第二代来说,则较容易融入民主进程。第二代能够将他们的外省身份与政党认同相互剥离,自主把选票投给国民党或者其他政党。多党制是为了民主以促进步,而不是分裂,正如70年代的乡土文学论战,是反对国民党的专制统治,是要反西方霸权主义,保护中华民族的经济和文化主体。朱天文在《思想起》写到赵德春举办民谣演唱,也是为了"我们是中国人,为什么不唱自己的歌,要唱外国的?"党派的划分也不能单凭省籍身份,坚持"士"立场的朱天文对乡土运动的质疑也不在省籍矛盾,而是政见的分歧。朱天心在《时移事往》与《台大学生关琳的日记》等小说中写到民主运动时,也强调了本省、外省学生的"同行",虽然步伐有快有慢,但外省人中有平稳务实专心求医学的"我",有飞蛾赴火般的时尚弄潮儿爱波,有想独闯世界不参与政治派别势力的文化弄潮儿关琳;本省人中也有王尚义[①]那般思想丰沛却行动无力的黄南奇,有从冷静宽和到参与党外势力团体的伟政,有短暂沉迷反对运动又回归主流的顺时者方柏。

伟政曾说种种偏颇过激的手段"目的还在于实际参与政事,使党外势力能够及早成为一个体制内的政治制衡改革力量,以充分发

---

① 王尚义(1936—1963),生于河南汜水,1949年随家人南下香港,1951年赴台,也是外省第二代作家,学医,但热衷于文学、音乐、绘画等一切形式的艺术。王尚义是台湾较早介绍存在主义文学思潮的作家,他自己的创作也深受存在主义的影响,同时也有浪漫主义的印痕,擅长写"穷、忙、病、孤独、无助"的青年知识分子的精神困境与身份危机,是一代知识青年的代言者,所著《野鸽子的黄昏》《狂流》《从异乡人到失落的一代》等在青年读者中风靡一时。

第一章 认同想象：以眷村书写为中心

挥议会政治的功能，加速完成健全的民主运作"。[①] 他的考虑符合现实的状况，政治本来就是复杂的，是非善恶也确实无法一刀切下去就立见分晓，但民主化、本土化的合理诉求终究慢慢变了质，新兴的本土势力走到了和他们反对的国民党专制统治一样的道路上，"突出了闽南人中'福佬中心主义'的强势声音及其构建新'主体性'的政治规则"[②]。族群在此中成为非常好用的政治资源，族群身份成了先决条件，只要本省的都是好的，外省的都是不好的。外省身份成了外省人的原罪，本省人将对国民党的不满迁移到了所有外省人身上，不问理由地排斥与打压。这是被压制者的强烈反弹，但与曾经的专制政权如此相同的思维模式并不利于族群共处，纵然少数外省人曾经占据了大部分社会资源，普通外省人也不该为国民党曾经的恶行埋单。"身份绝不是'首要的'，而是关系的产物。不管是被巴赫金的对话体还是被德里达的'异延'激活的，差异及对差异的协调变成了建构身份的关键；推而广之，也成了建构文化的关键。当然，此处的差异并非用来区分，而是用来在一种互相依赖的状态中连接自我与他者。"[③] 虽然外省人与本省人是相互依附而存在的，但就像本省人认为的外省人曾经压制他们，他们在成为支配者后也将差异用来区分不同的族群，将两者放在二元对立的模式中，加以打压。处于支配地位的"福佬中心主义"，给外省族群造成了很大的压力。他们制造族群仇恨，不分青红皂白地给外省人扣上罪状，将外省族群推进了前后失据的尴尬境地。

特殊的政治情势下，族群身份关涉着外省人身份建构的方方面面。在国家与政权的复杂纠葛中，既包括了两岸关系，也摆脱不了统独之争。国共两党虽然政治立场不同，但都承认一个中国。国民

---

① 朱天心：《台大学生关琳的日记》，《时移事往》，台北：远流出版事业股份有限公司1989年版，第167页。
② 郝时远：《台湾的"族群"与"族群政治"析论》，《中国社会科学》2004年第2期。
③ ［美］德里克：《跨国资本时代的后殖民批评》，王宁等译，北京大学出版社2004年版，第61页。

认同与解构

党与民进党在台湾轮流执政,对国家的认知却大异其趣。一蓝一绿,绿营人士握住身份霸权拒绝任何异见,给予外省人不被认同的重击,也与"民主"背道而驰。民主运动的变调,极大伤害了外省第二代"弃暗投明"的理念和信心。外省第二代参与民主运动在时间上总体而言比较晚,而部分本省人的政治信念变色,将民主当作政治资本,意欲独占不肯分食给后进者,不肯承认外省人参与民主运动的真心,也莫怪朱天文"怨毒著书",在《我记得……》《十日谈》等小说中狠狠地揭开众多民主英雄及其追随者并不美好的真面目,被他们的私心和堕落所伤,感慨其中的虚幻。

外省族群被强加的污名,也对他们的家园认同造成很大压力。从大陆回到台湾,外省人的家园认同已从大陆转移到台湾。认同转移不是数学单选题,不是甲就是乙,不是对就是错。认同牵扯着人类的感情,其过程充满挣扎与伤痕。对大陆老家的幻梦碎了不会痛吗?与亲人不能长久厮守不会苦吗?舍了大陆,不代表对大陆老家已全无感情;回了台湾,也不代表新家园是草长莺飞、杨柳拂堤的无忧乐园。"对背井离乡的人来说,立锥之地多么重要,全世界都一样。"[①] 外省人虽然刚来时没有要定居台湾的打算,但几十年下来,主客观两方面都有了留在台湾的必需。眷村就是一个"立锥之地",眷村人对眷村的恋恋之情,就是最好的证明了。他们以台湾为家的心情单单因为外省人的身份被指责,被质疑,被排除在外。外省族群在族群关系中最大的困难,应该就是如何应对不被认同的困境。"差异本身常常是支配与反支配的权力关系的一种呈现,从支配者的角度言,差异政治常常透过所谓的排除作用来巩固和强化他的统治地位,而这一点正是后现代的认同政治所要挞伐的。"[②] 外界的压力促发了思考,所以外省第二代女作家的眷村小说越写越激烈,或言深刻。

外省第二代女作家早期的眷村小说,总体倾向于呈现族群融洽

---

① 苏伟贞:《有缘千里》,台北:洪范书店有限公司1986年版,第31页。
② 孟樊:《后现代的认同政治》,台北:扬智文化事业股份有限公司2001年版,第166页。

的氛围。比如赵致潜与林绍唐的恋爱悲剧，林家那样保守糜烂的大户，林母那样控制欲强烈的寡母，大家族里的钩心斗角，不是台湾独有，在大陆也极普遍。因为门户之见造成的恋爱悲剧，从古至今已经太多。如若还在大陆，赵家还未必看得上林绍唐的家世背景；如果赵家不是"逃难"的，也许两家能成亲家。但是一场时代变动，赵家落难台湾，倒把林家的保守落后凸显了出来。有论者以为这个情节的安置有贬低本省人的嫌疑，其实倒也未必，流落异乡的外省人已失了"封建旧式大家庭"的名号，无家族可言就很难再扮演棒打鸳鸯的黑暗旧势力，而在相对开明的眷村长大的第二代，自然就站在"现代儿女"的高点向封建旧势力发起攻击。外省人和本省人缺乏的是了解和沟通，相互体谅的心情。朱天心《未了》中的那个本省"恶妻"，在《沧桑》中是个外省女子，人的善恶不分省籍，人性而已。孟先生和孟太太（《桃树人家有事》）这样的故事有很多，孟太太委屈，孟先生在大陆的妻子也是受害者，但是争吵于他们的人生无益，两厢耍些心眼斗些心计都不会改变一夫二妻必然的分割折磨，然而不放弃的人生态度让孟太太把生活过得热热闹闹。秦氏夫妇（《有缘千里》）亦是，语言不通的时候都不妨碍交流，日子怎么会过不下去。外省小孩是"刁"还是"活"（《未了》），本省家长了解后就会不带省籍情绪的重新下判断。但到了后期的《想我眷村的兄弟们》，外省小孩就不再自得于性格的"活"，而去感受和深思本省与外省小孩木讷与活跃背后深层的心理因素，看到了不同性格背后代表的安稳与流离。

　　立场的选择要经历千般挣扎，在不同的立场中协调一个落脚点亦是不简单。诸此种种，使得"这些人在原本应该安身立命的地方流浪与冲突，漫无目的游荡，失去坐标，成为地球永远的漂浮者，切断在生命光谱的两极，恐怖到像无止尽的惩罚。时时刻刻宜乎问：乡关何处？"① 朱天心则比喻外省人的处境是"正如那只徘徊

---

　　① 苏伟贞：《眷村的尽头》，苏伟贞主编《台湾眷村小说选》，台北：二鱼文化事业有限公司2004年版，第12页。

认同与解构

于鸟类兽类之间，无可归属的蝙蝠。"① 移民的流离命运，外省人逃避不了，流离，再流离，似乎成为眷村和外省人的宿命。眷村，恰好是一个凝结着外省人各种复杂情感的中介物。眷村的过去现在见证了外省人认同的流变，眷村身上的各色标签，正是外省人尴尬处境的直观反映。眷村文化迅速凋零之时，保存眷村文化，也是在为外省人寻求身份认同的途径和环境。苏伟贞的期许是"传达眷村记忆，这里头没有悲情。"② 这也是所有眷村人与致力族群平等共处的人的期许。

萨义德在《知识分子论》中提出："流亡者存在于一种中间状态，既非完全与新环境合一，也未完全与旧环境分离，而是处于若即若离的困境，一方面怀乡而感伤，一方面又是巧妙的模仿者或秘密的流浪人。"③ 外省人也是"流亡者"中的一种，他们或许为自己的身份做了选择，或许没有，他们或重或轻地背着旧环境的包袱，主动或被动地与新环境分分合合，很难寻找到一个内外皆认可的落脚点。这种位于边缘的"中间状态"造就了外省人的认同伤痕，也为外省第二代作家提供了丰富的资源，从中迸发出巨大的创作张力。

---

① 朱天心：《想我眷村的兄弟们》，台北：INK 印刻出版有限公司 2002 年版，第 79 页。
② 苏伟贞：《拒绝遗忘》，张嬙主编《宝岛眷村》，中国人民大学出版社 2010 年版，第 10 页。
③ [美] 萨义德：《知识分子论》，单德兴译，生活·读书·新知三联书店 2002 年版，第 45 页。

第二章　身份的建构与解构

面对认同危机，就有了重新建构身份的需要。外省人在认同体系崩解重建的过程中，走向了在地认同的道路，但仍然要面对不被认同的巨大压力。外省人并不是铁板一块，在外省第二代女作家的身份书写中，能够清晰地看到立场的多元与分化。这是历史"真实"的多样，有后现代史观盛行的背景，也带有强烈的女性气质，还是从个体视角反攻政治意识形态。再现历史，祛魅政治，都是重建身份的努力，然而也是对族群身份重要性的消解。都市化同时也在侵蚀认同的根基，身份在被建构的同时，也在被解构。

第一节　在地认同

在地认同，简而言之就是对居住地的认同。这个居住地一般来说不是中国人普遍重视的籍贯所在地或言之老家，而是因为学习、工作等各种原因搬迁所至的地方，因居住时间较长或者直接定居，在时间的累积中对居住生活的土地付出了情感，从而萌生了认同之感。比如说很多老唐山（东南亚华人），他们以中国人自居，梦里梦外都是回"神州"，但并不妨碍他们认同那块奋斗经年的淘金地。外省人在认同体系崩解重建的过程中，也是走向了在地认同的道路。外省第一代不必多言，外省第二代多是出生在台湾的，但因为他们跟随父辈相信了若干年的"回大陆"，身在心游离，在心理上他们也算是后来定居者。多数外省第一代和外省第二代最后都选择了认同台湾为家园，留在台湾生活，关心台湾本土议题，便是一

认同与解构

种在地认同。

不管是过去、现在还是将来,台湾这片土地之于外省第一代与第二代而言,都是不可取代的,认同这块自己生活过、没有意外也将埋骨于此的土地,是人类最自然的情感表达。爱不爱台湾,是省籍矛盾衍生的问题之一,经常被拿来质疑外省人。朱天文、朱天心和苏伟贞都曾用不同的语言表达过她们爱台湾的心情。朱天文的台湾意识是在有了竞争压力后萌生出来的:"临对泱泱大陆,竟萌生自己未曾预料到的台湾意识,要叫你们不敢轻之,叫你们忘也忘不了。"① 两岸电影人在国际电影节狭路相逢,"来自不同地域的中国人,却因着我们从小所生长的台湾的根壤情感,而立刻卷入一场'台湾不能输给大陆'的比斗心态中"。② 身份总是在与他者的关系中凸显出来,护短是因为爱而生的心理,在家可能觉得万般不好,出门却不允许别人说一句不好。朱天心曾因为外界的逼迫负气不回大陆探亲,被问到自己是不是台湾人时几乎哭出来,"对这块土地的感情,像空气像家人,平时没事谁会去描述它。"③ 苏伟贞面对质疑,已然有些动气:"'爱台湾'?这已经是他们父母最后及唯一退到之地,他们生之长之的国土,要谈爱不爱,会不会是太简单的口号或算术?'爱台湾'?难道他们写的是瑞士法国或西班牙?他们使用的语言文字是阿拉伯或楔形文字?是中文啊!为什么才隔了道竹篱笆或蒋中正题字的村名基石,就真的是外国?"④

爱不爱台湾与移民时间的长短、政治意识形态的统独等没有直接必然的关系,在地认同并没有所谓正确的模式,在外省第二代内部也有些微差距,或者党派不同,或者表达方式有异,都无碍于对

---

① 朱天文:《走吃千里》,《有所思,乃在大海南》,台北:INK 印刻出版有限公司 2008 年版,第 229 页。
② 朱天文:《寻找 See's》,《红气球的旅行》,山东画报出版社 2009 年版,第 69—70 页。
③ 王尧:《朱天心:过简单生活的大作家》,《人民日报·海外版》2009 年 8 月 27 日第 3 版。
④ 苏伟贞:《我从眷村来》,苏伟贞主编《眷村小说选》,台北:二鱼文化事业有限公司 2004 年版,第 10 页。

台湾这片土地的深挚情感。认同在地,是国族、政党、家园、族群等认同面向的合力,而不是上下从属的关系。在地认同与家园认同的关系最为紧密。在地认同很自然包含了"家"的含义在内,就算不能和"老家"等量齐观,也是有了感情生了牵绊,有了"我"的位置和痕迹。台湾本省人廖信忠到上海工作后也习惯了说"去台湾""回上海",若说这是他抛弃台湾改认上海为家恐怕并不恰当,几趟旅行和一年的工作就能让他与台北老家切割干净,那人的感情也太过冷漠与廉价。同样,他对大陆、对上海的好感与认同也不能否认,他与居住地的感情随着时间而积累,认同了这个城市,再因为一年中大部分时间生活在上海而自然而然称为"回"。因为有感于两岸的互不了解,有机会做中介人的他才写了《我们台湾这些年》。多数外省第一代都慢慢将家园认同从大陆转移到了台湾,即使在他们只认大陆老家的年代里,对台湾的感情也在逐步积累中。眷村就是一例,不管怎么封闭,眷村毕竟是建在台湾的土地上。对大陆老家或深或浅的乡愁,一点都不减损他们对台湾的家园情。反过来也成立,对台湾的在地认同也不必以清除对大陆的乡愁为前提。外省人从到台湾那刻起,就和本省人一起共同创造和经历着台湾历史,经验重叠,记忆共享。他们的村子,在差不多一样的时候出现了第一台电视机;他们一样为了棒球比赛热血沸腾;他们早早出去酒吧里混生活的姐妹正在黄春明的《小寡妇》中与客人笑闹。那些可恨又可怜还留有一丝率真的"小寡妇"们,根本没办法用族群来划分,她们都是台湾从农业社会向现代工商业社会转型过程中的牺牲品,她们抛弃了尊严用身体赚钱,或者遇到了可以嫁的美国大兵出国"享福"(她们二等公民的境遇可以在海外华文文学作品中遇到),或者堕落不止。

人的感情是丰富而复杂的,随着人口流动的频繁,既是甲地人又是乙地人的身份构建已经渐成常态。在还没有全球一体化的年代,也有因为迁徙而生的"两地人",外省第二代女作家的前辈林海音,就是一位极佳的代言人。这位曾在北京居住过近三十年的作家,上学、工作、成家都在"异地"完成,1948年回台湾,后来还写了回顾北京生活的《城南旧事》等作品,像《城南旧事》字里行间都是对旧日生活的怀念与深情,有着台湾背景的"小英子"与北京这座古城没有丝毫的隔阂。称北京为"第二故乡"的林海音,回台湾多年都还讲一口纯正的老北京话,但这与她倾情助力台湾文学发展却并行不悖,她自己写作,同时致力于编辑、出版事业,她鼓励杨逵等日据时期的老作家再提笔创作,重视钟理和等台湾本土作家,提携后辈可谓不遗余力,是台湾文学发展的重要推手。这位备受尊敬的老前辈既是北京人又是台湾人的人生路,完全可以成为外省人的借鉴模板,却在很长时间内行不通,最大的原因在于外省人的不被认同。

在地认同,是外省人在不同立场中协调出的较佳落脚点。然而,建立新的认同体系是很困难的。外省人可以做主选择自己的身份为何,可以在不同时期自主调整身份的变化,对居住地强势群体的排斥与拒绝却无决定之权。因为族群身份而牵引出来的一连串认同危机,归根结底还是来自不被认同的压力。要冲破身份认同的屏障并不容易,外省第二代女作家以重现历史、祛魅政治等多种手段寻求身份重构的空间。

第二节　重现历史

按照斯图亚特·霍尔的观点,"认同问题实际上是在其形成过程中(而非存在过程中)有关历史、语言、文化等资源的使用问题:不是'我们是谁'或'我们来自何方'等问题,而是我们可能成为什么,我们是如何被再现的,是如何应付我们该怎样再现自己的问题"。[①] 认同不是一个本质主义概念,不是先天存在不可更改的,霍尔在这段话里强调了认同形成过程中诸要素的合力作用,如何再现就变得非常重要。一直以来,外界因为不了解或者敌对的

---

① [英] 斯图亚特·霍尔:《导论:谁需要"认同"》,周韵译,周宪主编《文学与认同:跨学科的反思》,中华书局2008年版,第6页。

原因，随便轻率地贴上"过客""不爱台湾"等标签，简单化、刻板化外省人形象。既然"被再现"出了差错，回溯历史（个人的、民国的、台湾甚或两岸的）寻找自己的"起源"就十分重要，外省第二代女作家在一个时间的流动中再现真实的外省人形象，争取发言权。

一 家族历史：重现父名与再塑自我

对个人家族的书写，是对自我身世的追本溯源。书写个人家族历史，既是为被污名化的父亲正名，也是在追溯身世重现父亲的过程中再塑自我，从时间视域为两代人重修历史身份，也为解决当前的问题提供历史资源。

外省第二代女作家的家族历史书写，所谓家族，其实也就只有两代人，极少人会有祖辈，绝大部分都只是父辈和子女两代人而已，在大陆的宗亲都是通过转述得知或开放探亲后才认识。眷村小说并不完全是自我家族历史的回溯，但是家族小说的一种变型，眷村之于眷村人本就具有"家"的意义，也多采取家族史的形式展开故事。比如苏伟贞的《有缘千里》《离开同方》都是采取多个家庭齐头并进的复线结构，从青壮年到老迈死亡的第一代，从懵懂孩童到青壮年的第二代，他们在台湾的起承转合，百般人生，一种心情。眷村小说这类时间上从台湾起始的家族书写，重在描述探讨外省人到台湾后的生活状态与心理转折，两代外省人作为移民曲折幽微的认同路径最终通向了在地认同。

外省第二代女作家的家族书写中，自我父系家族的"私历史"也有颇大的讨论空间。家族谱系中的"父亲"一角，变换了多次面貌。中国传统文化推崇"父为子纲"，意欲推翻封建礼教的"五四"文学革命后，老去的"父亲"在文学中成了威权的代表，而接受了现代文明的"子"以反抗冷酷、专横、虚伪、残暴的"父亲"来表达对旧社会的痛恨，以离开旧家庭的决绝姿态宣示对新社会的向往，比如《家》中的觉慧。每个时代的具体诉求并不相同，这一父子关系的模式却延续了下来，子总是借助反抗父实现自我的

47

独立。在外省第二代女作家的家族书写中，子女也一再重复着"离开"的行为，不一定是觉慧那样一般意义上的离家出走，更多是精神上的出走。按照后殖民主义的观点，自我是在与他者的关系中建立起来的，父亲既然是最方便好用的一个坐标，子女通过反抗父亲来定义自己，那么这种叛逃其实是一种隐秘的传承，没有了父亲也就没有了"我"。

"父"的离场，连带着让"我"也失去凭借，给予"子"一个重新审视父亲的机会。"父"离场的最直接方式是死亡。朱天文在《挥别的手势——记父亲走后一年》中感叹她也是在父亲去世后才懂得父亲，她把与父亲之间定义为"男人与男人的交情"。父亲以"前社长"的身份复活在《巫言》中，恢复他可敬可亲的真实面目，为此，成就一本"悼祭之书"（黄锦树语）。

外界对"父"的抹杀，也是"父"的一种离场。没有人的存在会毫无价值，更何况是经历过时代变动的一代人。细数父亲的遗物，就会发现父亲不是自己想象的那么没用，没有外界定义的那么不堪。他们誓死效忠国民党，但他们也为此付出了昂贵的代价（莫名其妙被骗到这个岛上四十年，两头落空只剩荒诞）；他们开始只把自己当过客没想要留居台湾，但这让他们饱尝了几十年的漂泊无定感；他们不是不爱台湾，他们只是抛不下父母亲友，抛不下出生长大的那块土地；他们在台湾过着和其他人相同的日常生活，为台湾的发展贡献良多……不能用一个概念简单抹杀父亲丰满的血肉之躯，或许他们还承受了比其他人更多的苦难。朱天心总是忍不住为父亲抱不平，她在《〈华太平家传〉的作者与我》中愤而写道：他的作品够多够好但不被台湾文学界承认，因为他"政治不正确"；他热心指点提携后辈，后辈成名后转身即忘，因为他是"外省人"。这又回到了那个老问题：不被认同。不被认同一般都会连带着被污蔑打压，父亲提携过的学生把市长选战失利的原因归结为外省人的褊狭、不长进、不认同台湾时，不知道以后敢不敢承认这也是"为了服务政治理念"的又一次不符实况。朱天心的愤怒发声当然有私心在，但作为"父"的朱西宁其实也是他们那一代人的代表。

朱天文在《致舒畅伯伯》中直言"他们是,整个一代都被低估了。"① 这个低估,来自外界,也来自外省第二代。当理所当然存在且理所当然强大的父亲突然间老病死去,死亡打破了第二代的视而不见。朱氏姐妹在父亲过世后又与舒畅伯伯亲近九年直到他亦过世,移情作用是有的,"更是因为他见证过我们所共有的记忆,自父亲不在后他是唯一知道我们那些事的人。他是记忆之所依凭的可见体,我们曾经太理所当然看待之以至看松了,也看轻了。这个错失不能再犯。"② 子女如此小心留存父辈记忆,使父亲不至于"魂飞魄散",无声消逝。外省第一代渐渐凋零之际,除了子女,已经没有人能为父亲打抱不平,没有人比子女更了解父亲的真实面貌。子女若忘记,父亲的生前身后事真的会淹没于时代尘埃之下。在此意义上,外省第二代女作家的父亲书写,就有了为父亲正名的意义。

朱天文在《巫言》中这样写父亲那一代人:

> 那时,一整代人,大迁徙从烽烟苍黄大陆来到南岛的一代人,经历着他们猝不及防、忽焉而至的狼狈衰老,和死亡。
>
> 由于他们父母都留在大陆,他们简直不知什么叫老病。没看见,没经历过,他们压根不知人是会老的。富强,增产,一代人在干这事,他们哪知道有什么老年生活,居然也会要占到他们的人生十年,二十年,甚或相等于他们青壮忙碌期的三十年。他们都会说,饱备干粮晴备伞,老年生活,却没有人要去准备。不知老之将至,光手光脚连件起码的配置也无,参考系统也无,支援系统也无,不知所措出演了难堪的退场。③

---

① 朱天文:《致舒畅伯伯》,舒畅《那年在特约茶室》,台北:九歌出版社有限公司2008年版,第7页。
② 同上书,第10—11页。
③ 朱天文:《巫言》,上海人民出版社2009年版,第241页。

外省第二代的父亲，是没有父亲只有子女的父亲。并不是说他们没有血缘上的父亲，而是他们少年离家，与父母一别几十年，有些人甚至没有见到父母最后一面或者是临终都未再回老家，也没有通信，他们人生中最强壮的岁月，全部消耗在一个南方小岛。没有父亲可供参考，没有压力亦没有保护，他们是白手起家，从头重建起"父亲"的形象。他们没有父母，但生下子女，并抚养他们长大。他们仓促难堪的死亡，虽然狼狈，最后留下一个激烈燃烧过的痕迹。这样的父亲，终究得了子女的理解。《巫言》中的"我"也在父死九年后于《细胞转型》中惊喜遇见父亲的脚踪，与父亲一路行去。第二代怀念父亲、理解父亲、肯定父亲之外，他们还在重走父之路后对父亲生出欣羡之情，欣羡他们的浪漫理想化，"比起来我们充满了怀疑不信任，冷酷异境，既自苦，也苦人。"①

曾经，父亲的信仰也是第二代的信仰，后来他们以反对父亲（痛骂国民党等行为）来重建自己的价值体系（民主、自由等），他们也曾经离家以逃离躁动不安的移民原罪。然而当一切失序，父亲，反对过的父亲，成了秩序的象征。李安曾经在采访中说过父亲威权的两重面貌："其实抗争是一回事，因为想要自由，但父亲的威权给你压力，也给你安全感，那是我根本的立足点，我并不希望它浮动。"② 为父亲正名，为父亲立传存世，也是为自己寻找存在的正当性。朱天心在父亲去世后才恍然大悟："我一直靠着不断的挑战父亲，才有自己，才知道自己在哪里，才知道自己是什么，才不致'无意志、无重力'的漂移着。"③ 朱天文则从张大春的小说中看到"推动我们力量的并不是恋母弑父情结，而是'肖父'的愿望，从家族历史中夺回自己，推之如不朽的愿望。最终我们顶多

---

① 朱天文：《致舒畅伯伯》，舒畅《那年在特约茶室》，台北：九歌出版社有限公司2008年版，第9页。

② 邱祖胤：《李安：父亲就像来台的国民党》，《中国时报艺文副刊》2009年10月9日。

③ 朱天心：《漫游者·说明》，《漫游者》，台北：联合文学出版社2004年版，第27页。

能塑造点什么——一样东西，或我们自己，然后弃之于迷惑混乱之中，把它当祭品或礼物，献给生命的长河"。① 外省第二代女作家回溯家族历史，重塑父辈形象，也重塑自我。

二 家国历史：真实多样与立场分化

眷村作家为了眷村被污名的弱势处境奋而抗争，文学以外，还因为电视人王伟忠等的成功策划与营销，眷村文化一时红遍两岸，电视剧《光阴的故事》收视率很高，赖声川导演的舞台剧《宝岛一村》在两岸多地上演，反响热烈。眷村热确实增加了外界对眷村历史现状的了解与理解，却不意想引发了蒋晓云的抗议。

蒋晓云也是外省第二代，年轻时与朱天文、朱天心姐妹等同为台湾文坛大有潜力的女作家，夏志清称赞其"不止是天才，简直可说是写小说的全才"。② 然而这一众所期待的"又一张爱玲"，却于1980年赴美转投高科技行业，自此绝迹台湾文坛。2010年，蒋晓云以长篇小说《桃花井》复出。《桃花井》讲的也是台湾外省人的故事，但这个"外省人"却不是眷村人，是眷村外的外省人。蒋晓云承认自己是外省人，但非常在意自己这个"非眷村"的身份。她觉得"眷村热"让所有外省人被等同于眷村人，"这就让我这个第二代外省人要举手抗议了"。③

在《都是因为王伟忠》一文中，蒋晓云历数了眷村内外的外省人的不同。首先，1949年"到台湾来的外省人可能很多都是跟着国民党军队撤退的军人，可是也有'纯难民'"，他们与"当时国民党政府没有太多渊源或理念交集"，"用眷村的说法是一群'老百姓'"。"我没有统计数字佐证，我只能猜想他们是一个很小的样

---

① 朱天文：《弱点的张大春》，《有所思，乃在大海南》，台北：INK 印刻出版有限公司2008年版，第143页。

② 夏志清：《蒋晓云小说里的真情与假缘》，《夏志清文学评论集》，台北：联合文学杂志社1987年版，第273页。

③ 蒋晓云：《都是因为王伟忠》，《桃花井》，台北：INK 印刻出版有限公司2011年版，第8页。

认同与解构

本池。可是群体虽然小，却因为比大家都是行伍出身的眷村父母缺少统一背景，我听到的事就很多样性，尤其跟眷村的忠君爱党气氛不同的是，这些人对当时国民党的不信任常常溢于言表。"① 从早期的眷村小说中能够看到他们确实是称呼村外人为"老百姓"的，从蒋晓云对眷村的神秘感可以看出眷村的封闭不是单独针对本省人的，与非军队系统的外省人也是交流不多。这是各地军队大院的共性，很多"老百姓"都曾对军队的神秘充满好奇。"个体生活的历史中，首要的就是对他所属的那个社群传统上手把手传下来的那个模式和准则的适应。"② 不同的成长环境显然影响了日后的身份认同，像朱氏姐妹等眷村出身的外省第二代，经历过党国崇拜的年少时代才各自成长，蒋晓云则承继父辈的影响从小对国民党并无崇敬之情。

眷村的"热"让蒋晓云自觉被眷村所掩盖，她对眷村的表述有意无意间将眷村内外放置在了对立的位置上。眷村的拥有"统一背景"与"忠君爱党"本就是一个简单的标签，蒋晓云显然沿用了她年轻时的眷村印象，并未深入观察眷村内部的复杂性与变动性。再者，"和眷村里日子过得简单而笃定的外省家庭相比，我生活里的大人真是复杂又彷徨得多了。"③ 这里形容眷村生活的"简单而笃定"，是朱天心在《想我眷村的兄弟们》用来形容本省家庭的，眷村第二代认为他们的生活是"焦躁、不安"的。在眷村人看来，蒋晓云口中"复杂又彷徨"的生活却是比较好过的，与军队不同，"文官是可以携眷的，……他们待遇比较好，跟台湾人没有隔绝，……也比较生财有道"。④ 蒋晓云还提到"我们这种人家里出了事是不会有隔壁张妈妈李妈妈来关切或帮忙的，只会连夜搬家，

---

① 蒋晓云：《都是因为王伟忠》，《桃花井》，台北：INK 印刻出版有限公司 2011 年版，第 4 页。
② [美] 露丝·本尼迪克特：《文化模式》，王炜等译，生活·读书·新知三联书店 1988 年版，第 5 页。
③ 蒋晓云：《都是因为王伟忠》，《桃花井》，台北：INK 印刻出版有限公司 2011 年版，第 6—7 页。
④ 见《附录一：台北访谈录·朱天心访谈录》。

第二章 身份的建构与解构

消失在人海里"。① 苏伟贞则说"有的时候正好是那些张妈妈李妈妈来挑拨，或来变成你的压力"。②

袁琼琼认为蒋晓云之所以有这种与眷村撇清的心态，是因为眷村是一个贬义的词，当然身为眷村人的袁琼琼自己也承认眷村确实有很多负面的东西。③ 但这里面的矛盾，应该不是只有这么简单。蒋不忍心父辈故事的被遗忘，"开始拼凑那些片片段段童年'梦'中听说的事……我想要记下他们的人生逆旅"，④ 这种创作心理与眷村女作家并无二致，她们同样在为弱势群体小人物发声，在追回父亲的历史，在重塑父名并再造自我，只是她们的立场不同。外省人内部也有因不了解而生的误读，还有对身份归属的多种选择。

蒋晓云的家庭氛围与眷村正好相反，对领袖、对军人并无崇敬之意，所以造就了蒋晓云从未"仰脸瞻望"过任何权威，所以也不会有朱天心等人后来的信仰转变之苦。而且省籍矛盾最严重的时候，蒋晓云并未回到文学战场，她再回文坛时硝烟基本已经散去，所以被大书特书的"眷村"反而成了被多方关注的强势人群。

蒋晓云从"纯难民"的角度收集父辈的故事，《桃花井》中的李谨洲在台湾是处处碰壁的"匪谍"，回大陆老家又成了待宰的肥羊"老台湾"。他与留在大陆的儿孙亲族之间的相处总是以钱为先，作家却能够从多个角度解读这种"算计"，慨叹小人物的处世之道与人性的复杂多变。李谨洲的摆阔好面子与这位家庭与事业都是失败者的老人力图在老家重建"县长"身份交织而生。在一个兼具老县长与政治犯身份的外省人回乡故事中，有经济落差、人性晦暗、时空间隔等各种矛盾，却并无"蝙蝠"的两难身份困境。李谨洲的身份重建，并不在两岸关系这一维度上，也不在于外省人的不

---

① 蒋晓云：《都是因为王伟忠》，《桃花井》，台北：INK 印刻出版有限公司 2011 年版，第 8 页。
② 见《附录一：台北访谈录·苏伟贞访谈录》。
③ 见《附录一：台北访谈录·袁琼琼访谈录》。
④ 蒋晓云：《都是因为王伟忠》，《桃花井》，台北：INK 印刻出版有限公司 2011 年版，第 9 页。

认同与解构

被认同,更多的是已经落魄的老县长落叶归根后如何力持体面。被众亲友当做"肥羊"虽然有"冤大头"之嫌,却也表明李谨洲高于众亲友的社经地位,与在台湾时的郁郁不得志相比,被需要(即便是非正常的需要)也是对其个人价值的肯定。金钱确实破坏了父子情、亲友情,也能为人生价值的实现提供一种途径。董婆这样一个无见识、无主见、只以活下去为目标的底层小人物,竟然在人生的最后几年实现了自我的觉醒,也是源自李谨洲带给她的富裕生活与社会地位,再加上李谨洲的诚信与宽容,原谅偷盗行为后还为每个人都做了安排。正是这样一点难得的温情滋养了董婆冷漠的心,对生活从未有过妄想的董婆才敢生了"非分之心"。蒋晓云写书的动因充满火气,小说里倒是心平气和,并不纠结于认同与不认同之争,穷富亲戚的矛盾都在大陆经济发展起来后消弭于无形。

与蒋晓云同样是非眷村出身的外省第二代女作家还有平路,她父亲是大学教授,公教出身,住在台北市区。平路自己的家族也参与过惨烈的革命,她的二伯父是革命烈士路友于,这也是促使她反思历史创作《行道天涯》的重要契机。但平路自己对于省籍身份是"没有刻意去说它,也没有刻意不说它"[1],她认为省籍身份会自然而然浮现在文字中。

平路写过底层外省人椿哥,还写过最顶层的孙中山、宋庆龄、宋美龄等人,参与了民国历史的重塑,这自然是一种对外省身份的隐晦承认,但却并非彰显。椿哥(《椿哥》)的悲惨境遇是与他的外省身份息息相关的,然而小说的重心并不在此,更像在为一个底层小人物立传[2]。及至写《行道天涯》,完全解构了孙中山与宋庆龄的高尚圣洁形象。这不是针对国民党、针对外省人的敌意,作家的创作之心不至于如此狭小。在此中发挥更大作用的,是平路

---

[1] 见《附录一:台北访谈录·平路访谈录》。
[2] 椿哥的悲剧当然与1949年的时代变动紧密相关,也与他和家人的性格相关。他的遭遇很容易让读者联想到老舍的《骆驼祥子》。每个时代加诸小人物的具体遭遇不同,却又非常相像。他们勤俭善良,他们奉献牺牲,他们也固执保守,时代的捉弄和性格共同造就了他们没有"出头天"的命运。

第二章　身份的建构与解构

"女"作家的身份。

《行道天涯》副标题是"孙中山宋庆龄的革命与爱情故事"，里面既提到了革命，这个通常用来界定他们人生的关键词，又加入了一个新的、在大历史叙述中不怎么提的关键词——爱情，爱情与革命并列，这是"用爱情来改写革命，写出革命大历史与个人情欲小叙事之间无止息的颉颃、龃龉、冲突乃至悖逆。"[①] 相对于以往历史和传记较侧重孙中山与宋庆龄的革命政治生命，平路把更多视点放在了两人的内心世界中，而且不是其中昂扬向上的部分，是私密不可说的部分。爱情相对于革命来说，是"小"的，爱情地位的凸显就是在消解革命的重要性，而且革命里还有很多私欲、派争等龃龉不堪之处。如果说革命历史已经不再圣洁，爱情在《行道天涯》中也并不美丽。宋庆龄对孙中山的爱恋里本就掺杂着敬仰和孺慕，况且老夫少妻，精神和身体上都大不平衡。当初不顾家庭反对私奔成婚，浪漫激情一褪，两个人私密的新婚夜，宋就因发现了丈夫的矮小老迈而张皇心慌。那枕头上的鼻屎，在一个大家闺秀、一个英雄仰慕者的眼中会有多么的"大逆不道"（如果是一个普通男人，可怕的程度则会降低很多；如果是一个草野莽夫，就理所当然了），也非常直接地道出，孙中山也是一个普通的男人，在褪掉英雄的身份之后。孙中山因为"英雄"的身份，而为他的形象加分很多，暂且不论他的政治理想如何，一个在革命事业上倾注了绝大部分心力的男人，注定了不会分太多感情和心力给他身边的女人。那时的革命者忧国忧民，并不等于他们已经懂得尊重女性，还是有很多男性革命者把女人当作大事业之外的闲时娱乐。就算与孙中山之前的女人有一些不同，也不代表宋庆龄真的获得了与孙中山平等的地位，而宋期待着的浪漫爱情，孙中山并不见得能给。作为革命家的妻子，在生活上得不到很好的照顾之外，个体还要承受身体和精神的伤害，诸如逃亡中的流产等。就个体独立来说，宋庆龄出身名

[①] 杨照：《历史的圣洁门面背后——评平路长篇小说〈行道天涯〉》，《联合文学》1985 年第 4 期。

门，有教养有知识有想法，却仍然难逃与丈夫的"主从"关系。如同她的妹妹宋美龄，她们如何有主见有思想，总要活在丈夫的阴影（或言保护）之下，是孙夫人/蒋夫人的身份让她们身不由己，也让她们备受关注。

正如杨照所言，平路在《行道天涯》里揭开了历史的圣洁门面，她把重心放在孙中山国父无瑕光辉后面作为一个人的弱点上。如此"诋毁"国父的形象，是对男性掌控话语权的历史表述的叛离。平路对大历史的颠覆还在于她要重建被淹没在男性历史话语中的女性历史，重拾女性的发言权。在小说的结构安排上，孙中山与宋庆龄比例相当，是证据之一。这不仅是要为历史中的女性留出足够的空间，也是在写女性眼中的历史。宋庆龄对身为自己丈夫的国父的评价，宋庆龄自我内心真实想法与官方说法、外界评价的纠葛，都在呈现着一个不一样的历史真相/想象。而且在宋庆龄的部分，似乎也是有意要解构她被历史规范化的高尚形象，袒露样板形象下"凝妆少妇"对爱情的幻想期待和私密的身体欲情。那些冠冕堂皇的讲话或许只是谎言，她的历史功绩或许只是出于私心，她后半生朴素的衣装下其实跳动着喜爱华美衣服的爱美之心，正如宋美龄的严肃威仪其实只是为保养容颜而不轻易展露笑颜所致。

平路"书写女性议题往往结合对家国人生的多重思辨"①，《行道天涯》写宋庆龄是这样，《百龄笺》也是这样，《何日君再来》亦是，一个背着"军中情人"等众多称号的大明星如何汲汲营营于摆脱政权媒体加诸己身的符号，在不断的"逃离"中找寻真正的自我。"书写女性议题往往结合对家国人生的多重思辨"反过来说也是成立的，平路在思辨历史家国人生时，也往往不脱女性的眼光。《行道天涯》中宋庆龄只是占了一半篇幅，《百龄笺》则通篇都是宋美龄没有寄出也寄不出的书信，是宋美龄的历史叙事。《何日君再来》的架构是要调查大明星的死亡真相，更像是要找到邓丽君这个女人的真实面貌，又何尝不是对威权叙述的隐晦反攻。

---

① 梅家玲：《平路小说里的"她"》，《中国时报》1998年4月30日。

从历史小叙事对大叙事的杯葛，从"他"的历史到"她"的历史，既有后现代史观盛行的背景，也带有女性的气质。平路能如此早就参与解构民国神话、男权叙事，也不能说与她的非眷村出身毫无关系。平路不愿意过多谈论省籍身份："其实我还比较会想台湾作为一个整体，台湾跟大陆的关系等等。所以我很少把自己又再切分一次，说我是外省第二代的作家。"①《东方之东》中当下的北京和台北与郑氏家族和清室王朝的故事交替出现，就是这种身份意识的实践了。这种"非刻意"的姿态，是对省籍省份的一种自然淡化，也是一种"缄默"。"藏起来"到底是无意争辩还是避祸趋利则就见仁见智。

三 台湾历史：女性气质与个体价值

外省第二代女作家得身份之便与时代文化之熏染，形成了带有浓厚女性气质的历史观。她们弃宏大历史叙事，从个体的价值入手，从普通人的日常生活展开，再叙台湾历史。

与省籍矛盾密切相关的历史大事件，莫过于发生在1947年的"二·二八"事件。"二·二八"的直接引爆点是取缔私烟伤人事件，但背后的起因极为复杂。据杜继东的统计分析，有七种观点：1. 共产党煽动说；2. 政治腐败，经济危机；3. 文化冲突；4. 派系斗争；5. 日本治台的遗毒；6. 心理因素；7. 社会期望理论。不同学者立场不同，倾向不一，"总体上看，学者们大多认为事件的发生与台湾当时在政治、经济、社会、文化等诸多领域面临的深刻危机大有关系，既有远因的铺垫，又有近因的爆燃；既有客观因素的厚积薄发，又有人为因素的推波助澜；既有当局措置失当之弊，又有民众失望愤懑之误。"② 曾在"二·二八"事件中深深受创的受害人在言论解禁后站出来诉真相控强权是正当的，即便情绪过激也是可以理解的。问题是某些人肆意消费历史，基于利益考量把"二·二

---

① 见《附录一：台北访谈录·平路访谈录》。
② 杜继东：《台湾"二·二八"事件研究综述》，《近代史研究》2004 年第 2 期。

57

八"事件操作成族群矛盾进而挑起激化族群对立情绪,"二·二八"的苦难成为本省政客的政治资本,也成为众多无辜外省人的原罪。

　　台湾光复后的腐败统治,在当时的文学作品中就已经出现。吴浊流写于1947年的《波茨坦科长》,正是将矛头指向光复初期的黑暗面。光复之初,台湾沉浸在一片欢庆中,但不安定的因素其实已经隐而待发,透过玉兰的眼睛欢迎祖国军队的场景就已经在隐喻兴奋热闹背后的危机。作者用了一个比喻来写台湾人当时的心情:"好象被人收养的孩子遇上生父生母一样,纵然他的父母是个要饭的……"① 台湾人初时保持着很大的热情欢迎"母亲",现实的问题都被光复的喜悦掩盖了,即是感觉到了也一味美化过去,就像民众对军队背的雨伞、足踝上铁环的解释,连武侠小说中的说辞都用上了。子不嫌母丑,但当光复的喜悦褪去,"要饭母亲"腐败不当的统治政策激起了普遍民怨。范汉智就是其中一根毒刺。范汉智本是一个心思狡诈、手段毒辣的汉奸,日本战败时逃出南京,竟隐藏过去混进台湾,以范新生的名字官拜某某局会计科长。这个人在台湾混得如鱼得水,很快娶了年轻的本省姑娘玉兰。恋爱新婚的甜蜜期过后,范汉智绅士外表下只知道追求物欲的本性暴露出来,而且贪污走私样样都来。范汉智最后因为汉奸身份暴露被抓,但如果没有呢?就像他的狞笑之语:"卖国求荣的是汉奸,可是借公家的名骗人为私的到底是什么呢?"② 光复后的台湾情势本就复杂,还未从战争的残酷中恢复过来,台湾本地人有和外省人搭上关系以获利的心态,机关和老百姓为争夺日产以致动用暴力,范汉智这样的汉奸和贪官污吏遍地都是,大陆和台湾的生活水平差距过大(大陆人没见过自动秤、见到自来水吓一跳、将台湾人中等学校就学过的数学说成是最新的数学、穿着鞋上榻榻米等丑状,都成为本省人的笑柄),等等,未能一一反思清理,反而纠结成一团,矛盾升级演变至心结。范汉智被搜索队长抓住的那时,车站上的抢烟悲剧,莫不

---

① 吴浊流:《波茨坦科长》,《吴浊流小说选》,广播出版社1981年版,第39页。
② 同上书,第90页。

第二章　身份的建构与解构

就是"二·二八"的前声：

> 刚好那时突然有人喊叫"抓烟！抓烟！"接着有"抢烟！抢烟！快跑！快跑！"无可奈何的悲切的喊声。卖烟的象蜘蛛一样的四散逃跑了去，忽而看见××局的卡车戛然停了下来，由车里跳下了一对穿制服的，逃不脱的烟和钱全被抢去了。①

"二·二八"里当然有省籍情结，但省籍矛盾并不是"二·二八"的全部和本质。《悲情城市》是台湾文艺界较早表现"二·二八"事件的电影。故事从1945年台湾光复开始，至1949年国民党迁台结束。电影并没有正面去凸显"二·二八"，而是以林家以及周遭朋友的经历，侧写其前因后果。这种视角本就带有淡化省籍身份中政治意识的作用，普通人的生活才是外省人和本省人真正关系的展现。焕青在"二·二八"后去台北路上的遭遇，无言地点明了省籍残杀的悲哀之处。在朱天文的剧本中，焕清与宽荣去台北的火车被暴民拦下，宽荣下车查看，焕清主动上前拉住一家慌张想逃的外省太太和她的小孩（后来知道她们是军眷也无改保护她们的初衷），在暴民询问之前用台语报出姓名地址。焕清听不见暴民的再次询问而呆住时，宽荣适时赶回来解了围，而焕清吓瘫在椅子上。可能是因为剧本关于族群关系的设定还是有些刻意，实际拍出来的电影场景没有了外省太太和孩子，焕清一个人在车上等宽荣，面相凶恶的男人过来询问时为证明自己身份艰难说出"我是台湾人"。那些拿着镰刀等凶器拦住火车的本省人，不管是因为正义或不正义的理由，其用说台语、国语这么简单的方式来区分本省外省族群，并对非我族群不问理由地进行残杀，这种暴行与施暴予他们之人，有何差别？而且像焕清这样的本省人，因为耳疾不能说话而差点惨遭毒手，其中的悲哀荒谬之处，足够后人深思。理智的声音并非匮乏，只是被愤激的情绪掩盖了。事件爆发后，举着枪棒刀棍攻击外

---

① 吴浊流：《波茨坦科长》，《吴浊流小说选》，广播出版社1981年版，第90页。

认同与解构

省人的是本省人，医院里救治、保护受伤外省人的医生和护士，也都是本省人。还有像钟浩东《好男好女》这样的本省人，一生命运坎坷多遭误解，他分析"二·二八"时仍持这样的观点："基本上是因为陈仪的接收体制，经济的剥削，物质条件太恶劣了。换言之，这次事件，并非省籍问题，而是阶级问题。并非本省同胞对外省同胞的抗争，而是贫困阶层对富贪阶层的反抗。是所有老百姓，对一切不公平、不正义阶级，所掀起的反抗。"[1]

钟浩东还有一个白色恐怖时期敏感不能言的身份：台湾左翼人士。在朱天文与侯孝贤合作的电影中，不止一次地再现了台湾历史上的敏感话题，而从未用省籍限制过选材与视界。《好男好女》采取戏中戏的方式，讲述了两个不同时代的"好男好女"。电影讲述的是1937年冬台湾青年钟浩东和蒋碧玉决定投奔大陆，参加抗日战争。一行五人辗转到了惠阳投奔国民党，却被当作日本间谍差点被枪毙，幸好丘念台在最后一刻救了他们。五年大陆游击岁月，钟浩东和蒋碧玉的第一个孩子出生半年后送了人，生第二个孩子时四处奔走找地方，虽然孩子顺利出生但抗战胜利回台湾后却患疟疾死亡。台湾光复后的安定日子终止于"二·二八"事件，钟浩东等人冒着白色恐怖的危险组织时事讨论会，终被捕入狱，只有蒋碧玉被释放。

虽然选材敏感，与政治的关涉度非常高，但这些电影都一致采用了非政治的视角，选用都是不涉政治的普通人的视角。《悲情城市》中没有《波茨坦科长》那样强力的讽刺，《好男好女》用戏中戏讲述钟浩东和蒋碧玉的故事，本身已经把他们放置在一个有距离的位置上，而且亦没有选择钟浩东而是从蒋碧玉的视角切入。蒋碧玉不是因为理想信念而参与社会活动，至少不如钟浩东那么狂热，她的动力是爱情，所以她既身在其中，又游移在外。影片也少正面去展示钟浩东等人的社会政治运动，很多内容都放在导演的说戏中，也多从侧面介入，比如钟浩东等人在"二·二

---

[1] 朱天文：《好男好女》，《最好的时光》，台北：INK 印刻出版有限公司 2008 年版，第 91 页。

第二章　身份的建构与解构

八"后组织时事讨论会，是把蒋碧玉忙碌家务的身影放在镜头前面，讨论时事的一群人则放在蒋的后面，影影绰绰。钟浩东和蒋碧玉的坎坷一生，定然有很多苦楚，很多悲伤，很多委屈，很多愤恨，但一个有距离的视角，将这些浓烈的感情放进了一个较为平静和节制的情绪中。钟浩东一行人要被国民党当作间谍枪毙时，几个人有些慌乱但没有嘶吼；蒋碧玉送走第一个孩子时，也是隐忍着泪水；领回钟浩东遗体时，蒋碧玉的痛哭也是压抑的。经过"女性"这一层滤镜，让狂热的政治运动回复理性，也将被革命压抑的女性的悲痛释放出来。

陈玉慧在《海神家族》中也写过政治犯林秩男。林在日据时期便对日本人虚与委蛇，光复后又走上了反抗国民党腐败统治的道路，成为被政府通缉的政治犯。林秩男是林家几代人中最有政治头脑的，他具有多数人没有的反抗政府的勇气。但对于这一部分，小说并没有过于详细地展开，更多的笔墨留给了林秩男的逃亡。逃亡是极其紧张危险的，也是非常寂寞的，对革命者的磨砺其实不亚于直接斗争。钟肇政的《台湾人三部曲》的第三部《插天山之歌》就是一部逃亡之书，主要围绕着陆志骧的逃亡展开，这已经偏离了前两部正面描写陆家人英勇抗日历史的传统写法。虽然是单一个革命者的"逃亡"，但《插天山之歌》仍然强调陆志骧及其周围人的民族情感和反抗精神，以及陆在磨难中心灵的成长。《海神家族》没有走传统革命者历史叙述的路数，用的也不是这种逃亡中个人成长的写法，而是将重点落在林秩男逃亡中的心灰意懒以及个人私情上。

在国民党政府制造的白色恐怖中，在革命失败稽捕愈趋严密的形势下，林秩男躲入山林。与陆志骧相似，他们的逃亡路都是躲入荒无人烟之地，都有素不相识之人的热诚相助。但林秩男与陆志骧不同，林秩男为台湾奋斗的热血已经不再沸腾，他不能忍受流亡的寂寞，心情沮丧忧郁，失去了斗志，放弃了理想。在逃亡路上曾给予林秩男支撑的，是他的大嫂三和绫子，而与奔妹的感情也是陆志骧的重要精神支柱，但随后林秩男为了个人的空虚而与李家女儿的

61

情事，又为林秩男在感情上的表现添加了软弱的因素。等林秩男在李家的安排下偷渡到墨西哥之后，林秩男在家族史中更只剩下了与三和绫子的不伦恋与作为心如亲生父亲的模糊身影。自此，为革命献身的志士只能活在众人影影绰绰的猜测与零零落落的私语中。

男性革命者的退至后场，个人私欲对政治志向的反攻，是政治意识淡薄的一种表现。或者说是不以政治意识为主，而是以人为价值核心，突出曾经被忽略的普通人，肯定被国家、民族等大的价值观念压制的个体生活价值。

和《悲情城市》一样，历史大事件在《戏梦人生》中只是背景，戏中的主人公歌仔戏艺人李天禄并未参与政治运动，甚而这整部戏中都没有参与抗日运动的人物出现，这是一群真正"不涉政治的平凡人"。在影片中，歌仔戏是艺术，也是生活。李天禄似乎只要表演，观众也只要看表演，不管是日据时期还是光复之后。李天禄出生在日本殖民时代，他一开始是在传统的歌仔戏班里表演，结婚前在不同的戏班里流浪，婚后自组一个名为"亦宛然"的戏棚。在卢沟桥事变之前，日本殖民统治对他人生的影响似乎还不如他的出身家庭来的大（演木偶戏算是继承家业，恶毒后母的虐待对李的人生走向也有很大影响），不管中国人的中元普度，还是去给日本人庆祝"天长节"，都是演戏。年轻的李天禄未曾因为民族意识拒绝深坑分局阿部部长的聘请，后来也没有拒绝警察课长让他参加米英击灭推进队的邀请。卢沟桥事变之后长谷川清任台湾"总督"之时，停演所有外台戏，这给李天禄及其同行很大的打击，只是这种"万分的痛苦"恐怕还是个人之痛多于国家之痛，因为停演意味着失去生活来源。很快李天禄加入了黑狗刘的红玉歌剧团到台中在乐舞台表演，回台北后参加了陈水井配合皇民化运动全部演日本戏的"新国风"，后来又为更好的薪酬条件加入了警察课组织的米英击灭推进队。为谁演戏、演什么戏似乎都不在李天禄的考虑范围之内，中国人也好，日本人也好，《白蛇传》与《魁生杀猴》等传统剧也好，岛崎殉难之类的日本戏也罢，李天禄都照演不误。米英击灭推进队从名字就可得知其浓厚的政治宣传色彩，但李天禄从未给

第二章　身份的建构与解构

自己披挂上任何政治身份，仍然以演木偶戏剧的"艺术者"自居。到台湾光复，为庆祝台湾光复李天禄抱病演出《七侠十三剑》，主要还是为了"老戏友"来请的原因，并未凸显其国家意识。众多的老戏友也没有因为李天禄为日本人服务过的旧事拒绝他的表演，相反仍然邀请他到各处演出。

《戏梦人生》和钟肇政的"浊流"三部曲（《浊流》《江山万里》和《流云》），主人公生活在相同的时代，架构也有些相似，但是主题的走向大不相同。"浊流"三部曲是要以陆志龙的个人经历来映写整个时代，表现日据时期小知识分子的心路历程和反抗殖民的民族精神，而《戏梦人生》则是突出个人，一个身怀绝技的艺人和他周围的人在动荡时代的生老病死。

"浊流"三部曲是陆志龙的个人成长传记，很重要的一条线索是他如何从一个皇民化青年蜕变为爱国抗日青年，张扬的是高昂的爱国和民族精神。"浊流"与"江山万里"两个意象即是陆志云心路转变的标记。浊流出现在第一部的结束，陆志龙离开大河镇，"从车窗往外一看，桥下涨了许多水，往常那清澈碧绿的水流此刻已变成激荡奔腾的浊流，处处有些发黑的树枝草从，以及一些杂七杂八的东西在载沉载浮。想来是冬天积下的'垃圾'，因这几天的春雨而被冲出来的。我可以想到，那些垃圾必须靠这一场浊流才能清除的，而后水一退，溪流一定更清澈了。一个人何尝不是如此呢？感情上许多渣滓非有一场风暴带来混浊的雨是清不了的。浊流本身也许是发臭的，混乱的，可是只因它的清除作用，浊流本身便可得到好处。啊，浊流，原来你竟有这样的妙用啊！"① 冬天积下的"垃圾"，就是陆志云所受的皇民化教育的"渣滓"，而陆志龙进入社会受到的震撼教育和谷清子的自杀就是一场浊流，冲走了渣滓，预示着一个"清澈"的崭新人生。陆志龙破除了皇民化的迷雾后，并没有马上确立自己的新身份，直到被征学徒兵上了战场，在郑成功庙旁偶然发现了一块石碑，上书"江山万里"四个字。他有

---

① 钟肇政：《浊流》，中国文联出版公司1986年版，第287—288页。

认同与解构

限的汉文知识让他花了几天的时间才弄懂这四个字的意思，之前模模糊糊的意识也清晰起来："我明白了，一切谜团都解开了。原以为自己早就觉醒了的，其实我还只不过是蒙昧的糊涂虫而已。这次，我可是真正明白过来了。不错，我正是台湾人，也是支那人，却绝对不是我和我的伙伴们口口声声说的日本人、'大日本帝国军人'。"[①] 陆志龙的民族意识自此才算扎稳了根基，确定了自己的国家和民族认同，抗日的意识明朗起来。

陆志龙的心路转变是内外因共同作用的必然结果，这一点和胡太明（吴浊流《亚细亚的孤儿》）是一样的。胡太明信奉明哲保身，一直用中庸消极的态度躲避詹、蓝等人参与政治运动的邀请，即便如此，一个苟且偷安的卑微念头在非正义的殖民统治中亦不可能实现。虽然缓慢，胡太明亦在重建国家和民族身份，重建自己的人生观，"无花果"和"台湾连翘"两个意象代表了胡太明的自我定位，他一直朝着这个方向努力，战场上血的洗礼、母亲的含辱离世、弟弟志南的惨死，使得胡太明彻底醒悟，在胡家大厅墙壁上以诗明志："汉魂终不灭，断然舍此身。"

虽然以胡太明为代表的台湾人有深切的"孤儿"之感，但像胡太明这样明哲保身采中庸之道的人都在时代环境的逼迫之下而起了反抗之心。其实"孤儿"的意识的产生本身也是和国家观念紧密相关的，若没有被国家抛弃之感，又哪来的"孤儿"之说？但在《戏梦人生》中，没有国家和民族认同的挣扎和困境，没有残酷的殖民统治与"不得不"的反抗，有的只是生活。李天禄虽然是个艺术工作者，但和政治离得很近，他结识日本人，也为政治意味浓厚的米英击灭推进队服务过，但政治之于他的影响都只是人的生老病死而已。他与推进队队长日人久保田打架辞职，也不是为的民族仇恨，而是久保田在路上遇到妇人故意拉开裤子小便，再加上他天天喝醉酒发牢骚。李天禄看不惯久保田的原因道德成分居多，川上课长责骂过久保田后打架辞职一事也就算了。影片最后还有一个台湾民众

---

① 钟肇政：《江山万里》，中国文联出版公司1986年版，第191页。

第二章 身份的建构与解构

殴打日本兵的场景,其因是日本人焚烧大米,老百姓没有为了国恨家仇殴打已经投降的日本兵,却为了几百包米大打出手,认定他们焚烧粮食的行为可恶,"假使送给这附近的老百姓,这些日本兵我们不知道会多么的欢迎"。民以食为天,这种心理是尊敬、爱护粮食的心情所致。不管政局如何变换,普通百姓看重的仍然是生活本身。

之所以产生两类不同的历史书写,与作者的经历与思想密切相关。钟肇政、吴浊流以及更早的赖和、杨逵等作家,他们是以当事人的身份亲历历史,当时国家和民族的存亡处于优先位置,时代深刻影响着个人的命运,个人的发展须以国家的发展为前提是普遍的共识。那个时代的青年都有强烈的民族感情和爱国精神,那个时代的作家也深深感染于时代氛围。外省第二代女作家这一代人就不一样了,他们是"局外人",他们不曾有生活在殖民地的亲身经验,以他们的年纪也没有亲身经历过抗日战争,生活在和平盛世,他们没有国灭种亡的迫切危机感。另外,正像刘小枫所言:"革命只是为了改变没有自由、公义的社会制度,它无法消除个体在人生误会中的伤害或受伤。"[①] 在和平年代,在国家民族被解构的后现代语境中,价值伦理不可避免开始倾向反思"历史如何侵犯了不涉政治的平凡人生活的故事"。[②]

个体的价值从历史书冰冷的语言中被重新发现之后,被殖民者的形象在外省第二代女作家的书写中也丰富起来。像林正男(《海神家族》)这样典型的"皇民化"青年,陈玉慧也没对这个如金井新助[③]般的青年多加批判,从而弘扬民族精神,而是突出了他围绕着"飞机梦"的悲剧人生。林正男当然也与洪宏东(吴浊流《功

[①] 刘小枫:《沉重的肉身:现代性伦理的叙事纬语》,华夏出版社2004年版,第57页。
[②] 张诵圣:《朱天文与台湾文化及文学的新动向》,《中外文学》1994年第3期。
[③] 金井新助是吴浊流小说《先生妈》中的人物,原名钱新发,奉行说日语、穿和服、建造日式房子、吃味噌汁、睡榻榻米、洗澡要用风吕(日本浴桶)、弹日本乐器唱日本歌的"皇民"生活,而他的母亲恰恰相反,一直坚持身为中国人的传统生活,反对"皇民化"。吴浊流用母子间的鲜明对比表达对"皇民化"的鞭挞与反抗,以及对自我民族身份的认同。

狗》）一样做了日本人的"功狗"，但与民族身份相比，飞机梦才是林正男自我身份构建的支柱。林正男一生最大的梦想是开飞机，如果他是日本人，以他的天赋与努力一定能够成为一名优秀的飞行员，成为日本的飞行英雄。但他只是日本殖民地的二等公民，即便他是被成功皇民化的典范，也不能获得和日本人相同的学习机会，即便考上了飞行学校并展现出极好的天赋，他的忠诚仍被怀疑，他被禁止进入飞行的核心领域。因为家庭经济状况的窘迫，林正男被迫退学回家，直到战争再次提供给他实现个人梦想的机会。林正男虽然接受了皇民教育，但其实对于政治他并不清醒，他为着身为"皇民"的荣耀，更为着能够开飞机，加入了日本的侵略战争。然而战争的残酷不是林正男所能承受的，战争彻底摧毁了林正男的精神世界。为了尽快结束战争，他愿意想尽办法完成日本人下达的各种命令，个人身份完全溃散，飞机梦也挽救不了。

在被殖民者的历史书写中，所有日本人一律贴上"残暴"的标签，也是太过简单粗暴的做法。所以，在外省第二代女作家笔下，有了台湾人的多重面貌，也有了日本人的种种面孔。日本在台湾实行"警察国家体制"，其种种压迫凌虐台湾民众的政策都假警察之手而行，导致警察权力之大几乎到了无所不管的地步。警察在日据时期的乡土小说中可说是个个残暴无良，是乡土作家批判日本殖民统治的丑恶人物形象的代表。诸如赖和的《惹事》中的巡警，即使警察大人家的一只"鸡"，地位都高过一个台湾"人"。因为主人的淫威，"这群鸡也特别受到人家的畏敬"。鸡似乎也知道自己的地位超然，肆意啄食村人菜圃，被从菜园逐出来后，"这一群鸡走出菜畑，一路吱吱叫叫，象是受着很大的侮辱，抱着愤愤的不平，要去诉讼主人一样"。① 作者拟人化地描写这群鸡狐假虎威装模作样，可笑的场景来自台湾人不如畜的可悲处境。

《戏梦人生》中最可恶的日本人是久保田，他也歧视台湾人，

---

① 赖和：《惹事》，钟肇政、叶石涛主编《台湾文学全集（1）·一杆秤仔》，台北：远景出版事业公司1979年版，第89页。

第二章 身份的建构与解构

话语间认为台湾人是三等国民,李天禄就算会演布袋戏也不能拿比他多的月给,但李天禄与他打架更多是因为他羞辱妇女,不是他歧视李天禄,有意思的是事后他还被日本人川上课长训斥。至于川上课长,则颇有些识才惜才的气度,对李天禄格外关照,还为他偷钓小香鱼的儿子说情。《悲情城市》中也有"二世日本人"表达他们对台湾的感情。二世日本人生在台湾,日本色彩比一世日本人淡,小川静子被遣返回日前的一段话非常明显地表白了此种感情:"父亲是想回去的,哥哥①他们都不在了,只有我是唯一的亲人……但回去也是异国之人了啊。出生在这里,母亲也死在这里,自己的国家倒是陌生,遥远的呢。一生里最好的时光是在这里度过,不会忘记的啊……"② 很多一世日本人可能不像小川静子对台湾的感情这样深,但也有类似的感情,川上课长也曾说过"台湾如同我的第二个故乡"这样的话。小川静子迟迟不愿回日本,也和她对宽荣的感情有关。临走之前,静子几次找宽荣,但宽荣都对他们两人的事情避而不谈,甚至直接躲着不见她。静子不是一般的殖民者,她并不欺压台湾人,和台湾同事的感情要胜过与日本同事的交往,宽荣也是喜欢静子的,也知道他说句话就能够留下静子,但宽荣还是不能迈过民族情感这一个关口。两个有情的年轻人因为非自我的原因而分开,静子最终还是要登上回日本的轮船,时代无法过问每个个体的不平与冤屈。

"人文精神是一种实践中的运动过程,它旨在不断地改善人的生存环境,反对各种形式对人性的压抑与迫害,因此也应该反对任何形式的将道德理想凝固起来的企图,人文精神的终极性的理想价值只能通过人在各种具体历史环境下追求解放的形态体现出来,它

---

① 墙上有照片暗示小川静子的哥哥们都是军人,且稚气尚存的年纪就都战死了。虽然非常隐晦,也是从年轻生命的骤然失去反思战争的残酷。对本国人而言,战争发起者也用各种名目将年轻的生命送上战场,将他们与他们的亲人置于分离、死亡、贫病等等痛苦之中。虽然没有杨逵的小说《送报夫》中强烈的阶级意识,电影从被战争伤害的普通人的视角表达了反战思想。

② 朱天文:《悲情城市》,《最好的时光》,台北:INK 印刻出版有限公司 2008 年版,第 47 页。

67

可以或包容或吸引各种形态各种程度的反体制的批判思潮，并对任何具体历史环境下的思潮进行超越。"① 外省第二代女作家这一代，是具有人文精神的作家，她们以"个人"取代了"社会政治"的历史叙事视域，让历史跳脱政治力量的钳制；她们关心每个个体的真实复杂的情感，即使是曾被唾弃的背叛者与殖民者，以"人的历史"对抗"政治的历史"。这种历史观也是带有女性气质的历史观，再现了曾经不具价值的日常生活的丰富细节。值得注意的是，这种历史观也是一把双刃剑，当我们沉浸在丰富的细节中，慨叹于人性的多变，不多加留神也可能丧失高瞻远瞩的胸怀。

第三节　祛魅政治

祛魅（Disenchantment）一词，源自马克斯·韦伯，最早用于宗教权威的解体，在这里引申为对政治行为的高尚性、神圣性的消解。外省人的身份之争一直纠缠在各种政治运动之中，但击破专制政权的民主运动走入另一波造神运动，继而堕入综艺化，影响的不仅是台湾外省人的认同重建，更让身份之殇在风潮过后成为荒诞之痛。

一　政治之虚妄

解严前的台湾社会已经暗流汹涌，解严后各种反对运动更是应接不暇。20世纪50年代出生的外省第二代女作家正好成长在这样的社会氛围中，也曾亲身参与台湾的民主化进程。在理想的光辉退去后，现实的虚无和龌龊之处显露出来，台湾的民主运动最后仍然滑入了专制的旋涡。朱天心曾表示："我必须清楚（并注定失之简单）地说，三部曲写作的十年来，属于我个人的最大的'失落'是——这'失落'在在被猜测质疑甚或率尔论定——，我们一代之人接受洗礼并引以为傲的好一场'民主化'、'本土化'是如此的

---

① 陈思和：《现代都市社会的欲望文本》，《小说界》2000年第3期。

虚妄，那些年间我曾衷心敬重、甚至之于我有二次启蒙意义的前辈们，原来绝大多数在意的并非拜神行为的不对，而是庙里的神主不对，所以，一旦神主换得中意了，拜神，当然是必要，而且得更专一虔诚的。"① 这个事实，对朱天心来说，"近乎一场凌迟"。从《我记得……》开始，朱天心的小说选材更多贴近当下，剖析政治运动的虚妄处，为"民主""本土"等被用来打压外省人的政治运动袪魅。

《我记得……》通篇是"他"抢黄灯时发生车祸，以为自己将死的意识流动。任职广告公司、有妻有子的"他"临死前回顾自己三十一年的人生，竟没有任何戏剧化的事情发生，仅有的一次，如果那算的话，是大学期间跟着林桑帮康天宏竞选"立委"。"他"不仅把"书本里的、黑板上的、教授口中的、报纸上的"的政治发生在了自己身上，而且还帮助康天宏一票当选，一战成名。当时的"他"很有献身理想的激情，最后还是选择了做逃兵，不仅因为"他"与林桑的观念不同，也是因为"他"一直都在政治理想和家常生活之间徘徊，无法安心。"他"与林桑、杨莉的关系，就是一个理想与家常关系的隐喻。林桑和杨莉处于对立的两端，林桑是带领"他"进入政治理想的领路者，也是一个精神指引者，是理想的化身；杨莉是情人，而且他们的感情充满肉欲，是最日常与世俗的。小说安排巧妙的是，杨莉还是外省人，她的爸爸是他们要反对的"国大"代表，杨莉本人也没有被感化，"他"却仍然在献身理想的同时不能忘情于杨莉，还在两人分手后无比思念杨莉，思念她的肉体。也正是"他"把杨莉放在了世俗家常这一边，"他"才会觉得高攀了的杨莉在林桑面前很拿不出去，正因为如此，杨莉到美国后信里的一句话"你们要搞的学生运动太不够看了，我选择柏克莱，至少它才是搞运动人的圣地。"② 就让"他"的迷恋不药而愈。

---

① 朱天心：《新版说明》，《想我眷村的兄弟们》，台北：INK 印刻出版有限公司 2002 年版，第 18 页。
② 朱天心：《我记得……》，台北：远流出版事业股份有限公司 1989 年版，第 58 页。

"他"既期待与杨莉的会面又怕林桑与杨莉同时出现的矛盾心理,已经暗示了"他"日后在理想与家常间的犹豫。宜兰老家的败落贫穷是刺激"他"思考理想与现实孰轻孰重的重要因素。献身理想通过改善大环境而迂回地波及自己的家,还是放弃理想让眼前家人无怨叹的过生活?本来进广告公司是为了偿还母亲被倒的会钱和养家,旋即又有了自己的家要养,有了后顾之忧,理想的纯度就要大打折扣,毕竟生活的压力是艰难的,没有钱的时候单靠理想不能填饱肚皮。在工作中,"他"亦体会到了认真踏实工作的好处,体认到没有"他"和"他"的同伴们,那些体制内的人不会不好,也许生活得更好。"他"不愿意陷入灰头土脸的窘境,暂时说服自己放弃政治理想,埋头苦干一个月结果取得了广告案的成功,付了房子的自备款额。

即便如此,"他"还是不能安心。理想和现实交替出现折磨着"他",没有办法平衡:献身理想时,有世俗家常的诱惑和后顾之忧的拖累;安于现实生活时,又放不下理想和旧日伙伴,有被体制规训的隐忧。另外,时势也变了,新长成的"麦当劳"族类,"他"的孩子大德、大勇与石头的学生们,对他们这代人的理想信念、对政治运动都毫不在意和关心,不被需要及无以后续的危机感,更加动摇了"他"的信念。摇摆于理想和现实之间无法安放灵魂,这是民主运动的虚妄处之一。

薄伽丘的《十日谈》是批判文学的经典之作,朱天心的《十日谈》借用这一个名字,围绕着一场选举,集合了多种身份,多种立场,其间交错纵横,真假断层。红猴是一个热衷选举的本省籍农民,他疯狂迷恋选举,用他妻子的话说是得了选举疯,不为名利地热闹参与着,但是他其实并不怎么懂得政治,只是快意于省籍对立,将"干伊娘国民党!"当作口头禅。这个对政治不甚了了的人,把参与选举的快感(比如政见会上痛快的辱骂、笑话等)比作是性快感,这是一种通过生理层面的宣泄而得到的愉悦感,与民主启蒙相去甚远。许敏辉是不关心政治的城市新穷阶级,贷款买房、买车、买奢侈品,他为利益而非大义工作。陈昌是从牢中释放出来

第二章 身份的建构与解构

的"二·二八"亲历者,四十年前的旧事引不起听众丝毫的兴趣,而他为了让听众听爽喊爽也让"纯感官的仇的痛的恨"替代了"繁复的、年轻的、理想的、热烈的心灵"。世界并没有像他们当年预料的那样发展,时间和空间的断裂让他惶惶然如一个"闯入者",又是一个不合时宜的人。黄书婷是一个因为欣赏自己的政治学老师而跑政见会的大学生,她用选举理论来伪装自己,对已经过去的"二·二八"无兴趣并认为陈昌的怨怒是诉求错误,以一种慎重的姿态反思她自己(有十年教育的见识判断)、红猴一伙人(粗俗无见识)、父亲(国民党退役军人必投给选区配给的候选人)、母亲(以佛教徒的虔诚投给最早买票的候选人)竟然是等值一票,民主怎么会是这个样子呢?沸腾喧嚣了很久的选举之战,在投票日这天尘埃落定:红猴站在投票所门口监票,黄书婷感慨着"意味深长"的人生第一票,许敏辉一家如同每个周末一样度过了这个投票日,陈昌一觉到中午又掉回过去。这是一场荒诞剧,这些价值观念各异的一群人,把民主、自由等政治运动理想分解到不同的层次上,揭开了选举民主外表下虚浮的内里。

《佛灭》中的"他"是一个从事反对运动的社会精英,但"他"的实践却一再与理念分离,"他"支持环保运动却开车,"他"救下待烤的伯劳和灰面鹫却大啖海鲜,"他"支持拯救森林却要造一幢木头房子,"他"发起退报运动自己却离不开报纸……"他"周围的人亦是如此。"他"主持家庭妇女版的女友阿云一方面巴结奉承她的老板们,转身又在一个反对场合中将她吹捧过的人当作例证加以鞭笞;她和她的朋友们发起使用再造纸的声明,约好在世界环保日那天到台电大楼前举牌反对核四厂,发起各种环保运动的她们同时间迷恋红木家具、迷玉器、迷银器、收集陶瓷,并且没有分裂感。"他"的学生支持者们,比如林育正,是商品拜物教的忠实信徒,身上衣饰昂贵考究,要妈妈卖房子供养他;而演讲会场在场的那个学生和不在场的×××都在玩股票。反对运动内部的不堪,比来自外界的质疑更能瓦解其本身具有的神圣性。冯生的孤力坚持,或许成效不彰;日本老人的喃喃质问,或许有些神经质,但都击中了反对运动的软肋。现实的堕落容不下理念近乎苛刻的纯粹，高调反对的同时实践着自己所反对的，反对运动的意义已然流失。

在这篇小说中，朱天心再次把从事反对运动与性事相并列，《十日谈》中的红猴形容政见会上放声痛笑得爽快："伊娘咧，真正只有第一次和阿珠在床上才比得过。""他"则在演讲中技巧讲究得如射精般吐出类似口号的话语："我支持一切的反对运动！"或者"我存在，因为我反对！"台下爆发出的快乐满足的喊叫，"如同阿云获得高潮之时"。红猴是在仇恨辱骂中获得一种和性爱类似的生理快感，"他"则在发泄和享受之外多了一层驾驭与掌控的身份。"他"和阿云的性事似乎与反对运动有某种隐秘的关系，《我记得……》中的"他"也是在参与政治运动的同时热衷性事，却在"叛逃"后失去了对妻子雪璃身体的兴趣。《佛灭》中同样以"他"为代号的男人会不会就是《我记得……》中的那个"他"？只不过了换了运动的名目，等到"他"终于不支而连一个信念理想的空名目也无以为继时，也会失去了对性事的热衷吧。

《新党十九日》的主角是一位家庭主妇，并不像《我记得……》《十日谈》《佛灭》等直接剖入社会政治运动的内里，但也有政治背景。在台湾股市的大起大落中，当局和政党都未在浮躁的股市中注入理性的因素。国民党政策反复失当，出卖消息给大户套牢散户，突然收税后十九天政策又改；民进党趁乱打击国民党拉选票，打着理想、民主旗号的抗议运动其实又暗含利益纠葛。一个家庭妇女青春梦的碎裂，跌出了政商利益勾结和政党恶性竞争。

正像唐诺所言："信仰也好，意识形态也好，大体来说，皆是反历史的，因为它要求的是神圣、纯净、至善、因信称义（信了你就得救），偏偏历史在另外一头，历史的本质是芜杂、混乱、暧昧不明，在善恶之际反复的挣扎出入"。[①] 在一个因信称义的年代，

---

① 唐诺：《记忆·希望并且好好活着》，朱天心《小说家的政治周记》，台北：联合文学出版社2001年版，第15—16页。

朱天心不惧抹黑的恶名偏偏要反其道而行之，四篇小说透过不同身份（大学生知识分子、农民、家庭主妇、反对运动领袖）的人不同程度参与政治运动的实例，从内外不同层面质疑以民主、自由等为标杆的社会政治运动，反思理想与现实之间的高低落差，意欲呈现主流政治论述掩盖的历史真相。詹宏志这样评价朱天心："《我记得……》书中利用到政治生活背景的四篇小说，大体上对政治运动理想的真实性都有点质疑的。……这样的小说刺激我们反省台湾社会政治运动的虚妄性，在我看也不是负面的。认识真实面对真实，恐怕是人所拥有的更崇高的德行。"[①] 只是面对真实的德行虽然崇高却不被主流意识形态所喜。一方面造神拜神，且力量强大；另一方面力量弱小，却要揭示真实的历史。力量悬殊的角力，发声变得十分不易。

朱天心是入世极深的作家，小说之外有一本《小说家的政治周记》直批政治。不能沉默以对，只能奋力呐喊。外省人的弱势处境，提供了朱天心一个边缘的位置，使她不至于因血统的原因而真心或策略性地承认造神的正当性。但也不能不承认，外省第二代从强势落到弱势，其间的落差未在民主运动中得到疗治，反而成就一场身份认同的困境，此中的纠结怕是给了朱天心很大的刺激，且使其越写越焦虑。

朱天心的焦虑，还来源于知识分子的自觉。按照萨义德的说法："知识分子是具有能力'向（to）'公众以及'为（for）'公众来代表、具现、表明讯息、观点、态度、哲学或意见的个人。而且这个角色也有尖锐的一面，在扮演这个角色时必须意识到其处境就是公开提出令人尴尬的问题，对抗（而不是制造）正统与教条，不能轻易被政府或集团收编，其存在的理由就是代表所有那些惯常被遗忘或弃置不顾的人们和议题。"[②] 朱天心有感于噤声年代的愤怒

---

① 詹宏志：《时不移事不往——读朱天心的〈我记得……〉》，朱天心《我记得……》，台北：联合文学出版社2001年版，第10—11页。

② ［美］萨义德：《知识分子论》，单德兴译，生活·读书·新知三联书店2002年版，第16—17页。

和无奈，背负起了知识分子的责任，立足于边缘，一再对抗主流意识形态。

　　书写"那些惯常被遗忘或弃置不顾的人们和议题"，① 是朱天心的特色。《想我眷村的兄弟们》一书是朱天心因洞察到"认同问题即将，甚至正被政治染指、抢食"而做出的为"诸般神话禁忌除魅解咒"② 的努力。《从前从前有个浦岛太郎》延续了《十日谈》中的陈昌一部分的线索，铺排敷衍成一个李家正的故事。陈昌在《从前从前有个浦岛太郎》中化身为李家正的那个老同学，当民主专制的对决简化成易操作的族群矛盾，当牢狱之灾可以转化成政治资本，当伸张正义的抗争带上浓厚的表演色彩和功利性质，陈昌存在的意义何在？政治犯成为一种流行符号，本身即暗示了民主运动的变质。朱天心笔下的政治受难者形象，都不高大神圣，因而有了"祛魅"的意义，是对变质的政治文化的质疑与反抗。被主流意识形态推举为政治英雄的人物，在朱天心的笔下被形容为"不明的年纪、过时而竭力整洁的衣着、讷讷的话语、恨不能躲过所有人注视的神色……"，③ 这般形象在他的同学李家正看来，像猴子或出土文物一样被当众展示，他为避免于此不愿为任何党派就算是能为他伸张正义的党派助选。

　　所谓"伸张正义"其实也是要利用这些政治犯，而不关心他们真正的心理创伤。李家正也每每一身过时的衣衫，且留有严重的政治迫害后遗症，时时刻刻疑神疑鬼，不断向他认为没被特务渗透的单位与个人寄出检举信，收不到信就怀疑被情治单位截留；打电话怀疑被监听；邻居、警察甚至街角摆摊的老人都被他疑为特务；送孙子上学时不断更换路线以摆脱特务监视……他的警惕提防在白色

---

① [美]萨义德：《知识分子论》，单德兴译，生活·读书·新知三联书店 2002 年版，第 17 页。
② 朱天心：《新版说明》，《想我眷村的兄弟们》，台北：INK 印刻出版有限公司 2002 年版，第 17 页。
③ 朱天心：《从前从前有个浦岛太郎》，《想我眷村的兄弟们》，台北：麦田出版股份有限公司 1992 年版，第 103 页。

恐怖时期或许正常，在"什么时代了"的这个时代则显得可笑和可悲。摆摊卖煎饼，表面看上去较为正常的老蔡，警察一次普通正常的问讯就让他方寸大失，哽咽梦呓着他会被当作替罪羊。

陈昌一遍遍在选举造势中陈述旧事，重复又重复，愈加深了他的自我怀疑。陈昌闯入这个没有按照他的想法发展的时代，惶惶无措于曾经的理想和信念的正当性。格格不入的还有李家正。他出狱回家，才发现他自己、他的家庭还有社会都和他以为的完全不一样。他的时间仍然停留在入狱前，他以为自己还年轻，不能将年轻的妻子和年老的妻子重合，会错把孙子当成儿子；他喊惯了高真、高善的孙子其实叫宗伟、宗君；他的妹妹从前与外省人恋爱十分辛苦，现在动辄抱怨他们外省人……他的家人奉行实践着他所反对的，也读法律也买房子也喜欢超商；他的父亲帮他实现了平分土地的理想，佃农却抱怨山林其实完全无用，还要靠养羊缴税。他为之激动战栗的一切最后竟成空。

陈昌和李家正以及老蔡，他们都被凝固在过去。陈昌"只觉时间真的像个大巨轮，快得早不知什么时候已经碾过他，而他遍体鳞伤的遥遥在后根本注定追不上了。"① 李家正也"发现时间是会磨损的、会出现缝隙，很多事情，重要的、不重要的，因此纷纷掉落其中，无从寻找。"② 他们不能不回忆往事，不能遗忘过往，因为遗忘了记忆，就是否定了他们的存在。众人或许看到了他们的政治价值，或许嘲笑他们的不合时宜，却漠视他们失落的信念和灵魂，任凭他们苟活于都市的一隅，流落在时间之外，似生似亡，排成"一列等候买票去阴间的队伍"。③

若说进入族群认同之争，是身为外省人的分内之事，朱天心对"分外之事"的关注之情丝毫不减，题材愈写愈宽，不断深入"那

---

① 朱天心：《十日谈》，《我记得……》，台北：远流出版事业股份有限公司1989年版，第83页。
② 朱天心：《从前从前有个浦岛太郎》，《想我眷村的兄弟们》，台北：麦田出版股份有限公司1992年版，第120页。
③ 同上书，第94页。

些惯常被遗忘或弃置不顾的人们和议题"。① 《我记得……》一书中，除了《我记得……》《十日谈》《佛灭》三篇直接与政治运动有关，《淡水最后列车》讲的是老人问题；《新党十九日》与《鹤妻》两篇是从不同角度切入家庭妇女的生命形态，这一线索延续到她最近的长篇《初夏荷花时期的爱情》；《去年在马伦巴》则是无名港侨在台北的幽闭生活。小说集《想我眷村的兄弟们》也是一个短篇对应一个"畸零族群"，《我的朋友阿里萨》写中年焦虑；《从前从前有个浦岛太郎》是政治受难者的哀歌；《预知死亡纪事》描写一群老灵魂的生死无常，《袋鼠族物语》为母亲发声，《春风蝴蝶之事》是幽微的同性恋题材；《想我眷村的兄弟们》是为族群而作。愤怒的朱天心，以笔为媒介，倡导正面的普世价值观念，促进成熟的民主社会的建立。

二 政治之综艺化

政治本应该是为百姓谋福利的，如果政治反其道去侵犯伤害普通人的正常生活，就不是虚妄，而是堕落了。蒋介石时代，是专制威权高压；威权倒塌后，台湾政治走向了暗藏专制的综艺化。

朱天文在受访时多次提及她以"巫"的身份自居，站在光谱的左边，也就是非社会化。朱天文在表达方式上比朱天心的焦虑甚至呐喊显得避世很多，其实两人都是迷恋现世的人。朱天文站在左边，只是一种"出世"的外表和眼光，"站在左边，也为的是更能看清楚右边，并与之对话。"② "巫"的形象在《荒人手记》中已经露面。《荒人手记》是一部同性恋题材的小说，但朱天文的这部代表作能够面世，却是被不良政治文化催生出来的。"一介布衣，日日目睹以李氏为中心的政商经济结构于焉完成，几年之内台湾贫富差距急剧恶化，当权为一人修宪令举国法政学者瞠目结舌，而最大反对党基于各种情结、迷思，遂自废武功的毫无办法尽监督之责上

---

① [美] 萨义德：《知识分子论》，单德兴译，生活·读书·新知三联书店 2002 年版，第 17 页。

② 毛尖：《关于〈巫言〉——毛尖访谈朱天文》，《东方早报》2009 年 5 月 3 日。

演着千百荒唐闹剧。身为小民，除了闭门写长篇还能做什么呢？"①

《巫言》和《荒人手记》的风格大不同，一本语言貌似未经提炼近乎絮絮叨叨，一本用的是四字箴言，不同的面貌下倒是都藏着一颗抵抗之心。两本都是抵抗之书，都是站在左边的巫与右边的对话。《巫言》当然也不只是政治小说，小说中欲抵抗的东西太多，单就政治这一层面而言，《巫言》透露了更多作家对当下台湾政治现状的不满。《荒人手记》中的自我剖析多一些，《巫言》更侧重对现实政治环境失序的批判。

《巫言》中没有出现真名实姓的政治人物，最贴近现实的也就是用了一个"马市长"的称呼，可以直接联想到马英九，其他都用代号，诸如摩西、约书亚、阿舍、大法师等，其中摩西和约书亚是作家暗嘲明讽的首要目标。摩西和约书亚本是《圣经》中的人物，摩西是犹太人先知，带领被法老屠杀的以色列人离开埃及返回故乡——迦南。摩西是开辟以色列新时代的领导者，约书亚是其追随者与继任者，摩西死后，神选约书亚为首领，继续摩西的工作，将以色列人带到迦南。以此二人的姓名称呼后世之人，本该是赞美，相信其支持者应该同意二人发挥了摩西和约书亚的历史作用，但朱天文在字里行间暗藏讥讽。对台湾政坛稍有了解的读者，都可以把摩西和约书亚对应到现实中的政治人物，其实到底暗讽了实际生活中的哪个人并不重要，他们只是某类政治人物的代表而已。在作家看来，台湾的摩西和约书亚没有带领台湾人离开埃及（残暴、专制等坏因素）回到故乡（自由、民主等好因素），而是把台湾政治最终领向了极其恶劣的综艺化。"原来物竞天择，适者生存，神鬼不觉的，美丽岛已演化成一座综艺岛。岛上一切一切，一切综艺化。"②

作家对摩西老大和约书亚引领的综艺化政治文化显然十分不赞同。"综艺岛上，新品种首长们天生具备握手功，注目功，摄影机

---

① 朱天文：《奢靡的实践》，《荒人手记》，山东画报出版社 2009 年版，第 214 页。
② 朱天文：《巫言》，台北：INK 印刻出版有限公司 2008 年版，第 31 页。

一出现,他们就调门拉高立刻骇起来。无需前奏或药物,他们是天然骇。故而与阿舍先生正好相反,约书亚先生只有群众,没有朋友。他之依赖群众,以至于酗。酗群众,酗摄影机,酗媒体。"①酗,本意与酒有关,是个贬义词,无节制地沉迷于喝酒的意思,作家将之用于"新品种首长们"的品行,毫不掩饰地表露了不愿苟同的态度。对此类政客利用媒体作秀的不满,已然能让"巫"改变其行事风格。哈金在台湾的茶叙,"他"本来避之唯恐不及,不得已到了现场,本性也是混迹妇孺,只因为看见一位扣纽扣人(官员),明白一个直属约书亚的"单位出了点钱,现播现收,绝对不放过任何曝光机会的派人杵在现场,做法甚似犬溺为记,宣告此处亦势力范围内。既然这样,那么他倒要把自己一张脸也杵进人堆里,好显示出另一种势力范围。"②类似这样因为对于不良政治文化的反感而去做或不做某件事,在《巫言》中非只有此一例。诸如《巫时》一章中"我"对校友会相关的一组织的拒绝。"我"干脆痛快地回绝某组织,不若当初还婉转写信拒绝校友会颁发的杰出校友奖,只因为在看了成员名单及简介后发现了一幅政商学界勾连图,便用不被主人认领的奖座报复之。《巫事》中的"我"作为长期订户却不再续订一份月刊,也是因为这份杂志"搞的越来越像一个政府啦啦队"。③

如此综艺化的大背景下,把一场场代表民主、进步的选举也演绎成了闹剧。比如情感上倾向统的前社长,也因为疑议和求知欲追读不同语调的报纸,几乎有被报纸淹没的危险。报纸在政战中扮演着火上浇油的角色,政客和舆论同时癫狂,以致恶性循环出"若光看剪报消息会以为本岛已爆发族群内战"④的效果。朱天心在《十日谈》中把最后的投票日命名为"终战之日",朱天文在《巫言》

---

① 朱天文:《巫言》,台北:INK 印刻出版有限公司 2008 年版,第 32 页。
② 同上书,第 78—79 页。
③ 同上书,第 132 页。
④ 同上书,第 142 页。

第二章 身份的建构与解构

中写到前社长投票日醒来,也是心想"这就是战争前夕了吗?"①前社长甚至在出门投票前储水储电,以备战争之需。把和平民主年代的竞选与战争相等同,映照出不健康的政治环境。本是"我"倾心支持的政党和候选人,从"我"的眼睛看下来整个选举造势过程仍旧像是场闹剧。摩西老大党和约书亚党开始外遇的时候,老板急急组织了一场政治课,由第三党党魁主讲。第三党党魁大法师法力高强,甚至都震慑了国民美少女,让这只白腹橘背猫亦感到了政治的危险,但也仅止于此。"也许几天,几星期,撑不到一个月,一缕清风吹过,橘背白腹猫仰空嗅嗅,嗅到了,啊吹走了……"②老板、"我"、妹妹和妹妹的假婚人"写字鬣蜥"全部出动为第三党竞选立委造势,纵使第三党其言其行其理念更胜过摩西老大党和约书亚党,也要用综艺手段造势,就算手段高明些(比如写字鬣蜥让人耳目一新的文宣)也成功无望。力欲改革政治的力量最后难免被卷入一场综艺化的表演中被观看继而被淹没,"综艺化使愚智贤肖和垃圾,一概,平等"。③

作家对摩西和约书亚的执政能力和政治诉求也多有指责。就像朱天心在《古都》中所指出的那样:"批评以往是外来政权的新统治者人马已执政四年,所作所为与外来政权一模一样"。④他们肆意更改城市容貌,因反抗集权政府去海外三十年不能回来的异议人士,一旦当上县长以后照样把南岛最后一块湿地挪作高污染能源的重工业用地。以摩西和约书亚为代表的新统治者并没有强大的执政能力,倒是擅长利用族群、"两国论"等议题转移视线获取政治利益。他们将不同的族群一分为二两相互对立,对和自己不同的价值观念不听不闻。那么舆论是不存在,批评的声音自然不在,"他只看他想看的,不想看的不要看因此看不见故而就也不存在了⑤"。

————————
① 朱天文:《巫言》,台北:INK 印刻出版有限公司 2008 年版,第 44 页。
② 同上书,第 139 页。
③ 同上书,第 143 页。
④ 天心:《古都》,台北:INK 印刻出版有限公司 2002 年版,第 188 页。
⑤ 朱天文:《巫言》,台北:INK 印刻出版有限公司 2008 年版,第 132 页。

不仅如此，他们还为了"信念"更改事实，亦不给"异议分子"生存的空间。例如"二·二八"事件，"巫女"朱天文已经忍不住大声疾呼了："这个被约书亚当成提款机的受难日二·二八差不多户头金尽矣。受难人不堪其扰从地下跑出来说，不要再绑架我们了，让我们安息罢。不要再用苦难当人质。请让死者安息，请让生者自由。"① 作家将他挑起的族群矛盾、"两国论"等议题所引起的全民大起乩式的混乱比喻成吃了快乐丸 E 丸或称为摇头丸。摇头丸是能让人获得短暂极致快乐但终究害人性命的毒品，放纵这些毒品横行台湾的摩西老大，当之无愧于"活火山"的称号了。作家把"活火山"称号送给摩西老大，不知道是否在暗指它的爆发会导致台湾的陆沉？

综艺化之混乱，对应的是秩序。在《春风吹又生》时，朱天文就透露了对"运动"的怀疑，她不喜这种激烈的变革方式，对秩序的渴求先于她对综艺化的批判已经存在于《荒人手记》。同性恋运动是社会运动的重要一环，但荒人从头到尾都没有参与到阿尧——他的好友，极力鼓吹并身体力行的同志运动中。荒人自己解释他不参加阿尧的同志运动，并不是不支持同志运动，而是因为他太害怕呼口号，他认为跟随集体一齐叫喊一齐挥舞的举动无异于赤条条站在大街上，让他万分难堪。但是在他回想起若干年前他们还是学生时在广场上对着"伟人"高呼口号，竟感激励，觉那是一个幸福的时代。因为那时只有相信，不知怀疑，因为那时没有身份认同的问题，那是个秩序的、数理的、巴哈的人间。同为口号，广场上的呼喊是相信，同志运动的呼喊则是怀疑。此时此刻，秩序的生成原因之于荒人并不重要，他不想批判秩序背后的集权，他想要一种对抗现时混乱的力量，秩序的力量。因为他在现时的混乱中找不到自己的位置，或者应该说，现时的混乱有它自己的秩序，而他不能认同现时的秩序。荒人，不管是同性恋荒人，还是外省人荒人，都安身于旧的秩序而游离于新的秩序之外。

---

① 朱天文：《巫言》，台北：INK 印刻出版有限公司 2008 年版，第 254 页。

第二章 身份的建构与解构

把荒人的反对运动寻求秩序放在台湾社会的大环境下看更为突出。刚解严的几年，各种各样的反对运动遍地皆是，游行示威的活动举不胜举。可以说这是百姓意识觉醒奋而争取自己的权益，但政治运动在摩西和约书亚的领导下无可避免地侵入扰乱百姓的平常生活。程佳玮"上半月余来，有四次碰上自力救济的抗议队伍，东西大街完全瘫痪，一片戾气怨腾之中，她是极少数能不受波动的人"。她"看到落单的游行者，明明是家庭主妇，头顶绑着白布条，在红砖道慌张奔跑寻找失散的伙伴。"① 新人类对政治无感，不抱怨但也不参与，程家父母则抱怨这些抗议活动扰乱交通妨碍了他们的正常生活，和荒人一样怀念两蒋的年代。就像最初很多人支持民进党不见得是同意他们的主张，而是为了在戒严的高压下寻找一个发泄的突破口；荒人他们怀念两蒋年代，也不见得是赞同高压威权统治，更想要的是当时安稳有秩序的生活。尤其对外省人来说，当时他们的价值世界还未崩塌，而现在的政治环境却太过混乱失序。

在外省第二代女作家对被认同的渴望中，同时也有对于重建新身份的迷茫，以及对传统认同思维模式的反思。是否一定要借助他人的认可，才能完成对这片土地的认同？能否重建一种崭新的认同方式来安慰漂泊者的灵魂？朱天心曾在采访中说："在写《古都》时，我就想传达一种声音：难道只有认同的人才能在这里生活吗？我交税、从来不违法，我就可以生活在这里，你管我心里想什么，多爱或多不爱。"② 这句话看上去还是不被认同者的牢骚，但已经透露外省第二代不再寻求被认同的心理转变，从需要被认同转而质疑外界介入身份认同的正当性。再进一步，是质疑身份认同本身的正当性。"其实，我们只是要争取不被贴标签的自由。"③ 不愿意被贴标签，不愿意被简单化、被污名，在某种意义上是要消解族群身

---

① 朱天文：《带我去吧，月光》，《世纪末的华丽》，台北：INK 印刻出版有限公司 2008 年版，第 59 页。
② 王尧：《朱天心：过简单生活的大作家》，《人民日报·海外版》2009 年 8 月 27 日第 3 版。
③ 同上。

认同与解构

份的重要性。如若族群平等地和平共处了，也就不会有从族群而来的身份纠葛。愈演愈烈的都市化，也在鲸吞蚕食着认同的根基，不仅是外省人，也包括本省人的认同根基。在地认同慢慢偏移了重建的轨道，身份在重建之路上遇到了消解的分岔口。

第三章　都市的多重魅影

　　自20世纪60年代始，台湾经济起飞，人不断从发展迟缓的农村涌入城市。到80年代，台湾都市化进程加速，都市人口已占总人口的80%，台湾岛变成了一个"都市岛"。社会转型，文学不会没有反应，新的文学模式兴起，"新都市文学要表现人类在'广义的都市'下的生活情态，表现现代人文明化、都市化以后的思考方式、行为模式，它的多元性、复杂性以及多变性"。[①] 都市因素在文学作品中持续发酵，占据了重要的地位，甚而有人在20世纪80年代初即放言"都市文学已跃居八十年代台湾文学的主流，并将在九十年代持续成为充满宏伟感的霸业"。[②]

　　都市，亦是外省第二代女作家的创作不可回避的话题，也是她们有意要深入挖掘的素材。都市为身份演练提供了一个新的场域，它冲击了各种势力对于族群身份的想象；都市这个新场域本身亦蕴含着与过往不同的创作资源，给予了外省第二代女作家新的身份和新的时空，在外省第二代女作家笔下大放异彩。

第一节　都市：身份演练的新场域

　　都市化为外省第二代女作家的身份认同书写提供了新的场域，

---

　　① 痖弦：《在城市里成长——林燿德散文作品印象》，林燿德《一座城市的身世》，台北：时报出版公司1987年版，第14页。
　　② 黄凡、林燿德主编：《新世代小说大系·都市卷》，台北：希代书版有限公司1980年版，第13页。

是转机，也是危机。都市所代表的新的生活方式和价值观念，对外省第一代和外省第二代的在地认同影响甚大，加剧了他们被排斥和碎裂之感。同时，都市也吞噬了政治挑起的族群身份之争，族群分野变得不重要，另外生出了不同族群共同面对的新图景。

一 都市：怀旧眷村的新空间

眷村改建为"国宅"，是"眷村文学"兴起的重要推力之一。同是眷村，在不同时间、不同作品中被演绎成不同的形象。"即或是同一块土地，也将因时光流转，记忆漫衍，形成家乡/故乡/他乡的连串转移、置换及再生。循此衍生之家/国/乡土间的纠结辨证，遂益添驳杂面向。其间，除政治因素外，最具关键性影响者，当属持续且不可避免的'都市化'现象之渗入，以及随之而生的眷村拆迁改建。"[①] 眷村本属过渡性质，几十年下来更是老旧不堪，居住条件并不理想。只是一旦平房改成楼房，不只是居住空间的改变，也是生活方式和价值观念的变迁。

从老旧平房搬入高楼之后，居住环境立时改善非常多，但很多外省人都有适应不良的症状，尤其是年纪大的外省第一代。就像程家（朱天文《带我去吧，月光》）因为眷村改建搬到佳柏家暂住又搬回来后，很多理所当然的事情都改变了。以前不供祖先牌位的时候便挂在客厅墙上最尊位置的"戴笠照"，"这趟搬回来，外面已改朝换代，一批新面孔上台，气氛所及，他们客厅漆着奶黄色簇亮的墙壁，竟找不到一块合宜之地可以安置那张相框"[②]。戴笠照的不合宜，其实就是外省人的不合宜，这张照片的无所安置正隐喻了外省人尴尬的认同处境。"改朝换代"自是重要原因，都市化也功不可没。如果说程佳玮代表了现代都市审美观，程太太和女儿关于

[①] 梅家玲：《八、九〇年代眷村小说（家）的家国想像与书写政治》，陈大为、钟怡雯主编《20世纪台湾文学专题Ⅱ：创作类型与主题》，台北：万卷楼图书股份有限公司2006年版，第242页。

[②] 朱天文：《带我去吧，月光》，《世纪末的华丽》，台北：INK印刻出版有限公司2008年版，第61页。

沙发垫子和套子花色的争执，便是其跟不上社会转型步伐的例证。白色和米黄色，两个区别度不是非常大的颜色，就足以区隔出两代人的价值观念，莫怪坚持白色像办丧事的程太太和程先生不敢随便进女儿房间，"里面这个世界的确太陌生了"。① 他们也欣赏不了UPS几乎全版留白的广告文案，两代人就像丢不掉带过来的旧家具与新添的家具，"扞扞格格互相排挤"。② 程太太还有家事这一通道和外界保持联系，程先生从"事业"退出后只能掉入空茫。

虽然风俗习惯有所差异，外省人聚居的眷村和本省人聚居的乡村，都还保留着中国传统的生活方式与价值取向，"老地新家"，却是两种完全不同的生活方式。都市不同于传统的新型现代生活形态和价值取向，加剧了外省第一代水土不服的症状，对他们原本就不稳固的认同根基造成了新一波的威胁。按照常理来看，柴师傅（朱天文《柴师傅》）的晚年算得上是功成名就了，行医多年没有被人冠上骗徒之类的头号，治病疗效颇佳，信徒遍天下。然而，"正在前进的世界将他远远抛在后面"，③ 他不能适应儿子开MTV放限制级的影片；孙子们也和大人一起看牛肉秀，根本不理他的呵斥；冷气机仍然隆隆抽转，虽然他连风扇也不需要；儿子比他的本省妻子更像本省人，娶了本省媳妇，还有孙女儿经常说着他听不懂的语言……信佛供奉祖先又是忠诚党员的他，在台北这个大都市"好像古代稀有动物遗骸出土"。④

柴明仪回忆四十年前从高雄港登陆，"瘴热尘烟里一把遮去半边天空的野花红树……给他一个震撼极的下马威"。⑤ 他的这种感觉类似于汪慧先（袁琼琼《今生缘》）刚到台湾第一个夜晚的感觉，很典型的移情作用。移情，"用简单的话来说，它就是人在观

---

① 朱天文：《带我去吧，月光》，《世纪末的华丽》，台北：INK印刻出版有限公司2008年版，第62页。
② 同上书，第61页。
③ 朱天文：《柴师傅》，《世纪末的华丽》，台北：INK印刻出版有限公司2008年版，第18页。
④ 同上书，第17页。
⑤ 同上。

察外界事物时，设身处在事物的境地，把原来没有生命的东西看成有生命的东西，仿佛它也有感觉、思想、情感、意志和活动，同时，人自己也受到对事物的这种错觉的影响，多少和事物发生同情和共鸣"。① 凤凰花是南方普通常见的植物，在一般人眼中应该是美丽热烈的，就算不喜欢至少也算不上恐怖可怕的意象。柴师傅如此反应，其实是把他这个移民初来乍到的不安定感灌注到了他所看到的景物上，恰好热带植物的花朵颜色又特别艳丽妖娆，易给外来者留下强烈的印象。车站边会种一些根本不可能开花的芍药、牡丹以及南洋杉、罗汉松等是这种移情作用的另一面，"当这类温带植物被衬着粉白墙和上了沥青的杉木站房时，便能抚慰很多想念故国的征人"。② 柴师傅四十年后还是觉得"奇花妍草异色，形如他第一次看到孔硕无比的香蕉，和头颅似的滚满了狰狞狼牙钉的凤梨，样样欺他生，摆出夸张的脸色"。③ 四十年的时间仍然未能让柴师傅熟悉凤凰花、香蕉、凤梨等艳丽庞大的热带植物，可见其不能融于这个世界的程度之深。其中很重要的一个原因，是都市化所导致的他在生活方式与价值取向上与现实世界越来越远的距离。这个距离，神话了柴明仪定居昆明的念头。三十三岁时，柴明仪想要定居在昆明的念头，应该还是包含在他的大陆乡愁之内的，那时还相信着一定会回大陆，昆明是他喜欢的一个美丽、适宜居住的城市而已。现在，柴明仪还想着四季如春的昆明，就不能不和"沙漠般"的台北有关了。台北当然不是地理意义上的沙漠，只是时时处处施工扬起的沙子把台北盆地弄成了沙漠般的景象，道德世界亦如沙漠般枯寂无生机。在此对照物下，昆明的四季如春就有了象征的意义，是乌托邦般的存在，是逃离都市沙漠的桃花源。

不仅是柴明仪在沙漠般的台北遥想四季如春的昆明，在传统教育中长大的外省第二代，在都市化进程中也无可避免地经历了

---

① 朱光潜：《西方美学史》，人民文学出版社2002年版，第584页。
② 朱天心：《古都》，台北：INK印刻出版有限公司2002年版，第168页。
③ 朱天文：《柴师傅》，《世纪末的华丽》，台北：INK印刻出版有限公司2008年版，第17页。

价值观念转变所带来的失落和焦虑,也频频回望"原乡"以寻求安慰与救赎。出身眷村的甄素兰(朱天文《伊甸不再》)就是一例。其实甄素兰早年的日子并不好过,她的父亲花心不顾家,母亲因为父亲的花心而发疯,这样的家庭让素兰不仅要忙家事还要承受精神上的重压,早早知道了"灰凉决裂"。纵然如此,她还是恨极了戚双红——那部让她走红的电视剧的女主角的名字,也放弃了甄梨——一个笔画很好的艺名,而想要挽住时间巨轮永远停在甄素兰的日子里。在她自杀前一天看到金黄的秋天的太阳光,"令她想起从前眷村的日子,很多很多,不一定是快乐甜蜜的,可是都是自己的。再坏,再不快,悲伤的眼泪流下来都是自己的"。①

　　和柴明仪可怜的乡愁一样,甄梨也在怀旧,只不过她的原乡是眷村。"对于过去事情的怀恋总是以当下的恐惧、不满、焦虑或不安为背景出现的,即使这些东西并未在意识中凸显出来。"② 柴明仪晚年的不满和不安很明显,甄素兰自认对当下没有不足之感,或许她真的不在乎乔谯有家室,拍戏的生活也充实,却摆脱不了事事不切身的感觉。从甄素兰考上大学后要朋友不要明星梦的行为,可以看出她其实很怕孤单,她原生家庭的破裂让她极其需要"永不分离"的关系。而当下都市生活可以给她名气、财富、爱情,却不可能给她"永不分离",她的怀念眷村是"以当下的恐惧、不满、焦虑或不安为背景"。③ 很多像甄素兰这样的眷村儿女,在眷村的日子都不好过,不管是出于什么原因,或者像素兰这样家庭生活混乱不尽如人意,或者讨厌太过黏稠的人际关系,但当眷村儿女真的搬离眷村迁入都市边缘有一点点外省人、很多本省人、有各种职业的新兴社区的时候,都市让眷村儿女失去了依傍,"河入大海似的顿

---

① 朱天文:《伊甸不再》,《炎夏之都》,台北:INK 印刻出版有限公司 2008 年版,第 56 页。
② [美] 弗雷德·戴维斯:《怀旧和认同》,王丽璐等译,周宪主编《文学与认同:跨学科的反思》,中华书局 2008 年版,第 107 页。
③ 同上。

时失却了与原水族间各种形式的辨识与联系"①。

眷村能够成为第二代的原乡,是因为先有了"离开"这个动作,空间和时间的距离产生思念的动作和感情,更大的原因是现在所处的空间和时间都不是自己所能认可的,对当下的不满和时空的距离有效过滤掉了负面情绪,让悲伤或者愤怒的往日都变得值得感念。对当下负面的情感和认知"带来了认同断裂的威胁(从存在的意义上讲,就是对'微不足道的感觉'的恐惧),而怀旧试图通过运筹我们在连续性上的心理资源,来消除或者至少转移这种威胁"。② 外省人的认同体系裂变后又遭遇到都市化对于传统价值观念的冲击,不啻是雪上加霜。怀旧有疗伤的作用,既然抵挡不了以举家老小同看牛肉秀为代表的道德堕落,用逃往过去的方式自我保护,也是一种策略。

二 都市:族群身份的失据地

现代都市不同于乡村、不同于传统都市的重要一点,是景观的巨大变动性,不停歇地拆建,会让离开短短一些时日的人就再也找不到旧路标,相见不相识。都市化还统一了各地景观,抹掉地方独特性。这些都会让认同感失去凭执。而且,都市已习惯族群混居,这些新的都市因素都影响着外省第二代的认同架构。

朱天心的小说《古都》从十七岁的回忆开始,那时的天空、体液和泪水、人、树、公共场所、音乐……都还历历在目,中年的"你"穿行于台北的大街小巷,却不能不悲叹所有生活过的痕迹正急速消失中,"你住过的村子、你的埋狗之地、你练舞的舞蹈社、充满了无限记忆的那些一票两片的郊区电影院们、你和她爸爸第一次约会的地方、你和好友最喜欢去的咖啡馆、你学生时常出没的书店、你们刚结婚时租赁的新家……,甚至才不久前,女儿先后念过

---

① 朱天心:《想我眷村的兄弟们》,台北:麦田出版股份有限公司1992年版,第71页。

② [美]弗雷德·戴维斯:《怀旧和认同》,王丽璐等译,周宪主编《文学与认同:跨学科的反思》,中华书局2008年版,第107页。

的两家幼稚园（园址易主频频，目前是'鹅之乡小吃店'），都不存在了……"①对于不善于遗忘的人来说，"旧址"是他存在过的证据。朱天心对记忆的执念很深，正像张大春所言，她比一般人记得多，自然焦虑多。到《古都》一文，朱天心仍然"与历史怪兽搏斗"，但"终于把她要叫停历史、换回时间的欲望空间化。历史不再是线性发展——无论可逆还是不可逆，循环或是交杂，而是呈断层、块状的存在。历史成为一种地理，回忆正如考古"。②认同需要具体的场所作为载体，当都市化疯狂地将原本熟悉的城市改变成一个完全陌生的地方，那些出生前就存在的冬茄和枫香都先"你"而死去后，"你"不得不发出这样的疑问："一个不管以何为名（通常是繁荣进步偶或间以希望快乐）不打算保存人们生活痕迹的地方，不就等于一个陌生的城市？一个陌生的城市，何须特别叫人珍视、爱惜、维护、认同……?"③

早在《想我眷村的兄弟们》，朱天心就已经看到外省人没有土地落地生根的惶惑，着手剖析外省人"如何在当局机器的摆布、操弄之下失去对土地的承诺，也失去'笃定怡然'的生命情调"。④及至《古都》，第二代走熟了的台北街巷也在都市化进程中霍然变脸了，台北越来越陌生，可以走的路越来越少，身份也在慢慢稀释中。就像柴明仪所感慨的，"搬到哪里，哪里就开始盖房子，挖马路，筑地下道，埋水管，架天桥"。⑤朱天文在《荒人手记》《巫言》等小说中多次提到那些高架路的丑陋，朱天心也觉得捷运车站"丑怪庞大到极点"。捷运是便民公共设施，这种言辞颇有反文明的意味。就像乡土作家为了抵制现代文明带来的道德堕落和价值失

---

① 朱天心：《古都》，上海文艺出版社 2001 年版，第 197 页。
② 王德威：《老灵魂前世今生——朱天心的小说》，朱天心《古都》，台北：INK 印刻出版有限公司 2002 年版，第 23 页。
③ 朱天心：《古都》，上海文艺出版社 2001 年版，第 202 页。
④ 张大春：《一则老灵魂——朱天心小说里的时间角力》，朱天心《想我眷村的兄弟们》，台北：INK 印刻出版有限公司 2002 年版，第 13 页。
⑤ 朱天文：《柴师傅》，《世纪末的华丽》，台北：INK 印刻出版有限公司 2008 年版，第 15 页。

衡，而把农业社会形态描绘成纯美的理想境界，二朱的讨厌捷运是因为它破坏了十七岁时的地平线——"你"的记忆实体，身份证明。面对不可避免的都市化，十七岁的台北不会是那时间空间都凝固了的桃花源，"你"倾心的理想地——京都，也不是救赎之地。为了京都不管何时都是"恒久记忆中的那个样子"，"你"甚至愿意弃台北选它为埋身地。京都的"不变"，是为了制衡台北的"变"，就像"你"后来又在《梦一途》兴建新市镇，取世界各地最美好的物事打造理想中生活空间。梦中市镇终是虚假，京都虽好却不是"你"的，台北又坏到"你"几乎无路可走，真真是一个"武陵人"。

空间的"不变"对于在地认同的建立十分重要。然而，都市化不仅卷走了熟悉和有记忆的旧日景观，也将附带着历史沉淀的地方独特性消灭了。都市化为全世界每个城市统一了面貌，比如那些布置、色调、口味、价位都一模一样的速食店，各色商品同步上市的百货公司，全世界一致的时尚潮流，它们在这里或在那里已经没有差别，它们的出现或消失已经不能牵动人的感情和记忆。没有了无可取代的东西，人该怎么和土地建立紧密的关系？在地和外地既然已然没有区别，在地认同也只能消解于都市的一体化中了。

正如唐小兵所分析的，台北"是一个无处不在扩建、无处不在消失的城市，一个不断制造奇迹的同时也制造废墟的消费文明"。[1]朱天心在小说中指责新的当权者和他们以往批判的外来政权一样没有好好保存台北的物质空间，他们只打算暂时落脚似的随意去掉了所有现存人出生以前就存在的枫香，为了开路百年茄冬一夕不见，罗斯福路的那些只订联、央、国、民报纸的人家巷弄有朝一日也会被拆掉重建成××宿舍……新的当权者不仅破坏了外省人在地认同所需要的空间依凭；同时也毁坏了本省人认同在地的空间依凭。一贯对外省人采取敌视态度的本土主义者，他们的论述中一直奉为命

---

[1] 唐小兵：《〈古都〉·废墟·桃花源外》，朱天心《古都》，台北：INK 印刻出版有限公司 2002 年版，第 252 页。

根的所谓台湾性,也是需要物质凭据的,但持续不断的都市化过程中,大家全部失去旧址,住一样的房子,吃一样的饭,穿一样的衣服,买一样的商品,今天逛过的公园上过的学校明天即消失无踪。在都市这个新的场域中,外省人和本省人的分界线也越来越模糊,大家都要为着百年茹冬的一夕不见而"大恸沮丧如同失了好友",①都要在自己的故土上如流离失所的外乡人那般悲恸质问:"难道,你的记忆都不算数"?②

都市不仅失去了固定的景观,人群的组成也非常复杂。还住在眷村的时候,邻居成分单一,都是外省人。那时台湾传统乡村的居民也较为单纯,都是有根底的本省人。"当然我可以明显感觉到眷村和外婆家的差异,眷村是无根的,唯一的亲人是父亲,可是在外婆家的街上一走,随口都可以喊出叔公、叔婆,其中的差异非常大……"③差异正是身份架构的重要凭仗,而来源于差异的各个族群的独特性对作家而言也是写作的资源,"族群的差异正好是我写作的养分"④,纵使眷村无根,但是眷村是自己的,是一个证明自己存在的地方,就像乡村老家之于本省人。但是都市不一样,尤其是随着经济起飞发展起来的现代大都市,人口组成复杂。按照各族群所占台湾的人口比例,像台北这类大都市的人口组成中,应该是本省人占多数,外省人占少数,再加之因为移民、工作、游学等不同原因而来的外国人,绝对是一个多民族杂居的场域。在都市这个新场域中,族群身份不是唯一重要的,也不是都市中长大的一代所关心的。

如果说20世纪50年代出生的第二代还随着父母经历了心境转折的挣扎,在丰裕物质条件下长大的更为年轻的第二代以至第三代,其关注点不曾过多地停留在族群身份之类的认同问题上。诸如

---

① 朱天心:《古都》,台北:INK印刻出版有限公司2002年版,第192页。
② 同上书,第160页。
③ 杨锦郁记录整理:《始终维护文学的尊严——李瑞腾专访朱天心》,《文讯》1993年第6期。
④ 同上。

程佳玮（朱天文《带我去吧，月光》），在她的评价系统中，南京上海"永不及杂志上看来的东京，涩谷，代官山法国式刷白的蛋糕屋，青山路西武的无印良品店，以及遥远希腊的蜜克诺丝岛"，①比之乡愁，她要的是现代都市社会肯定和推崇的生活方式与价值观念。同样地，她们对"台北"也没有乡愁。诸如米亚（朱天文《世纪末的华丽》），台北是她的乡土，她不能离城独处，但可不是为了朱天心在《古都》中心心念念的那些古城遗迹，供养米亚的是全世界同步的都市声色犬马，她靠嗅觉和颜色存活。"我"（朱天心《第凡内早餐》），一个在混迹职场的新人类，用来赎回自由的是一颗"钻石"，而不是政治理想之类的东西。霍晨勉（苏伟贞《沉默之岛》）和她的分身各占一个本省和外省身份，她们共同组成完整的生命。而晨勉们生活的地方，台北也好，香港也罢，甚或是新加坡、德国，族群混居都已经成为常态。

　　成长在社会转型期的一代人，他们没有办法像新人类那样轻松地脱下身份的旧衣，又重新从都市文化中按照新的规则选择一件新的身份外衣，或者根本就弃身份于不顾。旧身份在都市这个新场域中的进退失据无以为继，是一场剖皮之痛。这种持旧身份站在新场域中的姿态，也给予20世纪50年代出生的外省第二代女作家一个书写的位置，复活都市的重重魅影。

第二节　都市文明的双重面貌

　　都市之于文学，正像张诵圣所言，"不仅仅是故事的背景而已，在主角的意识中都市本身就是一个角色在活动着"。②虽然为都市对身份的消解所伤，外省第二代女作家生活于都市中可能有怒视却不无视，她们既有社会转型期长大的经历，又有女性身份的细腻多感，为都市的丰富面貌再添一笔绚丽色彩。

---

① 朱天文：《带我去吧，月光》，《世纪末的华丽》，台北：INK 印刻出版有限公司 2008 年版，第 92 页。

② 张诵圣：《朱天文与台湾文化及文学的新动向》，《中外文学》1994 年第 3 期。

第三章 都市的多重魅影

一 站在时空交错处的女性视角

20世纪50年代出生的外省第二代女作家，尝过贫苦，享过富足，她们和出生在台湾经济已经起飞的20世纪60年代的第二代不同，和更后出生的第二代、第三代差别更多，她们脚跨两个不同文明，站在时空的交错处。

朱天文《巫言》中有一个恐龙伯母与E人类滑板小子因为两筒传真纸而偶然相遇的场景。明明在同一个时间和空间，却恍如科幻或神话故事中所讲的那般，他们分别属了不同时空，只是碰巧在时空裂隙中遇到；或者，滑板小子穿越时空前来送快递。纵然恐龙伯母也知道针灸，知道小熊项链的来历，还是与E人类有难以逾越的时空距离。两筒传真纸，还引出了恐龙伯母的母亲。她的上街之旅，简直就如经历一场战役。原因无他，只为现代人早已习以为常的诊所、邮局、超市、银行、照相馆、旧市场……让她无法简单利落的完成这一趟路程，各种卡和密码就足以难倒一个老人家。由此母亲得了一个露西猿人的称号，她的出现让时空颠震，"街上，这么远的街上，不是十五分钟远，是三百万年远"。[①] "十五分钟"是走完路程的时间，"三百万年"是生活方式的时空距离。买传真纸这样一件简单的事情如此为难着这一家人，也暴露了他们与街上、城里世界的时空距离，仿佛他们住的屋子是魔法屋，他们也有一扇时空门，一关一开屋外竟赫然换了另外一个时空。她们当然没有神奇的魔法可以改变时空并悠游于不同时空，物理意义的时间自古至今都在按照同样的步伐前进，地理意义的空间也未曾改变，变得是人，是文化，从而改变了时空感。由此，都市时空因人而异呈现出不同的时空层次。

以恐龙伯母为代表的这一代人，之所以感受得到都市中的多重时空，正是因为他们经历了社会的转型。他们在旧的时空中出生长大，又生活在都市的新时空中，他们有对比，他们在两种不同的文

---

① 朱天文：《巫言》，台北：INK印刻出版有限公司2008年版，第96页。

认同与解构

明中走过,不能完全弃绝旧的好,亦不能完全无视新的坏。王德威在《老灵魂的前世今生》中写道,朱天心和老灵魂们在历史的进程中,"正如班雅明的天使一样,是以背向,而非面向,未来。她们实在是脸朝过去,被名为'进步'的风暴吹得一步一步'退'向未来。"① 朱天文深深叹服,并在《废墟里的新天使》一文中详细地解释何为新天使:

> 新天使是这样的:眼睛注视着,嘴巴张开着,翅膀伸展着,他的脸朝向过去,看到灾难,灾难把残骸一个压一个堆起来,猛摔在他脚前。新天使好想停下里,唤醒死者,将打碎的东西变成一个整体。但风暴从天上刮下,把他推往他背对的未来。他面前的碎片越积越大,高入云霄。②

朱天文在文中多次反复解释了这个姿态:"我反省我这一代在台湾长大的人,我们属于这个养成羞耻心的环境中长大的最后一代台湾人。羞耻心和恬不知耻在势均力敌的地方相交。这时色情处在异常紧张的时刻。台北在世纪的转换期,经历了这一刻。"③ 这和乡土世界所要面对的难题是极其相似的,社会转型期的台湾乡土小说花了很大的力气处理传统文化和现代文明的纠葛。"对于个人以及一般意义上的社会组织来说,这都是一个经典的两难困境,即,在变迁的进程中,我们一方面推进了变迁,另一方面又需要确保适度的秩序和稳定。"④ 在同样的历史环境下成长起来的外省第二代女作家也不例外。外省第二代没有乡土可写,但是有眷村,乡土和眷村都是"旧的好东西"。诸如眷村"浅门浅户"式的生活方式,

---

① 王德威:《老灵魂的前世今生》,《当代小说二十家》,生活·读书·新知三联书店 2006 年版,第 88 页。
② 朱天文:《废墟里的新天使》,《有所思,乃在大海南》,台北:INK 印刻出版有限公司 2008 年版,第 255 页。
③ 同上书,第 256 页。
④ [美] 弗雷德·戴维斯:《怀旧和认同》,王丽璐等译,周宪主编《文学与认同:跨学科的反思》,中华书局 2008 年版,第 105—106 页。

对年轻人来说太过缺乏距离,但与现代都市的物质富足但人际关系冷漠一对照,方凸显出"探听"其实是人与人关系的紧密和融洽。比如说所谓的"浓浓的眷村味儿",这种文化宣扬"敬老爱幼,善尽睦邻之责的传统美德,在离乱逆境中相濡以沫的温馨情谊,形成了眷村子弟热爱生活、努力上进、乐于助人的精神品格及子承父业、报效国家的自诩和努力。"① 这种文化的积极健康面,正是冷漠、功利、物质、拜金的现代都市所缺乏的。

都对都市文明持审慎的反思态度,但乡土作家与外省第二代女作家的观察视角并不相同。张英进在《中国现代文学与电影中的城市》中指出,对城市有两种感觉和体验方式:"第一个是鸟瞰式的方式,把城市看作一个引人注目的奇观(有时甚至是骇人的奇观),是互相连接的空间构成的地图,或完全是一个庞然怪物。"② 另一种体验方式则跟日常行为紧密相关,被称为地面视角。大体上,乡土作家对城市的书写是鸟瞰式的,而外省第二代女作家则是采取地面视角。如果说乡土小说是从外部批判都市,那么以朱氏姐妹为代表的外省第二代女作家则是从都市内部发力。他们都经历了传统到现代的转型,但眷村和乡村毕竟不同。比之乡村,眷村更像是市镇,眷村人不是看天吃饭的农民,而是上班吃公家粮的人,与都市更接近一些。外省人在台湾的生活与"土地"的联系也较少,他们无地可种,无矿可挖,他们的出身决定了他们不可能具备与乡土作家相同的人生经验,朱天心就说过她曾经有多羡慕吴念真的矿工出身,但是没有办法写那些她不熟悉的题材。

朱天文也写过乡土题材的作品,比如《风柜来的人》《安安的假期》等小说,也编剧过侯孝贤导演的《恋恋风尘》等电影。《安安的假期》这篇小说来源于朱天文自己的生活经验,她因为本省母亲得以有机会了解本省人的生活。小说取的是儿童视角,但与萧红

---

① 朱双一:《近20年台湾文学流脉:"战后新世代"文学论》,厦门大学出版社1999年版,第171页。
② [美] 张英进:《中国现代文学与电影中的城市:空间、时间与性别构形》,秦立彦译,江苏人民出版社2007年版,第135页。

在《呼兰河传》中的儿童视角不同,"安安"是一个从现代都市进入乡村的"外来者",而不是参与者。《风柜来的人》《恋恋风尘》和黄春明的《两个油漆匠》题材类似,都是农村少年进城的故事,但表现手法大异其趣。《两个油漆匠》开篇就是占据了吉朋中学旧址的二十四层银星大饭店的空旷巨墙,小说的主角两个来自乡村的油漆匠从出场到离场都是在这面巨墙上完成的。小说中所表达的机械重复工作对人性的异化、私利为主的都市价值趋向、乡村青年的成长难题等主题,在《风柜来的人》中多少也涉及一些,但没有《两个油漆匠》那般激烈,从风柜到高雄去的几个年轻人的活动场地也一直集中在"家庭",而不是工作场地。一个是同乡共居的出租屋,一个是引发恐惧与压抑的巨墙,相对于乡土作家站在外围对城市带有攻击性的批判[1],朱天文的都市抵抗经验更日常生活化,更暧昧不清。如果乡土作家将鱼龙混杂的乡土推向乌托邦是执着于"旧的好东西",那么外省第二代女作家的情迷都市,就算是着手于"新的坏东西"了。

这也和女性的思维与感受世界的方式有关。弗列德里希·费肖尔曾指出形象思维和抽象思维的区别,"有两种思想方式:用文字和概念或者用形状,有两种翻译宇宙的方式:用字母或是用意象。"[2] 一定意义上,男性习惯前者,而女性习惯后者。与男性相比,女性的形象思维比较发达,更习惯用形象而不是概念来观察感知世界。比如朱天文就在一次访谈中表示,"我的记忆是图像式的,……每到一处,我就会咔嚓一下,把所有细节'看'进大脑。回忆时,它们又都会浮现出来。"[3] 朱天心的作品一般被认为政治性非常强烈,同样也堆砌着大量的细节与私语。"在日常生活下面,

---

[1] 台湾乡土小说中有一个城乡对立的模式,乡土作家往往站在乡土的立场批判现代工商业文明的丑陋面,比如黄春明的《我爱玛丽》《小寡妇》,陈映真的"华盛顿大楼"系列及杨青矗的工人系列等小说,并期许以传统文化来疗治现代文明的冰冷疮疤。

[2] [德] 费肖尔:《论象征》,转引自朱光潜《西方美学史》,人民文学出版社2002年版,第588页。

[3] 罗屿:《迷恋现世,临水照花》,《新世纪周刊》2009年第18期。

往往隐藏着某种奇特的、激动人心的事物。人物的每一个手势可以描绘出这种深藏的事物的某一面，一个无足轻重的小摆设可以反映它的一个面目。小说的任务正是要写出这种事物，寻根究底，搜索它最深隐的秘密。"①

另外，地面视角"所体验到的城市，是一座引人探索的迷宫，是等待人揭开的谜，是一系列互不相连的空间，需要重新组织，是无尽的破碎印象，需要被固定在它们正确的位置上。现代性体验的特点，就是流动性和不确定性，它们大多数时候来自以地面为视角观察庞大城市及其迷人的神秘"。② 都市里充斥着不可胜数的衣服、饰品、图像资讯……形象思维大行其道，感官欲望被提升至高处，从都市内部取角日常生活也和都市生活、都市思维方式以及都市文明相辅相成。

二 都市人的异化

物质、欲望、消费、资讯等，一直是解读都市的关键词。生活在一个宛若"热带丛林"③的时空中，在物的挤压下，都市人已踏上异化之路。

在《主耶稣降生日》一篇，朱天心就已经开始关注都市人的异化。这篇小说以五岁儿童黄慧芬命案为线索，由九个证人的证词组成，类似于刑侦报告的结构，但凶手一直隐而未现。破案惩凶当然重要，从证人的叙述中慢慢立体起来的黄慧芬的生活形态，恐怕才是小说更加惊人心魄之处。黄慧芬是一个百货大楼儿童，因为父母的忙碌于赚钱，在她短短的5年生命中，竟然毫无百货大楼之外的生活经验，甚而根本不知道山是什么。相比象征着西方经济殖民与

---

① [法]娜·萨洛特：《怀疑的时代》，林青译，吕同六主编《20世纪世界小说理论经典》（上），华夏出版社1995年版，第505页。
② 张英进：《中国现代文学与电影中的城市：空间、时间与性别构形》，秦立彦译，江苏人民出版社2007年版，第136页。
③ [法]波德里亚：《消费社会》，刘成富、全志刚译，南京大学出版社2000年版，第2页。

文化殖民的陈映真的"华盛顿大楼",黄慧芬从未走出过的百货大楼,是一个具体的、典型的现代都市空间。正如波德里亚所言:"今天,在我们的周围,存在着一种由不断增长的物、服务和物质财富所构成的惊人的消费和丰盛现象。它构成了人类自然环境中的一种根本变化。恰当地说,富裕的人们不再像过去那样受到人的包围,而是受到物的包围。"① 百货大楼是各色物质消费品的集散地,被越来越多样精致的物质消费品包围着,人的本真渐失。黄慧芬的父母在这里做照相器材的生意,她在物质上不虞匮乏,但精神上的匮乏更加惊人。她遥望窗外大屯山的场景,何其悲恸人心。小黄慧芬的悲剧,其实是整个社会共同造成的。

如若黄慧芬5岁时没有遇害,长大后会不会就是小薰,"一身长毛并生了牙角,……站在一个失了四面墙壁的百货公司大楼里四顾张皇着,不时仰天发出哀鸣声"?② 小薰是家庭主妇,是一个没有工作压力的全职太太,然而在她死后,她的丈夫才重新认识了他的妻子。与在工作中厮杀的男人一样,小薰也在都市丛林中左冲右突,只不过她的战场是百货公司,她的猎物是商品。小薰之囤积物品——用得着的用不着的、吃的、穿的、用的,是置身城市荒原中心灵荒芜的表现,打猎反被猎物吞噬。和化身城市之兽的小薰一样,"他"(朱天心《去年在马伦巴》)也"失了腿手……终于爬到铁门下的一小方洞了,昂起头、或有吐着信,警戒却又满怀依念的看着洞外的一小方空间……"③ 从香港离家寓居台北,经营一家杂货店,"他"用店里的商品玩具、漫画书和小女孩游戏,不能从过去脱身,也无法融入现在的都市,慢慢演化成兽退出人类的世界。"'退化'是强迫性重复行为的后果(回归到生命的原始状态),而

---

① [法]波德里亚:《消费社会》,刘成富、全志刚译,南京大学出版社2000年版,第1页。
② 朱天心:《鹤妻》,《我记得……》,台北:远流出版事业股份有限公司1989年版,第135页。
③ 朱天心:《去年在马伦巴》,《我记得……》,台北:远流出版事业股份有限公司1989年版,第115页。

强迫性重复行为正是源于对回忆（被压抑创伤）的压抑。在充满都市废弃物的过去中，他其实也只是都市的废弃物，心灵早已退化为爬虫类。"①

《炎夏之都》最后，吕聪智从叶的家里出来，有一段景物描写："月亮从楼从之间升起，勾勒出一幅后现代建筑的荒蛮空城，而仍有高楼在建，硕大无朋的气球吊着标语浮在半空，像一只夜兽眈眈俯视着他。他如又看见自高速公路进入台北县境时，远远靠河的人家上空，漂浮着十数只这样的气球，像夜兽孵生出来的蕈苗，在濛浊大气中款款摇摆。"② 城市给了吕聪智"兽"的感觉，都市人也从人化为兽了。

从人退化成兽，是一个现代都市文明的寓言吧。早在1915年，卡夫卡就发表了被誉为20世纪最伟大的小说作品之一的《变形记》。朱天心的《鹤妻》与《去年在马伦巴》中沿用了"变形"的经典桥段，再次重现了曾经被命名为"格里高尔·萨姆沙"后又改了无数个名字的人如何在现代都市华丽外表的隐形压力下变形为非人的兽。身体的变形，生理外观的改变，还是来自精神的异化。就像"他"需要车子来证明身份，小薰购物成狂，现代都市人已经无法在都市中保有自我。社会进步了，人却"退化"了。

人之退化，物质的欲望是原因之一，泛滥不堪的资讯也脱不了干系。"资讯爆炸"，曾经是一个红极一时的流行语，用来形容现代社会传媒资讯的特征。势不可当的资讯爆炸，就像原子弹爆炸一样，其威力在于强大的辐射波改变了现代人的构造基因，强力塑造现代人的形象，甚至让现代人迷失了自我。

现代大都市，作为最典型的现代社会空间，无疑充斥着资讯。从政经到娱乐八卦，从远古到当下，各种各样的资讯排山倒海而来，而现代人自愿或被迫浸淫其中。《去年在马伦巴》中的"他"

---

① 黄锦树：《从大观园到咖啡屋——阅读/书写朱天心》，朱天心《想我眷村的兄弟们》，台北：INK 印刻出版有限公司 2002 年版，第 206—207 页。
② 朱天文：《炎夏之都》，台北：INK 印刻出版有限公司 2008 年版，第 264 页。

表达过对"那么多荒诞不经山洪暴发般的资讯"①的困惑。"他"在店里贩售各种报纸杂志,是一个资讯贩卖者,却为"无时无刻不在的垃圾资讯"②深感困惑。一个蜗居在都市角落的香港侨民,终其一生都不会喝一杯英式或欧式或旧沙俄皇族红茶,却记得红茶的泡法及配食点心;不炒股却在意道琼指数日经指数以及OPEC的新协议;甚至记得政治人物的紫微命盘。现代人接收到的资讯量,不仅远远超出了前现代人一生所接受的信息量,甚至超出了现代人正常的资讯需求量。面对庞大的信息量,人们看似获得了更多知识,多了很多选择,实则丧失了选择权。尤其传媒挟着狂风暴雨般的资讯,强力洗刷人们的感官,强迫记忆。资讯控制着人们的思维和认知,不然他不会为不知何时堆积在脑子中的资讯垃圾而懊恼,"觉得自己仿佛是办公室里处理废弃资料的碎纸机"。③资讯膨胀到超过人心的承受能力就不再是有用的信息,而是"垃圾"。

资讯不仅多,还在快速更新中。时时刻刻都在膨胀中的资讯,比古人的"汗牛充栋"还夸张千万倍,一不留心就已追不上时代的变化。一个"他"为着不请自来的资讯苦恼,另一个"他"则抓着新资讯紧追不舍,终至食伤。后一个"他"(朱天文《恍如昨日》)是一位作家,时时感到恐慌和焦虑,害怕被时代抛弃,患了"资讯亏遗恐惧症"。"汲汲于浩繁新知,资讯异变为欲望黑洞,全部人投入也填不满,他已经有点食伤了。高素质优裕生活的深暗面,他隐隐恐惧有朝一日会透透倒味掉连字纸也不看时!"④

三 都市的双面性格

过去的单纯及美德与现在的复杂及败坏之间存在着巨大的张

---

① 朱天心:《十日谈》,《我记得……》,台北:远流出版事业股份有限公司1989年版,第104页。
② 同上书,第105页。
③ 同上书,第106页。
④ 朱天文:《恍如昨日》,《世纪末的华丽》,台北:INK印刻出版有限公司2008年版,第259页。

力。过去以美好和单纯的面貌（比如朱天文在《荒人手记》《巫言》等小说中寻求的秩序，那正是建立认同的良好条件）再现于外省第二代女作家的创作中，可以反推出她们对当下的不满。如果说过去的眷村代表着稳定、可知、完整等良好品质，瞬息万变的都市就是混乱、碎裂、焦虑的，单纯的生活节奏被五花八门的商品、操作复杂的机器等现代器具击溃，心灵层面的认同也败给道德和价值观念的流失。

小佟（朱天文《肉身菩萨》）"以两件消极行动表示抵制都市生活，不买车，不戴手表"。[①] 手表，其实就是都市时间。与日出而作日落而息的农业社会不同，现代都市生活节奏紧凑，时间观念高涨，手表就是其象征。现代人的生活离不开表，不管是什么形式的表；小佟不戴手表，很明显是一种想要回归传统生活方式的姿态。和手表一样，车也是现代人不可或缺的装备。车作为一种商品，在其使用价值之外，亦附着了太多的文化因子。车是一个拥有多副面孔的意象，每副面孔的表情都不尽相同。这里所说的车，不包括农业社会即有的牛车等畜力车，而是指机械车辆，诸如汽车、火车等，是工业文明的典型代表。在日据时期的《牛车》等小说中，汽车因资本主义与殖民势力的共谋关系而被界定为负面角色；至20世纪70年代的乡土小说，汽车因为太过普及而形象反转，像是《看海的日子》里白梅也是乘坐汽车回的坑底老家，但汽车并没有被用于反思现代文明的黑暗面，倒是其便捷性能多少体现了工业文明的正面意义。到了20世纪80年代，汽车一转身，又成为都市生活的负面代言者了。

但也要看到，小佟的"不买车"中的"车"，其实与乡土小说中的汽车、货车、出租车、火车等公共交通工具也已大不相同。小佟所谓的车，指的是私家车。私家车的普及，是现代工业极度繁荣的产物，它仍然是现代工商业文明的代表，但已深入甚

[①] 朱天文：《肉身菩萨》，《世纪末的华丽》，台北：INK印刻出版有限公司2008年版，第53页。

至掌控了个体的具体生活细节。有些人不买车，除了经济的压力之外，还是因为像台北这样的城市，交通拥挤不堪，停车位一位难求，本来是为出行方便而购置的汽车反而造成了新的麻烦。开车载着一家人出去吃饭，其他人吃过一轮还不见开车人从遥远停车位前来的情景，恐怕是有车一族皆经历过的尴尬。即便如此，多数人还是汲汲营营于有私家车的生活，就像朱天文在《巫言》中所写的那样，多年邻居为争车位使尽手段，又占位又举报，很是难看。这些现实考量其实都已经显现出来现代都市生活方式的不健康因素，堵塞交通、能源消耗、环境污染等现实问题，已经把现代大都市的形象破坏殆尽。吕聪智（朱天文《炎夏之都》）从岳父母家回来台北后先到情人叶的家，也遇到了停车位的尴尬："他在这现代丛林底下绕了两圈，才勉强挤进一个位子泊车。"① 而这只不过是一个小插曲，这篇小说的名字"炎夏之都"已经为台北定好了基调。

　　柴师傅（朱天文《柴师傅》）也把台北比作"沙漠"。台北纬度低，本来气候就偏热。加之城市特殊的环境，形成了"热岛效应"，致使城市的温度越来越高。吕聪智想着天气热时，不知道有没有想到他开的车和车下的高速公路都是祸源。但正所谓心静自然凉，台北沙漠般不能忍受的炎热天气之所以成为都市标记，乃是因为天气暗合了焦躁不安的心理波动。汽车附带的麻烦和尴尬，加倍的炎热，都是表层现象，其底里还是都市文化的病症。小佟之不买车，抵制的就是以私家车为代表的这样一种都市生活方式背后的文化形态。

　　就像汽车在不同年代显示出不同的意义，20 世纪 80 年代的台湾私家车，同样演绎很多不同的象征。首先，汽车是财富的象征。在绝大多数人都消费不起私家车的年代，拥有私家车代表着傲人一等的财富。在私家车已经普及的时代仍然是，只不过用品牌和价钱来区别不同的私家车拥有者。车的等级，直接与财富的多少挂钩。

---

① 朱天文：《炎夏之都》，台北：INK 印刻出版有限公司 2008 年版，第 244 页。

与之相连,汽车也就成了社会地位和权力的象征。在消费社会里,"人们从来不消费物的本身(使用价值)——人们总是把物(从广义的角度)用来当作能够突出你的符号"。① 随着经济能力的大幅提高,汽车除了能用来提升生活品质之外,也用以巩固一种生活方式。汽车之于现代都市人来说,已从奢侈品转为必备品,不只是其使用价值上的必备,更是身份和地位的必备。此种身份是用金钱堆砌而出,以物质为表征。

学生时代的"他"(朱天心《我记得……》)曾经在理想和现实中摇摆不定,最后屈服于个人现实的衣食温饱。他放弃政治运动的原因从帮家里还债到养自己的小家,虽有落差,仍可看作是理念的不同。等进入曾经反对过的体制中后,初衷已然变味,从摆脱败落贫穷慢慢沉沦到物质的欲望中。从他买车的一个小细节,可以窥见背后的阴影。一个广告案的成功,让他赚得买房子的首款,贷款提前付完,马上开始考虑买车:

> 他开始和同事聊车子,以前他全不参加他们玩车的话题,也认真翻一些汽车杂志,欲望一夕之间膨胀得不可收拾,依他存款和有能力贷得的钱,顶多只能考虑到MONTEGO,最实惠的当然是SEAT,好歹沾个引擎是保时捷设计的边,游移不定中,妻也考得了驾照,他忽然想发狠心买专给女孩子开的礼兰的Mini车系……②

短短几句意识流动的描写,已经透露出都市人的生存法则。"以前他全不参加他们玩车的话题",这一行为背后的原因耐人寻味。面子,肯定是原因之一。那么不买车为什么会没有面子?中国人好面子,习惯于打肿脸充胖子,其深层原因还是以金钱为基准的

---

① [法]波德里亚:《消费社会》,刘成富、全志钢译,南京大学出版社2000年版,第48页。
② 朱天心:《我记得……》,台北:远流出版事业股份有限公司1989年版,第45页。

认同与解构

价值判断标准。"他"不主动参加,恐怕有车的"他们"也会排斥和嘲笑无车的"他"。人们不再以人格、智慧、能力等评定接纳一个人,而以金钱和物质取而代之,有车没车的共同默认以物质的多寡来界定他们的身份地位,所以当他有余力购车时便自然而然参与到同事们的讨论中了。对汽车的追逐,透露了现代都市人无限膨胀的以物质为核心的欲望。"他"的迫不及待买车,就是例证了。支持一切反对运动的"他"(朱天心《佛灭》),都不曾支持朋友冯生发起的以单车取代一切造成空气污染的交通工具的运动,几年后在各路车狂朋友的推荐中买了福特 Jetta,并为自己找了很好理由:"不如此,他如何能上午去向一家基金会的负责人解说并募得一笔智障儿童的医疗教育经费,中午参加北区扶轮社的餐会并做演讲,且率先将演讲费捐出作为拯救雏妓的款项(他自觉巧妙的避开与社员利益或有冲突的环保或农运的名目),晚上赶赴某大学社团主办的演讲……"①

其实,"他"并不像自己认为的那样为了养小家而无力帮助改善老家,而是他的维持小家生活方式的成本太高,如果他能稍微缓缓买车的步伐,就不至于只能过年拿个红包回家了。"他"不是以父母亲为代表的旧式穷人,是新穷阶级。他们债台高筑是因为借贷消费。卯吃寅粮,是现代消费观念,只是提前花用将来的钱,而不是真正的贫穷,他们有房有车(而且不止一幢一辆),穿用都是当季名牌(即使一件名牌大衣的价钱等于一个月的薪水)。新穷阶级有他们的压力,但与父母那代人为肚皮而苦有本质的不同,所以许敏辉(朱天心《十日谈》)尽管惊叹"天啊我们真的很穷欸",也无意去做欠钱较少的"天天搭公车上班的人"。②

丰裕的物质没有让人们满足于丰衣足食的生活,反而激发了更多的欲望。对物质的无穷欲望,就像带着毒刺的藤蔓,禁锢了人

---

① 朱天心:《佛灭》,《我记得……》,台北:远流出版事业股份有限公司1989年版,第175页。
② 朱天心:《十日谈》,《我记得……》,台北:远流出版事业股份有限公司1989年版,第75页。

心，污染了人的灵魂。在现代大都市的背景中，人和物的关系已经取代了人和人的关系，而且人在与物的关系中还失去了主动权。对于外省第二代女作家而言，要抵制的不是物质本身，而是这种以物质为根底的价值观和人生观，以及人的物化和人际关系的疏离冷漠等。

不管是像"他"被都市洪流裹挟淹没，还是像"他"识时务地主动从新的都市文化中攫取名利资本，都难免"食伤"。就算如此，他们还是无能逃离。即使是自觉者如小佟，亦是如此。小佟他还以三件积极嗜好来抵制都市生活："茶道、品陶、烹饪，特别是日本料理。"① 茶道，是传统文化；陶瓷，是传统文化；烹饪，听上去似乎没有茶道、陶瓷那么高雅，但是从习惯了快餐、习惯了西餐的都市人立场看过来，也是传统的一部分，而日本料理，更是尊崇自然的。以这三样来抵制都市生活，不难看出小佟的价值取向。但是，小佟的茶道、品陶、烹饪，真的是在践行传统生活方式和文化吗？真的与吃汉堡喝咖啡的都市生活有本质的区别吗？

坐在茶艺馆里玩壶品茶，与坐在咖啡馆里品咖啡，当然是两种不同的生活方式和文化倾向的选择。但是，传统的复苏并未完全逃离现代商业的操控，就像歌仔戏的复兴需要借助某些现代流行元素，茶道、陶艺以及日本料理被塑造成一种和都市生活对立的生活方式，多少也有现代商业包装的因素，这种对立终归还是都市生活的一部分。毕竟，如果那是生活常态，就没有刻意如此的必要。正如黄春明在《呷鬼的来了》中所写的，小羊他们对鬼故事的热爱与老庙祝和石虎伯截然不同，鬼故事之于老庙祝和石虎伯伯是生活/生命，自然听不懂小羊他们所谓"好乡土，很乡土，纯乡土"是怎样的评价，而小羊他们之所以会这样赞美那些恐怖的鬼故事，正是因为他们站在现代文明的基准上，消费着所谓有地域特色的乡土文明。

---

① 朱天文：《肉身菩萨》，《世纪末的华丽》，台北：INK 印刻出版有限公司 2008 年版，第 53 页。

不管有无自觉，都市生活之于都市人，无尽的挣扎折磨，又不能逃离，也不愿逃离。宣言"如今写作对我而言是，以一己的血肉之躯抵抗四周铺天盖地地充斥着的综艺化，虚拟化，赝品化"① 的朱天文，也难免让她的创作风格受了都市的影响。比如《世纪末的华丽》中满满的时装、时尚，手工纸、干燥花也都是精致的流行物，若无花心思研究，也无法写出如此精美的后现代景观；她的新著《巫言》也采用一种博物志的写法。书中其中一个摩登原始人出现过因唯一一条牛仔长裤洗了而不得不光腿跑在街上的窘况，她不买堆堆叠叠的时髦衣服却精通牛仔裤的品牌历史，一条牛仔裤可以穿很多年，这条牛仔裤却一定要合心意搭配得当。这和那些红酒族的区别在哪里？她们确实走在红酒被炒作成风潮之先，但到底是因为都市生活压力过大才选择红酒成为精神寄托，还是因为都市文明操控了品位才导致红酒被选中？这有点像夏杰甫（《带我去吧，月光》），在所谓时尚大牌泛滥成灾时以反品牌标榜品位和层次。

第三节　绝种的危机

一　都市新人种

与站在新旧空间交界处的中年人相比，新人类在都市的大环境中出生长大，不知道也不关心"前都市"的面貌，已经完全站在现代都市空间中。他们采取都市的养分，养成了新的形象，内外皆是。

《巫言》中恐龙伯母与E人类滑板小子的相遇，视角是从恐龙伯母的时空看出。反过来，在E人类眼中恐龙伯母的门后也是一个不熟悉的异时空。其实早在《世纪末的华丽》，滑板小子的同类就已在无意中窥得先机。一位名为米亚的新人类，本欲逃开等待情人老段的泥淖，不想却跳上一列时光列车，开进了莫名空间：

---

① 舞鹤：《菩萨必须低眉：和朱天文谈〈巫言〉》，《书城》2004 年第 5 期。

第三章 都市的多重魅影

　　出总站，铁道两边街容之丑旧令她骇然，她从未经过这个角度来看台北市。愈往南走，陌生直如异国，树景皆非她所惯见。票是台中，下车。逛到黄昏跳上一部公路局，满厢乘客钻进来她一名外星人。车往一个叫太平乡的地方，愈走天愈暗，刮来奇香，好荒凉的异国。她跑下车过马路找到站牌，等回程车，已等不及要回去那个声色犬马的家城。离城独处，她会失根而萎。当她在国光号里一觉醒来望见雪亮花房般大窗景的新光百货，连着塞满骑楼底下的服饰摊，转出中山北路，樟树槭树荫隙里各种明度灯色的商店，上桥，空中大霓虹墙，米亚如鱼得水又活回来了。①

　　乡下人进城，处处不习惯而致惶惶然；乡村之于米亚，也像一个异世界。这已经不是由陌生的环境而导致的惶惑不安，"雪花房般大窗景的新光百货""塞满骑楼底下的服饰摊""樟树槭树荫隙里各种明度灯色的商店""大霓虹墙"这些景观，不仅代表米亚看熟走惯的生活环境，更代表一种与"太平乡"截然不同的都市生活方式。就像她们早饭吃苏打饼干喝普顿红茶，而不是烧饼油条和豆浆；他们看的是《太空战士》与《尼罗河的女儿》，而不是歌仔戏乡土剧；他们逛的是新光百货、SOGO百货，而不是传统市场；他们喜欢纯白色的沙发，不会嫌白色太素，而从不挑米黄色这种中间色……一点一滴，构筑起他们自己的时空，与喜好不同的另一个世界相互区隔开。

　　对米亚来说，台北"才是她的乡土。台北米兰巴黎伦敦东京纽约结成的城市联邦，她生活其中，习其礼俗，游其艺技，润其风华，成其大器"。② 这句话同样适用于滑板小子，适用于林晓阳，适用于每一个都市新人类。他们在都市出生长大，浸淫其中，习惯

---

① 朱天文：《世纪末的华丽》，台北：INK 印刻出版有限公司 2008 年版，第 155 页。

② 同上。

认同与解构

都市的生活方式和审美观。时空的断裂不单是以地理意义的空间和物理意义的时间为分界线，而是以人为界限，以人的生活方式和价值观念为界限，程佳玮就凭着不同装修风格而把她的房间和外边父母的领域分割了。这也是恐龙伯母与 E 人类同样熟知针灸、小熊项链却分属不同时空的原因。所以，他们可以在任何一个国家的都市中悠游自在，却不能在自己国家的非都市环境中生存。

早在儿童年代，他们就已"认麦当劳做母录影带做父"[1]。当站在时空交错处的一代还在为道德良心的堕落挣扎时，这代人已经完全抛弃了历史的包袱。他们有他们自己的生存状态，与前人不同。他们有他们自己的语言，习惯将文字图画式，将各种电子产品诸如手机等玩得出神入化。他们拜物，并不以此为耻。米亚就直呼："物质女郎，为什么不呢，拜物，拜金，青春绮貌，她好崇拜自己姣好的身体。"[2] 米亚拜物，也可从其对服装的研究与讲究窥见一二。"服装具有一种普遍的人类学意义，既是人类一种基本的生理需求，属于容易消耗的基本生活资料，也是一种体现人类社会属性的外在标记，还在象征领域里是人类不同社会的文明与文化特性的一种表达。"[3] 米亚国中时就脱掉制服穿军装式，十五岁就率先穿起两肩破大洞的乞丐装，后来从事的职业也与服装有关，对时尚的走向如数家珍，时时走在潮流之先。模特刚出现时收入很少且社会地位底下，成为一种职业并获得社会地位且酬劳丰厚是服装业发展的结果，鱼帮水水帮鱼，最后结合成共存亡的命运共同体。衣服成为时尚，并深入人的生活掌控人的思维，就是一种以物质为底里的价值观念。

拜物，不仅仅是追求物质的享受，也是以物质为价值标准。物

---

[1] 朱天心：《我记得……》，台北：远流出版事业股份有限公司 1989 年版，第 56 页。
[2] 朱天文：《世纪末的华丽》，台北：INK 印刻出版有限公司 2008 年版，第 147—148 页。
[3] 徐敏：《时尚》，赵一凡等主编《西方文论关键词》，外语教学与研究出版社 2006 年版，第 500 页。

质纬度的另一面是无理想，无远虑，只顾当下。新人类多以自我为中心，尊崇的不再是英雄伟人，喜欢的是明星、漫画人物，或者就没有偶像，正如林晓阳（《尼罗河女儿》）宣称的："我没有崇拜的偶像，我崇拜我自己，因为我不要做别人，我只要做我自己。"[1]他们的理想不曾落在人类、国家、社会这些大的概念上，林晓阳是想开一个店，卖许多奇奇怪怪的小东西，像松田圣子在日本自由之丘的店，要排队登记才能进入。他们不知道还是不愿记得那个侵略中国的日本？历史在都市潮水中悄然流失了，取而代之的是流行时尚。

　　他们没有是非观念，不再为道德伦理所束缚。朱天心在一次采访中就谈到台湾现在"最大问题是一代人的价值观变得虚无。正直变得很可笑，诚实也很可笑，正直是笨，诚实也是笨。大家都不谈价值，也不愿相信"。[2] 又比如在爱情上，忠诚、专一不再是标准，甚或爱情本身并不被期待。例如米亚，当两个荒人为找到彼此而欣喜时，她拒绝爱情；当荒人们还在为他们的性取向痛苦时，她交女朋友，也交男朋友，与其称她为双性恋，不如说她们并不怎么介意性别；当家庭妇女还在为丈夫的出轨苦恼时，她认识已婚的情人老段并且不想和他结婚；当小佟他们开始"拒绝情欲"，她享受着肉体欢愉。"物既非动物也非植物，但是它给人一种大量繁衍与热带丛林的感觉。现代新野人很难从中找到文明的影子。"[3] 悠游其中的现代都市人，也都演变成为官能性的人。

二　衰老的青春：文明的危机

　　外省第二代女作家已不可回避地走向中年、老年，生命迈进

---

[1] 朱天文：《尼罗河女儿》，《世纪末的华丽》，台北：INK 印刻出版有限公司 2008 年版，第 25 页。
[2] 刘子超：《朱天心：光把小说写好有什么用》，《南方人物周刊》2009 年第 33 期。
[3] ［法］波德里亚：《消费社会》，刘成富、全志刚译，南京大学出版社 2000 年版，第 2 页。

"红灯"状态,而青春激情正是中年人的救赎之道。然而,正值青春的一代,已失去了青涩和蓬勃的生命力。中年和少年的对比,暗示了作家对现代都市文明有绝种危机的忧虑和反思。

"常常,在红灯暂停中,吕聪智就会跌进一刻很沮丧的情绪,正如他现在的年纪和状态,东张西望的,不退不进。该有的都有了,却又好像什么都没有。"[1] 这个"什么也没有",有一部分就是步入中年、老年后的焦虑。台湾高度都市化的年代,吕聪智们都已步入中年,或者在公司里站稳了脚跟,或者出来自立门户,也许没有大成就,至少经济稳定,有车子有房子有妻/夫也有子。然,人生到达高峰,随之而来的就是下坡了。生理机能衰退,人生也不再有更大的发展空间和希望,随之而来的只能是不同程度的沮丧和焦虑。正如詹宏志所言,"如果,如果一切该发生的都已经发生,未来的世界是可预见的窄小,剩下的是重复、消沉、枯萎,'长大'只是老去,不再有改进的意思。更令人畏惧的是,世界并不与我们共同老去,它会继续翻新,会有更多拥有大量青春可挥洒的新人冒出来,弃我们于角落独自老去。"[2]

妻子性冷淡,吕聪智在外寻欢,有个固定的女人叶。叶是妓女,是个很有家居气息的风尘女子,时间久了对吕聪智也有些小心思。但吕聪智并不乐见她的纠缠,从不在叶的家里过夜。男人不留在情人家中过夜已然成为其不打算放弃家庭的标准底线。小说最后吕聪智撞见叶带男人回家,他离开叶的屋子走入蛮荒空城,又想起燕怡的那句话"有身体好好,有身体好好……",不禁泪流满面。燕怡是吕聪智曾经爱过的人,但他记得最深刻的不是爱情,而是他们的性爱:"他一辈子不曾忘记,燕怡在他底下紧紧抱住他,像是笑像是哭地喃喃说:'有身体好好,有身体好好。'他感动得任眼泪掉进她篷香的头发里,发出像水滴打在火上的淬淬的声响。二十

---

[1] 朱天文:《炎夏之都》,台北:INK 印刻出版有限公司 2008 年版,第 243 页。
[2] 詹宏志:《一种老去的声音》,朱天文《世纪末的华丽》,台北:INK 印刻出版有限公司 2008 年版,第 2 页。

岁的身体，他们随时随地不厌其烦地做爱。"① 吕聪智怀念青春，以旺盛的性欲和高强的性能力为证据，翔哥（朱天文《红玫瑰呼叫你》）也是："那时他们真年轻，同间屋里一起轧，轧完换过马子立刻又可轧。"② 中年的焦虑，也以性能力的衰退为表征。到了快四十岁的年纪，已经在和年轻女性的性行为中感到压力。翔哥第一天晚上一觉睡到 4 点，第二天为了避过康乃馨的邀约而在 KTV 外间沙发上装睡，结果竟然还真的睡着了。

　　红灯，正是这种中年状态很好的一个比喻。红灯，是生理机能衰退的警示，也是吕聪智、翔哥等都市中产人生命精神状态的暗示。生老病死是自然规律，只是由盛而衰，难免不甘心，会失望，就像朱天心笔下的"老灵魂"们，"敏于侦知自己年少天真的岁月里所积累下来的一切都不能重新成为驱动生命的活力。然而记忆却又一再地催促这中年人去珍视那些一去不返的事物。"③ 作家可以用创作解忧，"创作可以带她到未知的地方，它因作为探索生活存在的形式而具有了本体的意义，中年以后必然衰萎的肉身的物质性必须转换为更为坚毅及更具可塑性的文字，以让精神继续展开延存。"④ 普通人以回忆、反复的回忆强化生命曾经的新鲜与强壮，"青春是角色的救赎之道，只要通向那未来无限可能性的世界，旧有的错误、罪过、苦痛都有机会换穿另一件俊挺的新衣，以新面目迎向新世界。"⑤ 衰老的男人惧怕死亡和衰败，向往朝气蓬勃的生命，遥想青春时的"当年勇"是一种途径，那些在都市中摸爬滚打的眷村子弟对眷村的念念不忘，一部分也是在怀念他们的青春时

---

　　① 朱天文：《炎夏之都》，台北：INK 印刻出版有限公司 2008 年版，第 260 页。
　　② 朱天文：《红玫瑰呼叫你》，《世纪末的华丽》，台北：INK 印刻出版有限公司 2008 年版，第 139 页。
　　③ 张大春：《一则老灵魂——朱天心小说里的时间角力》，朱天心《想我眷村的兄弟们》，台北：INK 印刻出版有限公司 2002 年版，第 8—9 页。
　　④ 黄锦树：《神姬之舞——后四十回？（后）现代启示录》，朱天心《黄金盟誓之书》，台北：INK 印刻出版有限公司 2008 年版，第 284 页。
　　⑤ 詹宏志：《一种老去的声音》，朱天文《世纪末的华丽》，台北：INK 印刻出版有限公司 2008 年版，第 6 页。

认同与解构

光,那永不复返的美好年代。

另一种途径是透过年轻的生命来挽救逝去的青春。柴师傅(朱天文《柴师傅》)等待那个年龄可以做他孙女的女孩的意识流动,其实并没有多少老男人猥亵少女的意思,而是把一块绿洲、知悦的乡音、青春复活、有缘师徒这些个美丽的意象寄托在这个青春的肉体上。女孩是柴师傅的洛丽塔,《去年在马伦巴》中的小蛮女,也在扮演洛丽塔的角色,小玲们(朱天心《想我眷村的兄弟们》)也是那些猥琐老男人的洛丽塔,他们变态扭曲的灵魂与行为,源自对稚嫩生命之美丽的无限渴望。

可怕的是,洛丽塔稚嫩的年龄下藏着的是衰老的灵魂。他们还未走完父母无比怀念的青春年代,就已经悄然枯萎。年龄还是青春的年龄,心灵先一步早早老去。"对过去,他们天真无邪的像个孩子甚至白痴。对未来,他们早衰得仿佛已一眼望穿人生尽头处,像个消磨晚年、贪恋世事的老人。"[①] 这是人类不曾有过的新状况,难怪上一辈人会疑惑:"我们这辈子已花十年、或必须再花十年,才能洞察或宣告降伏的种种价值观和人生哲学(好的、坏的,利己的、利他的,享乐的、禁欲的,有的、没有的),他们已熟极而流的行之有年。……我其实很佩服他们对人生为何能那么缺乏经历却如此老练,我简直好奇极了他们从成长的白痴生涯到一夕之间十足老手一个,那之中的失落环节究竟是什么?"[②]

黄锦树认为是资讯造成了这种状况,更根本还是造成资讯泛滥的背后力量,现代大都市的运行法则。"时间在这样的运作中失却了深度,于是来不及长大他们便老了,心灵苍老一如堆砌着垃圾咨询的废墟。他们已是退化的族类,向'原始'退化。在这里,又透露出朱天心难以自抑的蛮荒感——终结感。当时间成了问题,空间也就成了问题。终结感和禁闭感共同构成了蛮荒感的内涵,暗示了

---

① 朱天心:《我的朋友阿里萨》,《想我眷村的兄弟们》,台北:麦田出版股份有限公司1992年版,第58页。
② 同上。

112

人类精神的萎缩。"① 人类精神的萎缩，正是中年和少年的对比中最为深沉的悲哀之处。

朱天心《初夏荷花时期的爱情》延续了中年和少年的对比。文本中有两个中年和少年的对比，一是中年丈夫和少年丈夫的对比，二是中年父母和少年儿女的对比。因为卖掉老家而整理出来的日记，就是打开时空任意门的钥匙，把四十年前的丈夫和四十年后的丈夫并置对比。当年的少年对爱情如此信誓旦旦：

> 我相信，××将是我最后一次的用情。得不到××，我不管自己是否是一个没有感情活不下去的人，我也将把自己感情的生命结束。
>
> ××，我会等你，即便是白发苍苍的晚年，这句话仍然是有效的……②

现在的丈夫连"爱"这个字都不肯说出口。不再喜欢和了解妻/夫/子，不再性欲旺盛，不再讲爱情，其实也是生命衰颓的表征。《初夏荷花时期的爱情》中的人物，已接近60岁，是中年接近老年的年纪，衰老死亡的压迫感甚重。对衰老的焦虑恐惧、衰老的方式，都是人类无可回避的大命题。

小说中反复提到一张泛黄的黑白老照片，这是人人都见过的照片，"一对优雅的老夫妇衣帽整齐的并肩立在平直的、古典风格的桥上凝望着"。③ 这是一张可以用来见证爱情的照片，小说主角年轻时毫不关心照片中人的表情，年纪渐长，开始好奇这样一对文雅慈祥的老人在喟叹什么呢。亲身寻找那座桥的经历，让女主人公明白，原来不是"寂寞啊"，其实他们喟叹的是"吃不动了，走不动

---

① 黄锦树：《从大观园到咖啡屋——阅读/书写朱天心》，朱天心《想我眷村的兄弟们》，台北：INK印刻出版有限公司2002年版，第206—207页。
② 朱天心：《初夏荷花时期的爱情》，台北：INK印刻出版有限公司2010年版，第29页。
③ 同上书，第11页。

了，做不动了。"[①] 这是《日记》中的"你"亲身经历后得出的结论，《偷情》中的"他"在看到一对老夫妇从坡上下来后，也蓦然害怕他们上去再下来会变成那样的老公公老婆婆。

衰老是生命的自然规律，却是恐怖的。"你"一直耿耿于怀丈夫对自己不再有性欲望，不做任何有性暗示的动作，纠结于丈夫是不想还是不能了，怕是二者皆有。那些散发着强烈费洛蒙（荷尔蒙）的男女朋友都被替换成了疲惫、冷淡、目光不交集、再无电光的中年夫妇。作家反复提及"替换"，以表达丈夫前后判若两人的差异。其实不仅丈夫变得陌生，女人自己也被"替换"。先是身体，不论胖瘦都失了线条和弹性，积极佩戴满身珠宝"不为吸引人，而是躲避人（是防御的盾牌），不为炫耀，而是转移焦点的作用"[②]。再者，费洛蒙消失，就像那些为披头四尖叫迷醉昏厥的女孩们，都被替换成了安于室的欧巴桑。

男男女女最后都衰老变成了无性别的人，何来爱情之有？作家解构了那张经典黑白照片的优雅表象，这张照片也成了中年生命的一个象征。曾经经历过的疯狂都被忘记、被终结在一帧老年照片上，性情被定格，人生被定格，失去生命的丰富内涵。人的衰老，生命力的衰弱，还可以解释为生命的必然历程。中年接近老年的父母与少年儿女的对比，则突出了人类生命大循环中的绝种危机。

在父母亲的故事中，"四十年""大二那年""刚结婚时"这类表示时间的词，不间断地出现，少年时随时随地可以做爱的浓烈感情，让当下衰老的肉体和精神更加不堪，也更加想要回到那时那地。过去的青春无可挽回，死亡的大恸曾让"你"感悟，"难怪都要有子女、有后代，看他们替你使劲的吃，使劲的做，使劲得便仿佛你继续的活，还在活，甚至如新来乍到才刚刚开始。"[③] 然而帮你认识世界的"珍贵精密的侦测仪器"、为你抓星星的儿子，也如

[①] 朱天心：《初夏荷花时期的爱情》，台北：INK 印刻出版有限公司 2010 年版，第 87 页。

[②] 同上书，第 17 页。

[③] 同上书，第 88 页。

第三章 都市的多重魅影

少年丈夫一样,被替换了。儿子不再是那个窥得天机的小人儿,他拖着求学生涯以避开就业,天天闭门不出泡在电脑前,他和女友的相处是无性关系。女儿也一样,她忙于购物,要男友做一切偶像剧里的追求举动,但男友留宿女儿房间都是吃零食看漫画而已。"他们是知道太多,看得太多,还不及自己上场就食伤了。"①

"男人不打猎,女人猛采集"的这一代,"拙于生物的所有技能,不知如何吃未切过理过的水果,不会开炉火,不会打开不是易开罐的瓶罐,不会网上交易之外的银行邮局与真人行员面对办事……"②当然也包括性,他们通过"钢管接榫、注射器、连接插座"交合,和时时散发费洛蒙的年轻父母大不相同。这个前少年和后少年的对比,是《初夏荷花时期的爱情》中两个中年与少年的对比之外的另一个有趣的对比。少年儿女的无性恋爱,在少年父母那浓烈的、要死要活的爱情对比之下,更显出绝望的色彩。

《初夏荷花时期的爱情》中《不存在的篇章Ⅰ》和《不存在的篇章Ⅱ》两章,作家用后设笔法写一对老年夫妇偷窥一对少年男女。这样的故事在现代小说中也不少见,吴组缃的《菉竹山房》就是这样一个故事:"我"与新婚妻子阿圆一起去看望居住在菉竹山房老宅里的二姑姑,山中虽然环境清幽但阴气森森,晚上睡觉时不仅有戚戚鬼声,还有两个鬼脸贴在门上,正是寡居的二姑姑与丫头兰花。小说并没有过多铺叙二姑姑凄美的爱情故事,而是从几十年寡居所导致的二姑姑凄清晦暗的性格、与早逝丈夫的鬼魂往来等不合常理的诡异举止来反观封建礼教对于正常人性的残酷扼杀。二姑姑之偷窥年轻人的房事,其实也是对年轻时两个有情人后花园顽皮相会的回望,是内心深处对于正常人性的极度渴望。《初夏荷花时期的爱情》中的这对老年夫妇与二姑姑情形不太相同,他们已经无须再反抗封建礼教对于正常两性交往的压制,他们还要向二姑姑一样做如此变态的事情,有一点原因是相同的,就是性之于他们来说

---

① 朱天心:《初夏荷花时期的爱情》,台北:INK 印刻出版有限公司 2010 年版,第 123 页。
② 同上书,第 119 页。

115

认同与解构

都是不能再完成的任务。二姑姑是失夫寡居,他们是自身身体的衰老,所以这个自己无法完成的任务就转而以一种扭曲的方式代偿。老夫妇的偷窥,是对年轻强壮的身体所代表的旺盛生命力的强烈向往,但这种代偿方式在世纪末的都市中显然已不能再有效延续,连哄带骗加付钱找来的两名小妖,在两个变态老人急急地窥视下:

> ……他们小妖似的身着新买的寸褛,肤贴玫瑰花蔓刺青贴纸,手腕颈项咣啷啷戴满白日血拼的战利品(混合着重金属和哥特风的骷髅头皇冠十字架),频频扯抢下对方耳机听她他在听什么歌,电视开得震天响,因此不知他们有没有对话,他们一包一包吃着便利店买来的新奇零食,包装纸空盒扔一床一地,他们凝神注目荧幕,那是在台湾每晚都看得到的节目,不时仰天倒地四手脚舞动大笑……,他们互不相视,什么都不做,不做那、此行、此生、你期待之事。①

这和女儿男友留宿女儿房间时的情景几乎一样。老人有心无力,少年有力无心,再没有后代,没有延续,没有未来。绝种的危机,是否暗示着文明的穷途末路?这是一个无比悲凉的寓言。在《神隐Ⅱ》,作家已经预言了"绝种":

> 这样再一代,会绝种吧。②
> 绝种的,是你们这一代吧,你们仿佛狮虎或马驴,有了后代,但至他们不复。③

这是植物性的一代,"我"(朱天文《荒人手记》)在咖啡馆遇到的费多小儿,年轻,美丽妖娆,也有钱,但他不交女朋友,因为

---

① 朱天心:《初夏荷花时期的爱情》,台北:INK 印刻出版有限公司 2010 年版,第 150 页。
② 同上书,第 121 页。
③ 同上书,第 123 页。

现在的女生太势利,宁可到宾馆叫应招,但也并没有叫过;也不愿意做 gay,因为太累太麻烦。费多小儿虽然带"我"回家,并叫了他的朋友,但并没有预想中的性爱,费多小儿和他的朋友也没有,他们窝在房里打电动,犹如朱天心笔下的那对小妖。

不知道是否缘于此,朱天文写同性恋,往往岔出同性恋的国度,她将同性恋当作一个文明的隐喻:"它暗示着一个文明若已发展到都不要生殖后代了,色情升华到色情本身即目的,于是生殖的驱力全部抛掷在色情的消费上,追逐一切感官的强度,以致精致敏锐的细节,色授魂予,终至大废不起。在小说里,荒人迷惑发出了疑问,这是不是'同性恋化了的文明'呢?"[①] 不管是同性恋情也好,或者是无关生殖的情欲,或者是无性的植物行为,都具有同样的特质——没有后代,都暗示了未来的无以为继。

20 世纪末的台北,高楼大厦一日一新,也总有破屋烂房藏在你看不见的角落里;它不断生产着新的人种,也在无人知的深处隐藏着旧的人种;各种新思想层出不穷,逝去的还在等着复出……都市是绚烂的,都市又是看不见的,其瑰丽多姿的身影在文学作品中留下了多重魅影。

[①] 朱天文:《来自远方的眼光》,《荒人手记》,山东画报出版社 2009 年版,第 234 页。

第四章　女性身份的三维书写

女性，是外省第二代女作家天然的性别身份，她们的创作也带有或浓或淡的女性气质，她们对历史、都市的观察眼光都带有女性特质，其创作自然也避不开女性议题。女性身份与外省身份的结合，让外省第二代女作家与本省女作家相比显现出一些不同。

1949年的大迁移，在台湾岛上形成了一个独特的外省人聚落。一场历史的变动，改变了很多人的命运走向，让女性的命运也显示出了不同。"迁移改变妇女状况的意义在于：它切断了她们与家长制家庭的关系。"① 外省女性也经历了迁移，但她们的迁移并不是一个文化环境迁移到另一个完全不同的文化环境，虽然台湾有其地域文化特色。外省女性想单凭从大陆迁移至台湾就全然切断与家长制的关系，可能性不大，除非整个社会真的清除了父权社会全部的显性和隐性规则。但1949年的大迁移，确实给了外省女性这样一个相对自由的客观空间。外省女性并非因为想要获得主体自由或者想要更广阔的发展空间等原因而主动迁移，甚至是被迫的，脱离原先的家长制大家庭后也让她们吃了很多苦头，因为不会再有人帮她们分担生活的责任。就像《有缘千里》中所讲述的眷村过年的情形，家家女主人都要自己忙年活，也只有自己忙，顶多也只是邻里搭把手，家里家外，不懂的也不得不摸索着学会了。然而，事事都要自己动手，也代表着事事都由自己做主。不管主观意识为何，外省女性与本省女性相比，确实少了很多家长制大家族的钳制，获得

---

① 熊郁主编：《面对二十一世纪的选择》，天津人民出版社1993年版，第439页。

了自由发挥的空间。没有公婆的压制,没有妯娌姑嫂间的钩心斗角,相依为命的丈夫也终学会了分摊家事,女性在家庭中获得了更高的地位和更多的权力。在外省家庭出生长大的女儿们,也比本省家庭里的女儿们,地位要高,性子要"野"。

在这种环境下长大的外省第二代女作家,她们缺乏旧式家庭的生活经验,像类似于李昂《杀夫》这样的作品,出现于外省女作家笔下的可能性就比较小。廖辉英稍早点的女性文学代表作《油麻菜籽》,主人公阿惠的处境是普遍的,但像"黑猫仔"这样的人物还是带有很大程度上的本省家庭特色。但能够上桌与家里的男人们一起吃饭,并不代表着说外省女性就获得了与男性平等的地位,女性千百年来的遭遇她们一样在继续着。外省第二代女作家从她们的人生经验出发,呈现出不同的女性书写面貌,从多样的角度切入探讨女性的主体困境,女性的优势特质,以及其中展现的人类生命的大命题。

第一节 第二性的泥沼

一直以来,女性都被压制在社会的最底层。纵然外省女性已经因为迁徙而从父权体制中取得了更大的空间,妇女解放运动也取得了很大的成效,但男女平等并未真正实现。女性仍陷于第二性的泥沼,或者迫于客观重压,或者茫然不自觉,女性仍在以家庭主妇、母亲、妻子/恋人、职业妇女等身份承受着各种疼痛,艰难于主体的建立。

一 家庭主妇的隐痛

家庭主妇,是一个很"传统"的词语,指涉的对象是很"传统"的女性形象。当女性解放运动已经把多数女性从家庭中解放出来的时候,仍然有部分人自愿或被迫留在家庭里,就成为非常"不进步"的一个群体。在现代社会,这是非常容易被忽略的人群,其实她们精神深处隐藏着不为人注意甚至不自知的疼痛。这些安安分

认同与解构

分的家庭妇女，在外省第二代女作家的作品中，觅得一寸天地，演出她们的人生悲喜剧。

或许是因为过去对女性的野蛮压制太甚，"第三者""妖女""荡妇"此类迥异于传统妇女的反叛型的女性形象，因为对传统父权体系的强力冲击，成为"现代女性"的有力代表。而延续了传统女性人生路的家庭妇女，则往往被定型，形象单一内涵单薄，像朱天文《带我去吧，月光》中提及程佳玮"看到落单的游行者，明明是家庭主妇，头顶绑着白布条，在红砖道慌张奔跑寻找失散的伙伴"。[①] 程佳玮是年轻的职场女子，从她眼中看过去家庭主妇绑着白布条游行也是不合时宜的行为，用了"明明"二字，可见社会大众对家庭妇女参与社会活动的不认可。

家庭妇女，没有经济压力之忧亦无自我独立的经济基础，被圈定在家庭范围内，被要求为家庭无私奉献。然而，烦琐细碎的家务，不被重视的家庭地位，慢慢消耗了女性的自我，让她们丧失了自己独立的人格。静敏（袁琼琼《自己的天空》）离婚前后的变化，即见证了女性自我被家庭磨损的程度。《自己的天空》并不能算是一篇女性主义小说，至少静敏走的并不是女性解放之路。她主动离婚找工作，看似是独立了，其实仍然留在父权体系内，以爱情为名去做了别人家庭的第三者。但也不能不承认，离婚后的静敏不再事事依靠丈夫，走出家庭、开店、拉保险、谈恋爱，经济独立后也多了自主选择权，生活过得好，人也变漂亮。静敏婚姻中的第三者，却仿佛和她调换了命运。她认识良三的时候是舞厅里最红的舞女，借着怀孕嫁给了良三。舞厅里最红的舞女，可想是漂亮的，性情也不会多么温顺，有心计却也要靠着静敏主动要离婚这样的"机遇"才成为正妻，不然良三只打算让无子的静敏搬去小点的住处。静敏多年后与良三一家在餐馆偶遇时，曾经的第三者"穿素色洋装，非常安静温顺。""现在也还看的出人是漂亮，可是她有点灰

---

① 朱天文：《带我去吧，月光》，《世纪末的华丽》，台北：INK 印刻出版有限公司 2008 年版，第 59 页。

扑扑的。"① 不能说她过得不好，她或许也不是表面上那么温顺，但在外人面前，无名无姓只能拥有良三妻子身份的她只能"灰暗、温静、安分守己"，这是家庭妇女的标准样貌，以前的静敏也是这个样子。

程佳玮眼中那个落单的游行者，其实不是她自己，而是"家庭主妇"这个身份的载体。这个载体，在朱天心的《新党十九日》中成为小说主角。《新党十九日》从题目看即知是一篇政治批判小说，但作为小说叙述视角的家庭主妇，其形象更引人入胜。"朱天心敏锐的嗅觉所导引她塑造出来的女人却是异常生动而难以用道德的批判而加以一言骂尽的。"② 不像丈夫、儿子、女儿都有名字，这个家庭主妇没有自己的名字，小说自始至终都是第三人称"她"。用一个第三人称来指代小说主角，一方面可以造成作家所写的这人不是这一个人而是一个群体的效果，另一方面暗示了家庭主妇主体性的缺失，连个自己的名字都没有，正如过去女性被称为某某氏。而"她"的存在，在她的家庭成员眼中也只具有"家庭主妇"的功能，而且这个"功能"的重要性还被忽略，不被尊重。

小说从"她开始喜欢并习惯每天下午在速食店里的时光"③ 开始，接下来叙述"她"在四五个月的时间里发生了何种天翻地覆的变化。先是一个现在和过去的对比，"起初，很长的一段时间里，她都不敢、也从未一人独自进过速食店，觉得那里洋化得像一个外国在台的租界似的，其实她也出过国，咪咪考上高中那年暑假母女两人参加旅行团去东南亚玩过一趟……"④ 而现在，她有时一人，有时和贾太太一起，"中学女生一样的一面吃炸薯条洋葱圈一面抢着诉说上午听来的种种"，⑤ 而这种种不是家长里短，而是"国家

---

① 袁琼琼：《自己的天空》，台北：洪范书店有限公司1981年版，第150页。
② 吕正惠：《不由自主的小说家——论朱天心的四篇"政治小说"》，《战后台湾文学经验》，台北：新地文学出版社1992年版，第275页。
③ 朱天心：《新党十九日》，《我记得……》，台北：远流出版事业股份有限公司1989年版，第137页。
④ 同上书，第138页。
⑤ 同上。

认同与解构

大事"。对于她们也能讨论"国家大事",两个人皆"好兴奋"。不过是女儿们去惯了的速食店,也并不是什么高消费的餐饮场所,就让一个家庭主妇止步不前。这种情形与乡下人进城何其相像,但衣着落伍的"乡巴佬"在城市繁华中手足无措"是知识问题,不是智力问题"①。"她"的怯懦不安转为现在的悠然自得,不是愚蠢的人变聪明了,而是眼界开阔人生丰富了。

这个转变最直接的原因是炒股。起初只是经不起表姐的游说而把一笔会钱买了股票,结果赚了钱,之后便一发不可收拾。她不是不被金钱迷惑,她喜欢"捡钱梦",她也喜欢股票买卖中那种类似赌博的快感,但她的"高烧",主要还是因为那些由炒股而来的美丽而且充实饱满的日子。20 世纪之初,鲁迅就在《娜拉走后怎样》中说过"为娜拉计,钱,——高雅的说罢,就是经济,是最要紧的了。"② 一个世纪过去,经济独立仍然是女性解放的首要条件。因为有了炒股多出来的钱,"她"才可以自由安排需要用到钱的活动,也可以用买化妆品和名牌鞋这样的手段把一向跋扈不怎么理母亲的女儿变羞涩。在家庭中的地位改变了,因股票而开阔的眼界也让她自信,她的灵魂成长,人格得以独立。相对于多数人的发财梦,炒股之于她的意义,更在于发现了家庭之外世界的广大和丰富,并在其中取得了一个位置,研究那些她根本不懂的图表文字,都给她莫大的愉悦。

尽管新生活深深吸引了她,她仍然得好不容易等到其他三人出门后再赶到号子里,要赶在他们回家前半小时回家做晚饭,在丈夫儿女睡了后研究财经杂志……也就是说,她的新生活,是"偷"来的。很长一段时间,家人都没察觉她的大不相同的生活,"其实已经有好几年,他们根本就不知道他们不在家的时间她都在做些什么。"③ 当家里的人多少察觉到了她的异样,"三人同声合力把她赶

---

① 费孝通:《文字下乡》,《乡土中国》,上海人民出版社 2007 年版,第 12 页。
② 鲁迅:《娜拉走后怎样》,《鲁迅全集》第 1 卷,人民文学出版社 2005 年版,第 168 页。
③ 朱天心:《新党十九日》,《我记得……》,台北:远流出版事业股份有限公司 1989 年版,第 141 页。

回厨房。"①

"赶回厨房",这是家庭妇女的悲剧宿命。"她"因为有一点点的南亚股而忍不住站近电视看国际新闻,丈夫仰头看她,女儿咪咪也不习惯她的举动,儿子也附议女儿喊饿,三个人都不习惯也不允许妻子/母亲出现在厨房之外的空间进行与家务无关的行为,同声合力把人赶回了厨房。"她"被困在厨房这个空间,"她"命令要求甚至母亲节那天都没办法让儿女做任何家事,照顾丈夫也像照顾一个大婴儿,就像程太太(朱天文《带我去吧,月光》)也是处于家庭的最边缘,要为丈夫、儿女各做一份合口味的中、西式早餐,而自己随便吃剩下的就算。她和她们被忽视在数不尽的家务中,也停止在这个时空中,缺乏与外界的交流,没有进步。正如波伏娃所言,"几乎没有什么工作能比永远重复的家务劳动更像西绪福斯(Sisyphus)所受的折磨了:干净的东西变脏,脏的东西又被搞干净,周而复始,日复一日。家庭主妇在原地踏步中消耗自己:她没有任何进展,永远只是在维持现状。她永远不会感到在夺取积极的善,宁可说是在与消极的恶做无休止的斗争。"② 而且,"她"即便想要求新知,也仍然只能在做完家务伺候丈夫儿女睡下后,趴在餐桌上看财经杂志。在伍尔芙提出"一个女人如果要写小说的话,她就必须有钱和自己的一间屋"③之后的世纪末,女性仍然没有自己的一个房间,仍然窝在厨房这个家庭公共空间中偷得一点自己的隐秘空间。

"家庭主妇"这个角色淹没了"她"作为一个女人的其他可能性,是股票让"她"琐碎无聊的家庭主妇生活变得美丽和充实。股票,让"她"找到了家庭之外的另一片天空,获得自信和自尊,仿佛回到了青春时代,有了成长的感觉。这是在家庭生活中被磨损的

---

① 朱天心:《新党十九日》,《我记得……》,台北:远流出版事业股份有限公司1989年版,第142页。
② [法]波伏娃:《第二性》,陶铁柱译,中国书籍出版社1998年版,第515页。
③ [英]伍尔芙:《自己的一间屋》,乔继堂等主编《伍尔芙随笔全集》,中国社会科学出版社2001年版,第486页。

部分,"她"通过股票把那个被抛在家庭最幽微角落的自己救赎而出。然而,一场独立自我的重生,随股市兴旺而起,也随着股市的崩盘而崩解了。小说最后以家人看到她被登在杂志上的游行照片而结束。一个中年家庭妇女翻越马路分隔岛上的栏杆,庞大滞重的背影,狼狈的行动,家人陌生复杂的眼神,击溃了"她"。如果说以前的"她"是没有路,那么经过这么一场,就是迷路了。就像"她"庞大滞重的身躯翻不过分隔岛上的栏杆,单靠一己之力,"她"也翻不过男权社会的性别藩篱。

二　母职神话的崩塌

家庭主妇,担负照顾家庭成员日常生活的功能,一般都兼具妻子和母亲的双重角色。母亲,是女性的一个重要的身份。在长久以来的传统文化体系中,母亲其实并不是一个性别意识特别强的词,更多的已经成为一个文化符号,所包蕴的情感基本上被定型,无外乎是深厚、无私、富有牺牲精神等。整个社会包括女性自身,一直以来都以"神圣"这样的标准要求母亲,赞颂母亲,却忽略了母亲作为女性、作为人的基本权利,忽视了母亲在为家庭子女的奉献中所丧失的自我。在外省第二代女作家的性别书写中,其中一部分即是落笔母亲形象,解构加诸在女性身上的母职神话。

先看母亲这一身份的由来,很多时候都不是神圣的。在传统的男权社会,女性要进入到一个家庭组织中,生育是她必须具备的职能,女性需要通过完成传宗接代这一任务获取在家庭中的地位。静敏离婚后偶遇前夫和他现在的妻女,她用撒谎说别人的儿子是自己的这一手段成功报复了一直无子的前夫,却也点明了父权社会中女性要借助生育(特指生儿子)来获取地位的事实,即所谓母凭子贵。当年良三的外遇对象,也是靠着怀了6个月的身孕,让良三决定接其回家而逼迫静敏搬去另外较小的住处。之后她连生两个女儿,应该也是她现在温顺寡言的重要原因。

另外,母亲的职责也在磨损着母亲个人的生命色彩。母爱确实无私，很多母亲一切都以孩子为优先，朱天心《袋鼠族物语》中的那些袋鼠妈妈们，"她们常以一瓶养乐多、一卷 x 姊姊说故事或儿童英语 ABC 或古典音乐入门的录音带、一箱 Pampers 尿布、一桶乐高玩具、一套丽婴房打六五折后的上一季儿童外出服、一打婴儿配方奶粉"① 作为计价的货币单位；她们的词汇退化到婴幼儿阶段的"汪汪""果果""天空蓝蓝"之类；她们为孩子订学前教育幼儿杂志；她们不读时事报纸，而是阅读数不完的忠告她们如何成为好妻子、好母亲的书；她们带孩子去亲子图书馆和书店；她们去百货公司只去儿童用品和家居用品那两层；她们只有兴趣打扮孩子和丈夫；她们的朋友都是建立在孩子们的友谊上；她们难得独自休息一天仍然在重复以上的生活……这种种爱孩子的表现，无一不是无私的，不是伟大的，也无一不是建立在牺牲的基础上。母亲这个角色的牺牲奉献品格，吞噬了她作为女人、作为人的多种可能性，她远离漂亮服装，远离单身或丁克朋友，基于丈夫养家的理由远离女权运动，孩子和家庭成了母亲生活的中心和全部，最终她没有朋友，没有生活，没有了自我。而她们，原本都是那倾城倾国的佳人。朱天心在小说中称呼这些母亲为袋鼠族，这是一种非常贴切的比喻，点明这些母亲失了人性的柔软多样而堕入"动物"界的一面。她们"被封闭在家庭之中，跟外在世界完全割离，并把生命完全寄托在小孩身上，为小孩而活的袋鼠妈妈，甚至在最'孤独'之中，都无法意识到她的生命是'孤独'的。"②

《袋鼠族物语》还有一类母亲形象，袋鼠母兽的老母亲。如果说袋鼠母兽们是流失人性，她们的老母亲则是重新找回人性。母兽的老母亲无聊但不打算帮她们带孩子，比年轻的母兽更爱打扮，穿着年轻，叽叽喳喳仿佛回到青春期。看在疲累的母兽眼里，甚

---

① 朱天心：《袋鼠族物语》，《想我眷村的兄弟们》，台北：麦田出版股份有限公司 1992 年版，第 166 页。
② 吕正惠：《怎么样的"后现代"？——评朱天心〈想我眷村的兄弟们〉》，《战后台湾文学经验》，台北：新地文学出版社 1992 年版，第 284 页。

感陌生,觉得"养儿,方知父母当初多么的任她们自生自长(自灭)"。① 其实,虽然她们想不起来,她们的老母亲当初也是像她们这样的苍白,现在的"返老还童",多少是种弥补,在儿女成人后才重新过活。母亲为子女的牺牲奉献是因为爱,但她们也有自己的人生,需要分出时间、心力细心呵护。如果她们年老后还要帮儿女带孙子、孙女,岂不是一生都困在母亲的角色中不得解脱。用老母亲的两次牺牲来减轻母职神话对女儿的伤害,这本身就是母职神话的悲哀。

正如波伏娃所言,根本不存在母性的"本能","母亲的态度,取决于她的整体处境以及她对此的反应"。② 没有强大自我的支撑,失了外界的扶持(丈夫的视而不见、老母亲的返老还童),最后,众多母袋鼠带着小袋鼠走向死亡一途也就不难理解了。

三 两性关系的异变

在《袋鼠族物语》中,袋鼠母兽失去的外援,其中之一是丈夫们。热烈的爱过,走至相互沉默没有沟通的田地,绝大部分的丈夫都不曾察觉他们的妻子曾经或者已经实践了死亡之念。《新党十九日》中,"她"的家庭成员之间也是冷漠隔绝的,丈夫虽然察觉了她的异样,警告她不要参与,但他并未试图去了解妻子视股票为最后据点的心情。这种冷漠、可怕的婚姻生活,成了《初夏荷花时期的爱情》的主角。

初夏荷花,非常漂亮优美的意象,虽不像桃花那样灼灼,却清雅高洁,韵味悠远。胡兰成用初夏荷花来形容中年,朱天心借用了这个意象为小说开头,为小说命名,最后却成就了一部"暮冬旷野"之作。小说第一部分,是"一对没打算离婚,只因彼此互为习惯(瘾、恶习之类),感情薄淡如隔夜冷茶如冰块化了的温吞好酒

---

① 朱天心:《袋鼠族物语》,《想我眷村的兄弟们》,台北:麦田出版股份有限公司1992年版,第180页。
② [法]波伏娃:《第二性》,陶铁柱译,中国书籍出版社1998年版,第579页。

如久洗不肯再回复原状的白T恤的婚姻男女"，① 因为一本日记而生发的故事。因为卖掉老家而整理出来的日记，仿佛打开时空任意门的钥匙，把四十年前的丈夫和四十年后现在的丈夫拉到了同一个平台上，自此处处满溢着对比。当年的少年对爱情如此信誓旦旦："我相信，××将是我最后一次的用情。得不到××，我不管自己是否是一个没有感情活不下去的人，我也将把自己感情的生命结束。""××，我会等你，即便是白发苍苍的晚年，这句话仍然是有效的……"②现在的丈夫连"爱"这个字都不肯说出口，用一句"难道认真工作赚钱，对你和孩子们负责任不算'　'吗?"③ 来代过。"你"疯狂爱上日记里的少年，却不能把他和丈夫相对应，丈夫一次也没有通过"你"的考验。作家反复提及"替换"，以表达丈夫前后判若两人的差异。

借着文字的优势，作家让故事再次重来。接下来是偷情的故事，女主角着魔于"抛家弃子"四个字，但是对孩子、宠物忍不住的担忧，赫然揭开了偷情的真相，这只是一对中年夫妇的另类寻爱之旅。这趟旅行比《日记》里的那趟旅行激情很多，两人有了和"四十年前""大二那年""刚结婚时"一样的心情，做了一样的事情。然而，假扮偷情时不顾一切的爱情，狂烈的性爱，其实都反证了当下夫妻两人关系的乏味无趣。

朱天心自己把《初夏荷花时期的爱情》归纳为一个"虽然爱还在，可是不喜欢了"④的故事。"爱"和"喜欢"，在这里不是用来区别一个人对另一个人的感情程度，"爱"指向感情，"喜欢"落在相处。时至中年，爱情或许还在，或许不再，却因为激情消退、工作生活压力等原因，最亲密的两个人渐行渐远。朱天

---

① 朱天心：《初夏荷花时期的爱情》，台北：INK印刻出版有限公司2010年版，第22页。
② 同上书，第29页。
③ 同上。
④ 陈竞、傅小平、张滢莹、金莹：《唐诺、朱天心：简单生活　纯粹写作》，《文学报》2010年4月22日。

认同与解构

心写中年婚恋，下笔狠厉。在小说中，故事可以无数次的重新开始，然而重复又重复，情节不同，真相一样，一样的冷漠和沉默。爱情时至中年，变了调，走了味。婚姻经过时间的洗涤，益加苍白，家庭成员日日生活在一起却宛若陌生人，没有沟通，互不了解，孤独寂寞。

婚姻失色，与之对照的是爱情之绚烂。女性容易对爱情有憧憬，在爱情中绽放最大的美丽。袋鼠妈妈们怀念着结婚前的种种好处，恋爱中的女人仍在受伤。比如程佳玮（朱天文《带我去吧，月光》），这个生于20世纪60年代的个性很强的新人类小女生，热衷追逐爱情游戏，然后受伤，最终以失忆作结。出场时，程佳玮已有一个叫李平的男友，一个再普通不过的男友，一段再普通不过的校园恋情。遇到夏杰甫这样厉害的情场玩家，羞涩无经验的程佳玮不能不迅速沦落。应该说，是夏杰甫引出了李平不能挑动的程佳玮的女性内在，但程佳玮把"来香港的话打电话给我"的场面话当真，女性之美被夏杰甫引出的同时也失去了自我。JJ王子这个虚构人物的出现，是程佳玮在现实中受伤的补偿，满足了女孩对于爱情的全部幻想。JJ王子空白的脸尤其耐人寻味，代表着无限的可能，无限的可能也代表着迷茫。空白的脸，直接对应着失忆的发生，不知道是谁的男人，是不是也代表着女人总是需要那么一个/多个男人？

现代新女性，也总是力图在回归男性/爱情/婚姻/家庭的过程中建立自我。陈玉慧的长篇小说《征婚启事》，是一位现代女性的征婚故事。陈玉慧在后记中说，"做为一名女性，实践自我远比婚姻生活重要"，[①] 但是即便如此，她也想结束一个人的生活，当她"想重新出发"时，她想到的是婚姻，"曾经那么想结婚。"[②] 陈玉慧突然对婚姻那么渴望，是因为"孤独太久了"，她想用婚姻结束孤独的做法值得商榷，撇去这个起因不谈，作为一个现代女性的范

[①] 陈玉慧：《后记：我想了解男人》，《征婚启事》，四川文艺出版社1999年版，第147页。

[②] 同上书，第145页。

本，她这种行为还透露了现代女性仍然会把婚姻或者家庭，当作能够保全自我的场所。家庭这么"落伍"的避难所，实践起来却也是非常艰难。小说讲述了这位女性征婚者与四十二位应征男性之间的故事，实际上打电话来的超过这个数目，有百人之多，但竟无一人成功。被记载下来的四十二位男士，没有一个是理想中的结婚对象，或老迈，或落魄，或贪婪，或狡猾，或大男子主义，无一不是负面的形象。这是不能征婚成功的原因，更深层次的原因，还是这个想要结婚的新女性，她自己也如这些应征者一样，亦是性情怪异，内向，防卫心很强烈，吝于感情的付出与交流。排除那些只是因为无聊、寻找性伴侣等原因而来的无诚意的应征者，有些是很有诚意地前来，而征婚者也是很有诚意地发布征婚广告，却仍然不能深入地交流与了解，症结应该在现代人关系的冷漠疏离。

从女性自身来讲，没有意识到女性第二性处境的太太小姐们，仍然延续着男权社会对女性的种种要求，并内化成女性的自我要求。已然一个世纪之久，祥林嫂的悲剧仍然在循环往复，当女性把"女"之价值依附在男性身上时，不管是爱情还是婚姻，都拯救不了两性关系。对已经具有女性意识的现代女性而言，她们自觉于"边缘"与"弱势"的位置，她们的防卫心让她们更难以在现代人疏离冷漠的人际关系中突围，她们很难进入婚姻，她们即便结婚也需要再度面临初夏荷花已枯萎的困境。

四 职业新女性的伪独立

家庭之外，生活在现代社会的女性，还有一个重要的战场：职场。然而，拥有了工作的机会，展现了不弱于男子的能力，解决了娜拉出走后首先要解决的经济问题，却不能保证获得了社会的尊重与女性主体的完整。

程太太（朱天文《带我去吧，月光》）从大陆回来，因为对爱情的幻想破灭了，整个人变得毫无生气瘫软下去。她是一个典型的旧式家庭主妇；作为新时代职业女性的程佳玮，一样也在爱情中迷失了自我。何美茵比程佳玮看上去强悍许多，事业有成，在男女关系上开放，颇懂得游戏规则且能获取不少好处，虽没有像程佳玮那样在一场成人游戏中动真情而遁入失忆，仍然避不过流言蜚语，就算真能不被言语所伤，也逃不过女性某些时候要靠用身体获取成功的悲哀，在职场上需要面对双重的打压。廖香妹（《最想念的季节》）不是个软弱的女人，未婚怀孕也不找孩子的爸爸啰唆负责，而是找了一个不认识的男人签了契约婚姻。再独立坚强的行为，还是脱不了要找一个"名正言顺"，借助婚姻使孩子的出生合法化，以使"母亲"和"孩子"都能见容于社会。廖香妹的幸运，是她遇到了男主角毕宝亮，毕宝亮的"宽容"和"真爱"，最后感动了廖香妹，让她得到新生。

现代女性的最大悲哀，正在于以新潮之姿停留在父权社会的游戏规则中。苏伟贞的《倒影小维》，正是这样一个故事。"她"聪明上进，出国求学，在很出名的实验室工作，性取向上忽男忽女，孤独遗世。如此一个都市雅痞，却持续着思念小维，一个旧派女人，美丽、乏味、求学无成、嫁入豪门后生子做善事。小维是"她"的倒影，却时时牵制着"她"的生命。"倒影"二字实在耐人寻味，一是说两人是完全不同的新式、旧式女性，二是暗示着两人之间无从剪断的关联，两人自地瓜田的疯狂后分道扬镳，却把根留在那片田地上，不是"她"带野了小维，而是"她"再野也逃不过对小维的喜爱和向往，如同那"挂在墙上的旧日照片"，成了女性的生命底色。旧日照片威力甚大，像《日历日历挂在墙壁》中那样，把老少三代女性，都吸进了同一个时空。

朱天心《第凡内早餐》的主角也是程佳玮一般的新人类。和通常对新人类的认识一样，她或许没有历史包袱，没有理想价值，政治立场虚无，被资讯控制，在性上主动或无性……但是这个与传统女性截然不同的新人类女性，入职场九年，仍然不能摆脱桎梏。新女性在职场上以及在商业社会资本运作链中意欲获取足够金钱以支撑个体独立极其艰难。帷幕遮蔽很久的百货公司一楼精品专柜开幕，原来竟是第凡内珠宝公司，日复一日的看着它，"我像卖火柴的小女孩在严酷的雪夜里跣着赤足看窗内的人家在欢度丰盛温暖的

第四章　女性身份的三维书写

圣诞节"。① 这类似电影《第凡内早餐》中奥黛丽·赫本饰演的角色霍莉对第凡内的感情，这是电影与小说最大的相同处，应该也是作家取电影名为小说命名的原因。虚荣心让出身贫穷的女孩子尤其向往"钻石"，渴望的眼睛还因为那里不会有坏的事情发生，没有饥饿，没有流离失所，没有一切贫穷引发的问题。电影中爱情可以战胜一切，男主角最后用真情感动了女主角，但前提是男主角已经发奋写作赚得一笔稿费。如果他仍然周旋在富有女人之间，她就算结束在富有男人中寻找丈夫的行动，两个人也没有未来可谈。电影是骑士屠龙救公主模式的变种，小说《第凡内早餐》不言情，那个投身反对运动的前男友不是屠龙英雄，不是社会的，更不是她的。

这位新女性萌生买一颗钻石的念头，不是为了保值，也不是因为抽中会钱没有地方可花，也不为掩饰爱情的苍白，也不是为了犒劳抚慰自己混迹职场的疲惫辛劳，而是"我需要一颗钻石，使我重获自由"。② 这个念头从巴西女奴的事例中得来，女奴因为发现了一颗无主钻石终于摆脱了奴隶的身份。钻石的巨大价值能赎回奴隶身体的自由，能让她得到心灵的自由吗？恐怕不能。别说她不是找到了一颗无主的钻石可以自由买卖获取巨额金钱，她买一颗钻戒的行为从念头萌生到实践整个过程，都见证了她的不自由。她是以穷人的身份谨慎地计划着如何进入富人的世界不致出丑，办了信用卡，计算路线，保养双手，备妥上好质料但透着随意的衣着、高跟亮漆皮的玛莉珍绊带鞋、Armani 香水、麂皮背包，从开始到结束她没有露出一丝女奴的窘状。没有学赫本两人在第凡内"厚颜无耻"地直说没有钱，钻石照亮了她的小屋，也照出她的"自由"不是打破规则，而是期望成为游戏的玩者。

没有经济基础的家庭妇女通过获取自主赚钱的能力来支撑她们的主体独立，但经济权仅仅是妇女解放的第一步，且职业妇女都无

---

① 朱天心：《第凡内早餐》，《古都》，台北：INK 印刻出版有限公司 2002 年版，第 168 页。
② 同上书，第 94 页。

法获得完整的经济权，也一样要面临着母亲、情人身份对女性自我的冲击。第二性的弱势地位如同泥潭，女性深陷其中愈挣扎愈沦陷，真正的解放任重而道远。

第二节 神性的救赎

自从妇女解放运动兴起，一直要打破男尊女卑的不公平体制，要求"男女平等"，本章第一节所探讨的女性作为第二性的艰难处境就属此列。但何谓"平等"，不同的学派观点并不相同。早期女性一直在争取同工同酬，但是女人是否适合或者能够胜任所有的工种？我们是要同工还是要工种平等？抹平男女差异之外，还有一种声音肯定传统对男女特质的划分，肯定一直被贬低的女性特质，并将其推至神性的崇高地位。此种神性女性观，在外省第二代女作家中，以朱天文最为典型。

朱天文的女性观，直接承续自胡兰成。胡兰成在《女人论》中讲女人与男人的区分，前者靠感，后者靠理论，"新石器文明是女人发明的，而其后女人惟是加以美化。……而男人则是把女人所发明的来加以理论的学问化……"① 理论、美感本相得益彰，但理论学问的威力大，美感受了委屈，理论学问也渐失生气，导致世界历史没有前途，"今是要女人再来做太阳，使人类的感再新鲜了，才可使一切再活过来，连学问也在内。"② 这种女性救世观与《红楼梦》中贾宝玉的以女为尊颇为相似，不像现代新兴的女权主义要求男女平等，而是肯定男女的差异，肯定女性特质，认为女性的价值就在于女性特质，并以其为现代社会的救赎。胡兰成是朱天文十分崇敬的老师，她亲手校订《女人论》的时候，觉得胡兰成的思想没有完成，许下诺言哪天一定要把《女人论》写完。《世纪末的华丽》如是开头："有一天男人用理论与制度建立起的世界会倒塌，

---

① 胡兰成：《女人论》，《中国文学史话》，上海社会科学院出版社2003年版，第233—244页。

② 同上书，第243页。

她将以嗅觉和颜色的记忆存活,从这里并予之重建。"① 这句话,是朱天文从《女人论》中看来的。《荒人手记》写完,朱天文认为悲愿已了,接下来却又有一本《巫言》。② 朱天文承续胡兰成《女人论》的小说,远远不止这三部小说,在她的文学创作中,例证俯仰皆是。

一 男女有别

女性主义的代表人物波伏娃认为:"女人并不是生就的,而宁可说是逐渐形成的。在生理、心理或经济上没有任何命运能决定人类女性在社会的表现形象。决定这种介于男性与阉人之间的、所谓具有女性气质的人的,是整个文明。"③ 她把所谓的女性气质定性为一种"男人"与"阉人"之间的被养成的气质,但在另外一些人眼中,所谓男女平等是将女性塑造为另一种"男性",男人重理性、女人重感性的区别不管是先天还是后天养成的,男女之别确是存在的。神性女性观的第一层内涵,就是肯定这种男女有别。

《初夏荷花时期的爱情》中有四章专门讨论女人与男人的差异。男人靠太阳的位置辨别方向(机场分手后男人直接奔向登机口,机场太大怕不好找),女人不辨东南西北也不会迷路(机场分手后女人四处购物),经过养小羊小鸡的栅栏(CHANEL),采摘浆果(GODIVA),放到瓢或叶子里(COACH 包或 GUCCI 包),觅得宝宝喜欢的蜘蛛蛋(Haagen-Dazs),沼泽畔看小鱼但并不捕捉(只逛不买)。男人出门打猎,晚间谈论父祖辈的狩猎传奇(运动、当兵),谈明天猎事的分工(公司业务会议),谈猎物分配(政治),不谈家庭私事。按照惯常的解释,男人重事业,不屑谈论家庭琐事,那样的男人被认为唠唠叨叨没有男子气度。但朱天心却从另一个角度解释男人的不讨论私事家庭:"并非自尊,而是资料匮乏"。

---

① 朱天文:《世纪末的华丽》,台北:INK 印刻出版有限公司 2008 年版,第 158 页。
② 罗屿:《迷恋现世,临水照花》,《新世纪周刊》2009 年第 18 期。
③ [法]波伏娃:《第二性》,陶铁柱译,中国书籍出版社 1998 年版,第 309 页。

认同与解构

他不知道他不在场时女人和孩子在干什么，而他们在场时一样不知道，无法出动打猎时他们仍然谈狩猎在外的话题，NBA、当兵、政治……而男人不知道的部分，正是女人天天在做的，她们一起工作，互相帮忙，分享一切话题，宝宝、月经、性爱姿势、毯子、土盘土碗、酿酒……女人比之男人，更贴近现实，所以她们"工作"的时间更长，就算已经衰老，仍然可以重复着年轻时的动线，照顾孙辈、晒褥垫、采果子、找蜘蛛蛋，虽然行动迟缓，需要较多的时间才能完成。而男人不能再出猎后，就转化成需要被照顾的角色，女人不在家，他们会找不到新电池放在哪里，不敢轻易去开柜子，柜子里面的东西太过陌生。女人的生老病死是复杂的，男人则简单，期待静静地死去。女人与男人行为模式的差异早在新石器时代就已养成，并延续至今。

　　米亚（朱天文《世纪末的华丽》）是新人类的典型代表，她和坚持"女人衣物绝对不能放在男人的上面，一如坚持男人衣物晒在女人的前面"[①]的母亲不一样，她公开反抗禁忌，但反抗的是男人衣物与女人衣物的顺序，并不是"衣物"。相反，她非常迷恋"衣物"，她的职业就是由服饰堆叠起来的模特儿。米亚一直依赖嗅觉、视觉这种感官气息记忆与生活，安息香让她回到一九八九年的春装秀，一片雪纺、乔其纱、绉绸、金葱、沙丽……薄荷药草茶让她记起一九九○年夏装海滨色调，兵白、透青、纤绿；她耽美与光阴移动一起的微细妙变，"虾红、鲑红、亚麻黄、蓍草黄，天空由粉红变成黛绿，落幕前突然放一把大火从地平线烧起；轰轰焚城"；[②]乳香带她"回到八六年十八岁，她和她的男朋友们，与大自然做爱。这一年台湾往前大跨一步，直接赶上流行第一现场欧洲"；[③]她用浪漫灰来界定情人老段；把生活中不食人间烟火的那部分比喻成凝黄色乳香的树脂；从摩洛哥式长外衣中嗅见神秘麝香……她养

[①] 朱天文：《世纪末的华丽》，台北：INK 印刻出版有限公司 2008 年版，第 143 页。
[②] 同上书，第 142 页。
[③] 同上书，第 145 页。

老的手艺是干燥花、药草茶、沐浴配备、手制纸,都与气味和颜色密切相关。嗅觉和视觉,这都是在男性与女性的区分中被归类于女性的特质。

二 神性是女性

男女既然有性别差异,神性女性观的第二层内涵则要进一步肯定女性气质的价值,将其定位为神性的存在。女性实现自我价值的本源就在于女性气质本身的巨大能力,而不是将自己变成男人。

朱天文在《看〈江山美人〉》中如此评论林黛和林青霞的美:"十多年前最红的女星,她的线条尚是柔和的。肩的弧度,走路的姿态,一颦一笑,一抬手一举足,仍然是女性曲线的柔。她那些妖媚的神态,虽然幼稚而俗气,可是因为她本身还有女性的位,毫无造作矫饰,便有着女性最原始的,地母的那种壮大,因此是干净的,正大光明的。今天台湾红星林青霞,则是费唐娜薇一型,纽约大都会街道上的职业妇女。瘦而高,骨感的,直线的,眼睛无神,慵懒而漠然,面孔大多时候只有一种表情,冷。费唐娜薇是七十年代女性的造型,其实她已不是女性了,而是中性的,乃至机械的。因为她在人世里已失去了女性的位,只是社会上的一件结构,所以职业妇女走在那钢筋水泥、高楼耸立的大街上,当然感到一种惘惘的胁迫。她的背景是那样森冷,她人的线条也就成了几何图形。她若偶然也有妖娆的情调出来,便只是卑贱,一种犯了罪的巫魔,因为社会的结构是绝对的不许人有余情。"[①]

林黛和林青霞是不同年代的美女代表,不同的审美见证了社会不同发展阶段的价值取向。虽然是不同类型的美,林黛的柔和妩媚与林青霞之骨感冷漠,在朱天文眼中显然是有高下之分的,她取林黛而舍林青霞的标准主要就在于是否具有女性特质,男以刚为美,女就应以柔为美。妇女解放之后才出现的都会职业女性形象,因缺

[①] 朱天文:《看〈江山美人〉》,《淡江记》,台北:INK 印刻出版有限公司 2008 年版,第 95—96 页。

认同与解构

少女性原始的柔和特质，已然不再属于"女性"，成为中性乃至机械的存在。

所谓女性气质，也不全然是以生理性别来决定的，而是一种精神气质，所以也可以用一本男同性恋小说来呈现。《荒人手记》的叙述者"我"，并不是一个激进的同性恋，不曾与体制对决，自省色彩浓厚。"我"与费多小儿在咖啡馆相遇，"我"是一个男性同性恋，费多小儿在性的问题上选择干净的植物关系，他们在生理上是男性，但其实"都有一个雌雄同体的灵魂"。"我"对此也坦然承认，"我剖视自己，是一朵阴性的灵魂装在阳性身躯里"。[1] 身体和灵魂的相对立，是同性恋者痛苦的来源之一，"我"的冥思中，或许对于自己同性恋的身份有着诸多纠结，但并不反感自己男儿身中的阴性灵魂，而是对阴性有推崇之意。他拨开千百年来男权社会压制女性的迷雾，将女性作为世界的原始，把阴性推至了神性的高位：

> 被看，被取悦，好难取悦的，神秘莫测的阴性体。见到吗，诸多出土于中亚跟小亚细亚远古神母时代的，泥陶阳器密麻摆满殿中为了取悦大地女神。是啊，看看顶原味普罗的色情读物，无非都在描写女体的快乐和满足，非如此不足以刺激男人，满足男人。剥开数千层文明外衣，推倒意识篱障，女体溢散着气味，引诱哺乳，致使勃大阳器让隐晦女体发出"是的，还要"的呼喊，是雄性一类的种族记忆，集体大梦。
>
> ……
>
> 我每每讶叹，阴性体是他自己的一个创造物，他被他自己所创造出来。他只是展现，展现即存在，展现即欢愉。他像神话里的，布满星星的身体吞下了太阳变成一个水平线，而太阳行经他身体时，他创造了夜晚，然后他产下太阳又创造了新的一天。
>
> ……

---

[1] 朱天文：《荒人手记》，台北：时报文化出版企业有限公司1995年版，第99页。

第四章 女性身份的三维书写

我很讶异，所谓神性，亦即阴性。

阳性体呢，他才是那根从亚当身上剥离出来的肋骨。

他长成雄性的模样，与他的雌性一类共同存在，却又这般不同。面向这个含默的被动存在，他又好奇，又困惑。他探看着，触近着，抚摸着，试图去理解，说明。他做为他自体，但他又是一名观察员。有诗云，死海无生物，听见鱼发声，当这个无语的汪洋终于对他掀开波澜时，他狂喜极了甘愿葬身之中。[①]

承续传统对于女性特质的言说，并非屈于男尊女卑的旧制，而是重新挖掘出被压制被忽略被改写的女性力量。就像朱天文在《日神的后裔》中的自我定位："此书恐怕是存有这么一点点异志的。虽然此书也一点点跟女权运动或女权主义并没有关系的。"[②] 胡兰成在《女人论》中对于历史的解释在《荒人手记》中原话重现："神话揭示出隐情，自然创生女人，女人创生男人，然而男人开造了历史。是的历史，男人于是根据他的意思写下了人类的故事。写下了女人是他身体的一根肋骨做成，更写下了女人啃食知识禁果遭神谴责的原罪。"[③] 男人篡改了历史，其实女人才是人类的原初。

对女性自身来说，生命能量的获得并不在变得像男人，就在女性特质本身。就像小葛（《世纪末的华丽》）抛弃三件头套装改穿小腰、半长袖的衣服："为什么不，她就是要占身为女人的便宜，愈多女人味的女人能从男人那里获利越多。小葛学会降低姿态来包藏祸心，结果事半功倍。"[④] 在女权主义者看来小葛的顿悟根本是堕落，对小葛而言却是发现了自身优势所在。女性解放运

[①] 朱天文：《荒人手记》，台北：时报文化出版企业有限公司1995年版，第97—98页。

[②] 朱天文：《日神的后裔》，《世纪末的华丽》，台北：INK印刻出版有限公司2008年版，第179页。

[③] 朱天文：《荒人手记》，台北：时报文化出版企业有限公司1995年版，第98页。

[④] 朱天文：《世纪末的华丽》，台北：INK印刻出版有限公司2008年版，第144页。

动争取了若干年才实现男女同工,却仍未突破职场上从明转暗的性别歧视。但对于朱天文而言,职场上的性别歧视并不是女性要花大力气去解决的,女人其实无须如小葛般在职场上与男人争高低,女性的创造力并不在于职业,"女性的创造力在家庭,当初是因为有了家庭,才有了器皿舟车宫室等造形。男性的变动在女性成了安定,于是出生一切政治的造形。现今职业妇女远离家庭生活,看是有独立谋生的能力了,其实正是创造力在大大的减退。譬如每日三餐是一个创造,常听母亲抱怨买菜做菜的困难,这里就有着创造当时的艰辛。而现在的超级市场和速成餐,代替了妇女们的主意,大家吃的喝的都一样,好像是被一个我们所不知道的什么饲养着,真是可怕。"①

家庭,女性日日夜夜消磨其中的家庭,反而成了最后的根据地。程太太(《带我去吧,月光》)是最常见的家庭主妇,照顾先生女儿无微不至,给先生、女儿分别做中、西式早餐,自己吃两人剩下的,穿女儿不喜欢了的粉色运动服,在物质已经不予匮乏的年代仍旧习惯性地亏待自己。如此晦暗不明的存在,在她从大陆探亲回来幻梦破碎(亲情、初恋)而一蹶不振时,其作为女性运转日常生活的重要性才凸显出来。程太太懒懒不想做事,程先生和女儿佳玮在吃饭、洗衣等琐事上一再表现出无能。因程太太倒下迫使程先生接手了家事,却事事笨拙,不会买菜,不会做饭,不会用洗衣机,也不知现在零污染的肥皂丝根本不起泡泡。然而,这次变故竟成了契机,程太太夫妻两个的身份重构,竟然也都在家事里重新展开。程太太从蚕眠中醒来,是因为女儿不让母亲安宁地坚持吃干贝粥、让母亲找衣服、吼母亲看父亲洗衣服,因为程先生的笨拙,程太太再次接手家事,如蚕蜕蛹成蝶,神不知鬼不觉地转换了皮囊内的魂灵。程先生原本常年在外工作,家事几乎不碰,退了休,所谓事业不再,"领袖"也已不再,信念早已溃散。重新接触家事,才

---

① 朱天文:《看〈江山美人〉》,《淡江记》,台北:INK 印刻出版有限公司 2008 年版,第 96 页。

打开了他的视界，流失的人生价值重新聚拢，"家事，就是力量"。

20世纪80年代以后兴起的台湾新女性主义文学，多以职业上的成功来证明和保证女性的独立，诸如朱秀娟的《女强人》、廖辉英的《盲点》等都是如此，"女强人"几乎成了新时代的新女性的代名词。鱼与熊掌很难兼得，职业需要时间与精力去经营，那么家庭必然就成了女性的拖累，朱天心的《新党十九日》等小说，也是致力于解析家庭如何折损一个女人生命的力度和丰富性。其实问题可能不在于太太们是否留在家里看孩子做家务，而是如何看待家庭、家务的价值。比如《桃树人家有事》，本是一出悲剧的底子，孟太太年轻时被孟先生骗婚，结婚后才知孟先生比自己父亲还大两岁，后来更知道在大陆还有一个太太。孟先生并不是个可以依靠的丈夫，孟太太受了很多委屈但没有沉湎于悲情，而是开面店，给人做美容洗头，靠着传统女人的坚韧和柔情，也把日子经营得风生水起，满满的俗世热闹。《红玫瑰呼叫你》中的翔哥夫妻，和朱天心《初夏荷花时期的爱情》中的中年夫妻一样，两夫妻的感情既没破裂也不亲密，但对丈夫在外面怎么玩翔嫂似乎并不关心，带着儿子们在家活得兴致高昂，跳舞，学日语，学编织，忙得不亦乐乎，让翔哥惊觉"他不在家的时候老婆带着儿子们悄悄进行一场革命，好厉害的女人想要颠覆他。"[1] 翔嫂甚至为了出门去争取跳舞的场地，并不理睬丈夫的性暗示，任丈夫跟在身后仍一路走出门去。

女人在柔弱外表下自有她的强大，与男人相处时表现出来的无知、幼稚、天真，都不是真相，翔嫂也好，小蛮腰也罢，都是一样。"女人总让男人错以为她们的幼小，世故深藏于内，她们只是不好叫男人难堪罢了。"[2] 年纪渐老的翔嫂既没失去自我也未日渐枯萎，在已感力不从心的翔哥比照下，"老婆是座煤矿场，儿子们逐渐长大之后，此刻煤矿场才开始一些一些的挖掘她自己。"[3] 当

---

[1] 朱天文：《红玫瑰呼叫你》，《世纪末的华丽》，台北：INK印刻出版有限公司2008年版，第136页。
[2] 同上书，第139页。
[3] 同上书，第138页。

"老婆"们不再把人生价值单纯寄托在丈夫与孩子身上从而封闭自我,这座"煤矿场"的丰富能量才会被外界所感知。

三 神性救赎

反对运动曾经激起台湾一代人的澎湃热情。然而随着政治上解严,权威溃散,曾经的反对党上台执政并恶意挑动族群矛盾,政治运动的虚妄处处暴露,所谓民主运动再无神圣之相。而且社会转型,现代工商业社会不信理想、没有道德,价值观念也有溃散向底线而下的趋势。这是一个自由多元的时代,也是一个中心价值崩散的年代,在一地破碎中,贴近现实的女性特质就有了用武之处,收拾缝补虚无之地。这就是神性女性观的第三层含义,女性气质无与伦比的包容力和生命力,不仅是女性自我的,也是整个社会、整个文明的救赎力量。男权社会走至现在,已将男性气质的优势耗尽,女性气质正好补足并再生。

在《衣香》中,朱天文谈过女人和衣服的关系:"女人这种天生对衣服的敏感和痴心,乃至对于现实物质世界的切身之感与执着,最是被人拿来笑话,但我想如果男人破坏了理论与制度会变成虚无主义,而女人再堕落也不会落到虚无主义,因为物质自身的存在于女人就是可信可亲的。"[①] 此种论调亦出现在《世纪末的华丽》中。米亚是非常新潮的女性,崇物拜金,有能力养活自己,不要爱情,也不要婚姻,但一径漠漠的姿态仍然在不经意间透露出女性那地母般的包容力。老段说到米亚嫁人的话题时,"米亚低眉垂目慈颜听,像老段是小儿般胡语"。[②] 低眉,垂目,慈颜,已是菩萨低眉的雏形。此等心境,况且她还掌握了制造手工纸、干燥花等足以养活自己的手工技艺。所以,她敢发狂言:"有一天男人用理论与制度建立起的世界会倒塌,她将以嗅觉和颜色的记忆存活,从这里

[①] 朱天文:《衣香》,《有所思,乃在大海南》,台北:INK 印刻出版有限公司 2008 年版,第 52 页。

[②] 朱天文:《世纪末的华丽》,台北:INK 印刻出版有限公司 2008 年版,第 144 页。

并予之重建。"① 这句话还可以用朱天心的另一段话再现:"台湾这些年剧烈的变动,包括政党的改变,会使价值溃散得很厉害。这时候男生相对习惯抽象、宏观思维,当这些价值或观念逃散时,男生要收拾就显得很困难;女生跟现实比较贴近,大的价值和观念逃散了,像一个家庭,爸爸失业了,可是那一顿饭妈妈还是会做。女生会从现实里得到很大的力量,不管外头的世界如何崩溃,还是做该做的事。这是女性更耐得住的地方。"②

在《荒人手记》之前,朱天文有一本《日神的后裔》,很明显,书名来自胡兰成的"今是要女人再来做太阳,使人类的感再新鲜了,才可使一切再活过来,连学问也在内"。③ 本来男为阳,女为阴,男性不足以再担当太阳的职责,或者说一直以来都是男性因为控制话语权而将自己塑造成太阳的形象,而掩盖了女性才是太阳的真相。在历史上,"男人为他们的斗争都死去时,女人们走出来,抚慰战场,见证史实。"④ 在当下亦是。以日神的后裔为定位,女性又站到了人类命运的关键点上。

第三节　人性的关怀

身为女作家,外省第二代女作家自然关心女性,但探讨女性处境之外往往并不囿于女性议题,时时跨越性别藩篱,进而挖掘复杂人性,探寻生命真相,关怀社会人生。她们的文学作品中处处可见男性身影,也不放弃其他性别议题。诸如同性恋,朱天心《春风蝴蝶之事》写的是女同性恋,朱天文也有关于男同性恋的《荒人手

---

① 朱天文:《世纪末的华丽》,台北:INK 印刻出版有限公司 2008 年版,第 158 页。

② 朱天心:《有时我羡慕不婚的自由》,访说时间为 2010 年 4 月 24 日,http://lady.163.com/10/0424/19/652F9MKM00264ANR.html,2011 年 1 月 7 日。

③ 胡兰成:《女人论》,《中国文学史话》,上海社会科学院出版社 2003 年版,第 243 页。

④ 朱天文:《好男好女》,《最好的时光》,台北:INK 印刻出版有限公司 2008 年版,第 76 页。

记》,苏伟贞的《沉默之岛》等也写及同性恋。本书前面三章所探讨的认同想象、身份的建构和解构以及都市空间的新议题,其对象都是某些群体甚而整个人类的,并不分性别。像被誉为"畸零族群代言人"的朱天心,她为袋鼠妈妈立传,也为眷村子弟代言,亦发出老灵魂的呐喊,对弱势群体的关注早以跨越性别的限制。上文所及,不再赘述,本节以苏伟贞为例,分析作家以女性题材为表,对生命真相的渐进试探。

一　岛屿空间

苏伟贞偏爱岛屿,她重要的代表作《沉默之岛》,直接以"岛"命名,并用"岛屿"意象贯穿小说始终;由王德威主编的"当代小说家"系列中,苏伟贞的选集命名为《封闭的岛屿》;苏伟贞写香港时期张爱玲的硕士论文,也在出版时改名为《孤岛张爱玲》。在苏伟贞的小说中,"岛屿"是一个很重要的意象,也是一个很有效的意象,承担着作家对于生命真相的多方试探。

根据《联合国海洋法公约》的规定,岛屿是指四面环水并在高潮时高于水面的自然形成的陆地区域。这是一个地理概念,台湾即是中国最大的岛屿。眷村虽然不是真正的地理意义上的岛屿,但早期封闭的状态也类似于岛屿的四面环海。岛屿成为苏伟贞小说中的主要地理空间,频繁出现于小说中,与作家的出身肯定有关,毕竟是她自己熟悉的地理形态。但这种选择更是一种主动的行为,而不是被迫或不自觉。岛屿在苏伟贞的小说中是一个功能极其重要的意象,当发达的台湾岛显现不出岛屿的特质时,则选择一些更具有岛屿特征的空间,比如更小的岛。在《陪他一段》中,费敏做出"陪他一段"这个决定时,就是在台湾的离岛:兰屿。唐宁(《世间女子》)每每在台北心情起伏时,也是到山中程瑜处——另一种遗世独立的"岛屿"——沉淀整理情绪。《沉默之岛》中的霍晨勉,更是直接表明喜欢岛屿,她们选择的活动空间一直都是岛屿:台湾岛、香港离岛、新加坡、巴厘岛等。苏伟贞出身眷村,眷村题材在她小说中占有很大分量,《有缘千里》《旧爱》《离开同方》

第四章　女性身份的三维书写

等长短篇小说都是眷村题材。眷村可以说是台湾岛上的岛屿，不管主观意愿为何，在客观效果上确实与村外世界相互隔绝，自成一方封闭的空间。眷村有眷村独特的文化内涵，但是在眷村这个极具特点的舞台上，除了演出眷村大戏外，也演绎着人性和生命。

　　岛屿作为一种地理空间，同时具有两种相异的特质，一方面小而完整，单纯明净，易于掌控；另一方面又充满变动性，更容易遇到事情的发生。岛屿是苏伟贞笔下人物活动的地理空间，同时也是一种文化空间、心理空间。不同的地理造就不同的文化，岛屿文化形态，不安于稳定，流动性强，多元不拘。岛屿，也是适宜于思考的环境。在费敏，也是在一般人的心中，岛屿生活是"简单明净的生活"，封闭且不受打扰，这样的环境，如果亦不能使费敏悟出些什么，那么台北就更加不可能了。费敏在兰屿为她和他的爱情定性为"陪他一段"。与"他"的爱情拉扯，费敏步步皆输，在金门采访的一个月让她把事情看透了。金门，也是一个小岛。《过站不停》中的东港，也是一种岛屿的形式，童先文从喧嚣的台北生活退回到东港，在她有了懈怠之心的时候。东港之于童先文恰如程瑜的家之于唐宁。霍晨勉就明确排斥大陆型的生活形态，因为这种广袤无边的空间太不容易把握，对于她们封闭型的生命探索历程不具意义，甚或说是阻力。

　　意象是"指作者在生活中因物有所感，选用最有象征性的物象最恰切地表达作者的情思"。[①] 岛屿，便是苏伟贞选中的"象"，借以表达"意"，表达她对人和生命的深沉思考，可谓"意象衡当"[②]。

二　岛屿人格

　　"立象以尽意"[③]，岛屿意象在苏伟贞小说中的第一重内涵指向是人格特征。苏伟贞小说中的人物，多喜欢岛屿，而一方水土养育

---

① 敏泽：《中国古典意象论》，《文艺研究》1983 年第 3 期。
② 王世贞：《谢茂秦集序》，转引自敏泽《中国古典意象论》，《文艺研究》1983 年第 3 期。
③ 《周易·系辞上》，廖名春校点《周易》，辽宁教育出版社 1997 年版，第 53 页。

143

一方人，岛屿之子多养成岛屿般的性格。苏伟贞小说中的人物，其人格和生命形态都与岛屿极为契合，独立、倔强、清亮、通达。

苏伟贞小说中的主角，多为女性，她们对爱情、对生命有强烈的执着，独立而倔强，性格如岛屿般纯粹明净。费敏（《陪他一段》）长相并不漂亮，但是她的"明净是许多人学不来的，很少有人能像她一样把事情的各层面看得透彻。"①《红颜已老》中的章惜，也是比一般人有些味道，整个人沉着清淡，清亮无邪。到了《世间女子》的唐宁，仍是不多见的平和与从容。生活在眷村中的军人妻女，更加磨炼出一份对生命的尊重和豁达。致远新村（《有缘千里》）里几个受人敬重的妈妈，如朱雅博、柴敬庄和李玉宁，她们都沉静、平和、处事通达。在《沉默之岛》等后期作品中，苏伟贞已经不再刻意强调"只要心甘情愿，一切无怨"的情怀，但是在更为复杂的生命纠葛中，人物仍然保持了性格的纯粹。作家偏好用"鲜明""剔透""纯净""明净""灵透"这类的词汇来形容人物。这样干净纯粹的灵魂，是苏伟贞笔下女性人物的共同特质。能让她们喜欢上的男人，不管有无担当，也都具有清朗的气质。费敏的他，是"一个并不显眼却很干净的人"②，优柔寡断的林绍唐（《有缘千里》）也是"难得见到的清爽"，③段恒（《世间女子》）更是大方、磊落、沉稳。

这些女子的性格属岛屿型，难得都那么的纯净、通达。她们的观念也与俗世不同，她们不求男女平等，在爱情中不要求婚姻和忠贞，她们不在乎道德伦理，不以别人的给予来定义获得，倔强地只在自己的生命中自给自足，在沉默中不断地寻找生命的真相。封闭、孤独的性格，并没有让这些女子掉入冷漠。反之，正是那丰饶的生命力，让她们把人生经营到如此纯粹的层次。在封闭的空间中，翻腾着更为丰饶的生命力。爱上的男人另有牵挂，费敏不是不知道，但是在兰屿独处五天后，她做出了"我陪你玩一段"的决定。费敏做出这个决定并不是顺从旧式男尊女卑的陋习，不是为了

---

① 苏伟贞：《陪他一段》，台北：洪范书店有限公司1985年版，第7页。
② 同上书，第2页。
③ 苏伟贞：《有缘千里》，台北：洪范书店有限公司1986年版，第48页。

第四章 女性身份的三维书写

挑战伦理道德故意叛世逆俗,不是为了满足"他"的意愿,而是以女性自己的意志为轴心。与"他"的一段情,费敏不仅没有得到人,还赔进了自己的命,但"藉着'失去'——情人、身体甚至生命,她反能定义她所'要'的爱是如此多,以及她所'有'的能量是如此大。她从出血的'赔本'中反证她丰饶的欲力"。[①] 唐宁也从不逃避俗世喧嚣的战场,她最终还是要回到台北,甚至需要一个有力的对手,只是期望以一种更温和的方式证明生命,而不是像余烈晴那般具有侵略性。沉默的外表下包裹着一颗炽热的心,她们的沉默,更证明内敛的身体里蕴藏的生命力是何等饱满。

《有缘千里》是一部以眷村为题材的长篇小说,铺叙了致远新村七家几代人从大陆到台湾的故事。村子里的男人都是军人,她们的太太经过流离之苦又留守眷村,都兼具女性的温柔和男性的阳刚,糅合成为坚韧,这样才把离乱的人生过到平和的境界。比如秦世安与大陆太太张素文、台湾太太宝珠由尴尬的三人行最终分为两个家庭各自开展新生活,也得益于宽容忍耐的处世哲学。作家希望化解不同群体之间无谓的伤害,不仅安排了外省孩子与本省孩子间由敌化友的情节,甚至还安排了高方与回族姑娘平珞的爱情。《有缘千里》也延续了苏伟贞式不动声色却又残酷无比的情爱演练。赵致潜与本省人林绍唐恋爱,招致林母反对羞辱,受创甚深。明知会被羞辱,仍要到林宅走一遭;明知林绍唐不可能违背家族意愿与其结婚,赵致潜仍然决定一生独身。此番决绝,只为了自己,所以林绍唐迟来的拜访,见与不见都不打紧。赵致潜的爱情就如她的名字,潜伏于平静的外表之下,没有强壮的生命力,抚不平那份不甘,耐不住那份寂寞。《旧爱》中典青,也是以沉默的姿态进行着激烈的爱情。与杨照、老大(易醒文)、冯子刚三段称得上刻骨铭心的爱情,泄露了典青掩藏在沉默外表下的旺盛生命力。她的死亡,使"典青"成为更加强烈的存在。典青也是出身眷村,眷村里

[①] 王德威:《以爱欲兴亡为己任,置个人生死于度外——试读苏伟贞的小说》,苏伟贞《封闭的岛屿》,台北:麦田出版股份有限公司2002年版,第10页。

145

沉默又骚动不安的氛围，与典青寡言又激烈的个性自然融为一体。

苏伟贞自认"军人背景对她最大的影响亦在此——她周围全是男性军人，使她更加意识到自我女性的角色"。① 这之于她小说中强烈的女性意识是不错的，但是她笔下的女性人物其实也具有很浓厚的军人特质，尤其在性格方面，糅合了军人身份具有的"冷静"和"热情"特质，外冷内热，或言"雌雄同体"。苏伟贞在《沉默之岛》提到"雌雄同体"，一个个体兼具男性和女性的特征，取其长处避其短处，可谓是一种理想的人格。

三　生命之真相

怀疑，一直是苏伟贞笔下人物的人生态度，他们不苟安于现状，他们要生命的真相。岛屿是他们生活和思考的最佳地理空间，而他们在与自己契合的地理空间中展示他们的岛屿特质，不断挖掘他们岛屿般的生命，探索生命的真相。

苏伟贞"一向擅长在爱情游戏场边插嘴总述其人生感慨"②，像《红颜已老》中那个老套的婚外情四角恋故事，却没有嫉妒和吵闹，余书林不是不愿意才没有离婚，章惜也没有要求余书林离婚，一个重要的原因是多少次婚姻也"平静不了章惜无底的人生求真正答案的心理"。③ 作为历史的特殊产物，眷村有眷村独特的文化内涵。撇开"浓浓的眷村味儿"，这样一方封闭的天地，汇聚了来自五湖四海、亲历时代风云的各色家庭，也为人性、生命提供了极佳的演绎舞台。在狭小而封闭的空间中，生命有时反而会迸发出无限的潜力。《离开同方》是眷村题材，用第一人称叙事，故事主要围绕同方新村奉、袁、李、方、段五家展开。与写实的《有缘千里》不同，这部小说充满荒诞的色彩，处处透着诡异。这不是一个致远新村那般真实的眷村，《离开同方》在内涵和形式上都进一步深化

---

① 苏伟贞：《私阅读》，台北：三民书局股份有限公司2003年版，第22页。
② 张大春：《暧昧、辗转的眷村传奇》，苏伟贞《离开同方》，台北：联经出版事业公司2002年版，第9页。
③ 苏伟贞：《红颜已老》，台北：联经出版事业公司2000年版，第48页。

了对眷村人生命形态的思考:"创造出一种原始神秘的真实。那种真实非一般俗表之真实,既带有荒谬、夸张的诡秘性,又深挖到灵魂血处,令人不敢逼视。"① 在这部小说中,眷村很重要,孤岛般的眷村又不重要,眷村人具有时代性的荒谬人生体验其实或许也是整个人类生命形态的象征。

《沉默之岛》把对生命的演练放到了真正的岛屿上。小说设置了两个霍晨勉,一个身世异于常人,另一个生长在一个再正常不过的家庭,已经结婚,工作如愿。经历相反的两个霍晨勉,是生命的两个维度。或者像袁琼琼所言:"其实尚可以有第三、第四,以至无限的霍晨勉的小宇宙,而透过无数的分化的这个'我'的经历,最后是组合成一个完整的大我。"② 虽然两个霍晨勉的人生走向不同,其本质是一致的,都在通往生命真相的路途上。两个晨勉的生命之轮差不多同时启动,都从她们遇到"丹尼"开始。一个晨勉开始情欲之旅从而清理自己碎片式的生命,开始明白真实的自己。另一个晨勉遇到身体即灵魂的祖/丹尼,把她拉离混吃等死的单细胞动物生活轨道,获得了做梦的能力。情欲在《沉默之岛》中仍然占据着显要的位置:"她的肉体在讲真话,她在表白自己的内心。事实上,她通过身体将自己的想法物质化了;她用自己的肉体表达自己的思想"。③ 晨勉透过情欲这种原始的本能,了解自我,发现自我,在欲念中体会生命的搏动,就像母亲和父亲之间。母亲从不认为自己杀了父亲是错的,她知道自己需要什么样的感情,因为对爱情的信仰而保持年轻。自杀情节在苏伟贞小说中多次出现,费敏是自杀,母亲是自杀,晨安是自杀,祖的母亲也是自杀。自杀在苏伟贞的小说中不是逃避生命,而是生命已到无路可走的地步,以终止

---

① 陈义芝:《悲悯撼人——为一个时代作结》,苏伟贞《离开同方》,台北:联经出版事业公司2002年版,第4页。
② 袁琼琼:《每个人都是一座岛屿》,苏伟贞《封闭的岛屿》,台北:麦田出版股份有限公司2002年版,第305页。
③ [法]埃莱娜·西苏:《美杜莎的笑声》,张京媛主编《当代女性主义文学批评》,北京大学出版社1992年版,第195页。

认同与解构

的方式反证生命。活着并不代表生命仍在进行，死亡可能反而是一种证明生命的方式。不再呼吸，反而证明了他们曾经何等认真地活过，得到了生命的真相或永远不可得。

在寻找生命真相的路途上，两个晨勉合起来，才是完整的。《沉默之岛》中这种设置，在苏伟贞的小说中多有延续。这也是苏伟贞文学创作的一个上升式转型，她从单纯地欣赏精神型的女性，放下眼光给世俗的一方。在《世间女子》中，对唐宁和余烈晴这两个截然不同的人物还隐含着高低之分，重"宁"轻"烈"。《人间有梦》也是如此，女主角有明显的柏拉图气质。但到了改编自中篇《人间有梦》的长篇《过站不停》，"宁"与"烈"旗鼓相当，原本不太重要的另一个女性角色，得到了更多发挥的空间，男主角与她的纠葛也从单纯的同事发展到了有肉体与感情的纠扯。童先文像早年的人，"敦厚、淳朴、直谏、易感，连表达激动的方式也那么沉默"，[1] 是一个清澈通透的灵魂，但颇有水至清则无鱼的冷冽。李磊是与童先文完全不同的类型，对薛敬的情是真，又不放弃以身体换取名利，她的面貌并未十分可憎，全赖内里热腾腾的世俗生命力。童先文与李磊，宛若灵与肉的两极，而薛敬爱童先文又同情爱惜李磊并与之上床，一切发生的自然而然，不是花心这么简单，也是在灵肉之间的不能选择。从"五四"时周作人提倡"人的文学"，肯定灵肉两重合一的真正的"人"，中国人对于生命本能的探索一直未曾停止。

  丹尼有一次问道："你为什么喜欢岛屿？"
  晨勉记得非常清楚，她说："我觉得完整。太大的空间对我没有意义。"[2]

晨勉的不喜欢"大土地"，或许还因为大土地的"大"。太大

---

[1] 苏伟贞：《过站不停》，台北：洪范书店有限公司1999年版，第24页。
[2] 苏伟贞：《沉默之岛》，台北：时报文化出版企业股份有限公司1999年版，第276页。

的空间不容易掌控,给人的压抑感更胜于太小的空间。"大"亦不代表完整,过大的空间反而会淹没各种不同的可能性。封闭而狭小的空间,更能给人完整的心理感受。岛屿是一种完整的空间,选择岛屿,折射了对完整生命的希冀。"苏伟贞的小说所言所写,皆是'心灵之洞'。"① 苏伟贞用写作追求完整,小说中的人物则用自己的人生演绎寻求完整的历程。

喜爱岛屿的霍晨勉,性格是岛屿型,生命形态也是岛屿型。人人都是孤岛,晨勉曾经试图拯救晨安,但无济于事。就像丹尼/祖是最接近霍晨勉生命的人,但也只是接近,他们就如海洋中的两座岛,各自独立。个体的独立,是霍晨勉对生命的要求之一,霍晨勉不能容忍没有思考、没有个性的单细胞动物行为,不愿按照别人的规则行事。就算有了丹尼,也只能在自己封闭的内部挣扎,自己出不去,别人也进不来。她们的生命不对外开放,雌雄同体,自己完成生命。生命犹如孤岛,是封闭的。从费敏到霍晨勉,他们对于生命的探究,都是在个体生命内部进行,拒绝了与外部世界的联系。诚如她们喜欢岛屿这种狭小而封闭的空间,认为那已足够她们思考生命的复杂度。两位晨勉都不喜欢大土地,她们在中国大陆见识到了"大土地的民族性格",两相比较,更加突出岛屿。但这个对比,却不小心泄露了"岛屿"特质中狭隘的一面。在霍晨勉感觉中的大陆是闭塞、没有变化的形象,"所有的人个性是统一的,只有一种个性",人的生命简单化成为一个"活"字。但被霍晨勉诟病的这种拼命活下去的单细胞动物行为,不能完全用"大土地"文化形态来解释,这是人的生命本能,先"活"下来才可能有更高层次的追求,与富裕后的"混吃等死"并不相同。现代人难以摆脱岛屿般孤独的宿命,只愿这种孤岛式的探索,不会是寻到生命的真相的阻碍,不会遏制了"孤岛"生命外的多种可能性。

---

① 爱亚:《红颜已老·序》,苏伟贞《红颜已老》,时事出版社 1996 年版,第 11 页。

认同与解构

　　从第二性到神性再至人性，以女性为中心点，结成女性题材的三维立体空间。不管是为女性身为第二性的遭遇鸣不平，还是将女性推至神性的位置，其实都有一个男尊女卑的前置背景，都是将女性从男权压制下拉扯出来的努力。而跨越性别的藩篱，从对女性的关心扩展到对整个人类的关怀，从社会议题深入到生命灵魂的真相，则是外省第二代女作家不断深化女性议题的努力。

结　　论

　　台湾外省第二代女作家以敏锐多感的文学之心，运行矫健犀利的笔锋，在文学版图上辛勤耕耘，收获硕果累累，既提升了她们个人的文学生命，也为文学世界增添了美丽风情。她们并非一个有组织的文学流派，没有明确的文学宣言，但先天的族群身份和性别身份使她们的创作同根共生，已显现出作为一个群体的特征。

　　与外省第一代女作家相比，第二代女作家拓展了创作取材的深度和广度，既有承续，也有了诸如身份焦虑等全新的创作因子。首先，两代女作家的女性作家身份，在她们文学创作上的一个重要影响是婚恋题材的选择。第一代女作家的婚恋观都比较稳健，郭良蕙的《心锁》算是比较犀利的，此书还一度被目为"该书部分文字诲淫，描写多角人物乱伦关系，而色情狂乱"被禁多年。但其中的情欲书写比之20世纪80年代以后的女性情欲书写实在是小巫见大巫。第二代女作家对婚恋题材也多有选择，但女性意识更强，批判的力度大于老一辈作家。社会总是在变动中发展，女性解放运动大行其道，女性主义理论步步精深，第二代女作家在批判力度和理论内蕴上都比第一代女作家又向前一步。像平路，女性意识总是与家国历史你中见我、我中有你。而且，她们的文学创作也步出闺阁之外，广采博纳。例如朱天心，积极贴近现实参与政治议题，为各种弱势族群代言；苏伟贞，从女性人生透视生命的真相；袁琼琼，也是把爱情当作人类最基本的一种感情来写。

　　另外，外省第二代女作家的取材从大陆故土转到台湾这个新故乡。第一代女作家还是保持着一种过客的心态，写作取材上频频回

认同与解构

首故土，处处都是剪不断理还乱的乡愁；第二代女作家则较少有以大陆老家为背景的作品，以关注当下台湾社会为主。第一代，比如孟瑶，很多小说都以南京等地为背景，琦君的散文里也有很多童年的故乡生活（《我的童年时代》《外公的白胡须》《压岁钱》等等），止不住的恋恋温情。这是外省第一代作家的共同特征，男作家也是如此。朱西宁的代表作《铁浆》，故事便发生在清末的一个小镇，小说中争强斗狠、愚顽不通的国民性格触目惊心。孟昭有为争官盐包销权不惜扎小腿、剁小指、吞铁浆，然而赔上性命争来的家业在以火车为代表的现代势力介入后转眼成空，其子孟宪贵最终冻死破庙。在后期，第一代作家才开始关注台湾当下，比如孟瑶的《梨园子弟》，是在台湾的大陆人的故事，一个京城班主潦倒穷困的台湾生涯。外省第二代女作家则不然，她们较少回顾往事，或者应该说，她们没有大陆往事可以回顾，有的只是父辈流传下来的隔了一手的乡愁。与此相关的，她们多了身份认同的焦虑，这是未曾在第一代女作家笔下出现的新命题。

　　与题材相对应，她们的文风业已大变。老一辈的女作家，传统文化的影响较为深刻，比如琦君，被誉为"20世纪最有中国风味的散文家，台湾文坛上活生生的国宝"，她的作品中满溢着爱与美，读来亲切感人。像《髻》这样写一个善良宽厚却遭丈夫小妾冷落排挤的旧式妻子/母亲的散文，也是以温润为底，最后身为情敌的妻妾相依为命，未显批判的锋芒。这是一代人的底色，传统文化温柔敦厚的教养。而到了第二代，个性凸显，像苏伟贞的清冷决绝、朱天心的"怨毒著书"等。其实不只她们，20世纪50年代出生的女作家，整体风格上都与前辈作家发生了很大的改变："他们一改或温柔敦厚、或清新典雅的文风而转向通俗、犀利与尖刻，作品的思考点常常定位在审视现实和提升人性的层面，呈现出社会批判和妇道批判的锋芒，女性意识、自我意识从觉醒逐渐走向强化。"[①]正如胡适所言一时代有一时代之文学，这是文学发展必然的结果。然而，在同一个

[①] 曹惠民主编：《台港澳文学教程》，汉语大词典出版社2000年版，第137页。

结 论

时代中的不同群体仍然会显示出这个群体的某些独特之处。

本族群所要面对的问题，诸如族群历史、身份认同的焦虑等，当然是外省第二代女作家与同世代本省女作家很大的不同之处。毕竟族群身份不同，又经历过族群矛盾由隐到明直至对立的年代，本省人在本土论述由弱变强的社会大氛围中，并没有族群身份的问题急需处理，外省人则不然。像朱天心的《想我眷村的兄弟们》，苏伟贞的《有缘千里》《离开同方》，袁琼琼的《今生缘》等，都是本省女作家不太可能涉及之处，不是说不能写，而是缺少身在其中的感受。本省女作家也另有自己的立场展开对本省人和台湾命运的思考。诸如李昂的《迷园》，很明显作家注入了关于性别政治的纠葛，但男主角的外省身份和女主角的本省身份，还有女主角父亲对于国民党统治不如日本的牢骚，都隐隐指向本省人对台湾前途的看法。族群不同，立足点也见差异，自然生出不同风貌。

族群的对立正在消弭中。然而生长环境的不同，确实让外省第二代女作家与本省同世代女作家的文风显出一些地域文化上的差异。李昂《杀夫》中那晦涩压抑的鹿港小镇风情，在外省第二代女作家的文本中出现的概率不大。就说林市、罔市、阿罔官这样的名字，就已极具地方文化特色了。还有盘根错节的地方家族，出现也往往是作为"他者"，就像《有缘千里》中的林家大宅。这种地域文化的差异，在女性议题中也多有展现。因为外省人的"无根"状态，让外省女性获得了更大的自主空间，处境的差异自然反映在作品中。

同是新女性主义文学的早期开创者，同是写女性的不平境遇和自立之途，廖辉英的《油麻菜籽》和袁琼琼的《自己的天空》就是两种文化形态背景。《油麻菜籽》讲述的是典型本省女性的命运。小说里的母亲"黑猫仔"有令人无比羡慕的艳色和家世，有一个财大势大的老父亲，"从日本念了新娘学校，嫁妆用'黑头仔'轿车和卡车载满十二块金条、十二大箱丝绸、毛料和上好木器"，[①]

[①] 廖辉英：《油麻菜籽》，中国文联出版公司1987年版，第1页。

婚后一年便一举得男，然而这些都无法保证相亲时老实巴交的丈夫不变坏，无法保证丈夫能顾家和善待妻子儿女。绝好的家世，在《油麻菜籽》里是母亲后来黯淡悲苦婚姻生活的一大反照，不管多么高门出身的女性，都摆脱不了命如草芥的定数，女儿嫁不好父亲再心疼也是要送女儿回夫家的。吕赫若的《庙亭》(1943年）也有女儿被娘家送回不良夫家的故事情节。翠竹因第一次婚姻丈夫早死被戴上克夫的帽子，娘家容不下她又为她寻了一个人家，没想到这家人以虐待媳妇为乐，翠竹要求离婚却遭到父母坚决反对，几次回娘家都被家人送回，终于不堪虐待跳河寻死。嫁出去的女儿泼出去的水，翠竹算是被夫家和娘家合力逼杀，娘家和夫家人一样的冷酷无亲情，可悲可愤。黑猫仔是备受疼宠的小女儿，父亲那么的财大势大仍然不能帮到女儿什么，还是要亲自把女儿送回无能的丈夫身边，让女儿认命。女儿又如此教导自己的女儿，愈加显出女性卑贱论调在社会文化中扎根之深。

纵然己身遭遇堪怜，母亲还是避免不了重男轻女，将儿子视为传香火的心头肉，即使儿子并不如女儿聪明能干且知她悲苦怜她不幸。女儿阿惠为了只需玩乐的哥哥可以吃两个鸡蛋而做很多家事的自己只能吃一个鸡蛋心生不满时，母亲是这么说的："你计较什么？查某囡仔是油麻菜籽命，落到哪里就长到哪里。没嫁的查某囡仔，命好不算好。妈妈是公平对你们，象咱们这么穷，还让你念书，别人早就去当女工了。你阿兄将来要传李家的香烟，你和他计较什么？将来你还不知姓什么呢！"① 而这段话，母亲的父亲也曾经讲过："猫仔，查某囡仔是油麻菜籽命，做老爸的当时那样给你挑选，却没想到，拣呀拣的，拣到卖龙眼的。老爸爱子变作害子，也是你的命啊。老爸也是七十外的人了，还有几年也当看顾你，你自己只有忍耐，厝不似父，是没办法挺宠你的。"② 这正是以前本省女性的普遍遭遇，家里有好的总是先分给男孩子或只给男孩子，阿惠能

---

① 廖辉英：《油麻菜籽》，中国文联出版公司1987年版，第2页。
② 同上书，第13—14页。

分到一个鸡蛋实属不错。本省家庭女孩在家庭中的低下地位，既与中国传统文化的重男轻女思想有关，也深受日本大男人主义文化的影响。也许母亲和父亲都很爱阿惠，也以这个聪明能干的女儿为荣，只是一切皆已习惯成自然。

家族①的背景是外省家庭少有的，即使有，也已留在大陆。在台湾的外省人大都少亲少戚，单门独户。家族的缺失让女性少了很多外力的牵制，《自己的天空》中的静敏，知道丈夫要把外遇对象接回家，说要离婚也就离婚了，没有夫家、娘家长辈们出来说话，不像黑猫仔还要卖自己的嫁妆为丈夫的偷腥擦屁股。第一代女性还有回忆，第二代的家族经验就乏善可陈了。很多外省人后代等开放大陆探亲后才有了大家族的新鲜经验，蒋晓云《桃花井》中的一对台湾小姐妹就是如此，在一堆各种名目的亲戚中又好奇又惶惑又反感。当然外省女性也有她们自己的经验，若说本土根系牵制本省女性的生命经验和创作视野，外省女性初来乍到的"举目无亲"，也不能不影响她们的性格和行为，恰恰又是另一种女性实践命运的场域。

外省女性获得了较多自由空间，并不是说外省女性就此踏入了男女平等的殿堂里，传统朴实守着家庭的李一梅，为爱弃家私奔的杨青，再相见都难掩一脸沧桑。女人总有一些共同的问题要面对，诸如丈夫外遇、生不生得出儿子、没有经济地位等。若不往上回溯，在都市的背景中，差异变小，所余皆个人风格而已。

外省人和女性是其身份，两者的双重结合，让外省第二代女作家在身份认同的问题上呈现出独特性和复杂性。纵观外省第二代女作家，她们的文学创作几乎都经历过一个转折，后期的创作比前期获得很大提升，越写越深刻。朱天心早期还是小女儿情态，多写一些发生在身边的事情，友情、爱情等少年成长的体会和经验，从

---

① 这里的家族，不单单是指高门大户，也涵及一个家族的历史长度。很多本省家庭不见得人丁多兴旺，也不见得是名门望族，但是往前有先人可回溯，在土地上已扎下根；往周边有亲戚友朋，互相牵制，盘根错节。而且历经几百年，已然形成一个对所有人皆具约束力的地域文化，自然形成了一种家族的效应。

《我记得……》起风格丕变,从"蓝色时期"转入"浮世之绘"①。苏伟贞亦是这样,早期的《陪他一段》《红颜已老》还有很浓的言情小说色彩,到了后期《离开同方》《沉默之岛》等对生命的挖掘越来越深,她纪念丈夫张德模的《时光队伍》,倾尽全力塑造了一种丰富、强悍的人。而这种强悍的力量,也体现在苏伟贞身上。外省与女性,是双重的弱势,而弱势的处境,对文学是有益的,正像要有珍珠的璀璨夺目需先经历磨砂之苦。外省第二代女作家虽是弱势之姿,却内蕴着无比强悍的力量,在窘困中既有有声的抗争,也有无声的坚守,这种强悍的姿态奠定了她们在台湾文坛的独特地位。

---

① 詹宏志:《时不移事不往——读朱天心的〈我记得……〉》,朱天心《我记得……》,台北:联合文学出版社2001年版。

附录一　台北访谈录

（一）苏伟贞访谈录

时　间：2010 年 10 月 17 日
地　点：台北紫藤庐

司方维（以下简称司）：苏老师，您好。您 5 月出了新书（《苏伟贞精选集》《租书店的女儿》），6 月在大陆也有出版一本新书（《都在书生倦眼中》）。其实我们比较希望您能在两岸同步出书。

苏伟贞（以下简称苏）：我以前出书时都没有特别经营这一块，而且我觉得时机也不太成熟，那现在正好。有两家出版社，相继签了一些书，所以可能 11 月以后，会有比较大量的出版。

司：差不多全部吗？

苏：散文、小说都有啦，对方先选择一些。

司：出版社选，有时候会不会不合您心意？

苏：不会，不会。现在大陆出版比较成熟了。

司：现在越来越多的台湾作家在大陆出书。我们学生要看老师的作品，主要还是依靠大陆出版，希望能看到老师已出版的全部作品。

苏：一下子全部出版大概比较困难，因为我是念军校出身的嘛，早年写了一些比较敏感的（题材）。我是觉得早期大陆跟我们一样，没有办法体会另外一种生活经验，包括出版概念，都不太一样。我觉得现在比较成熟。

司：大陆出版了一本《宝岛眷村》，有您的推荐。您为眷村文化的保存做了很多工作，您本身也写了很多眷村小说。

苏：那个时候其实还没有意识到，就是写自己生活的经验，没有那么讲究。

司：我感觉《有缘千里》时比较淡，《离开同方》呢？

苏：基本上选择熟悉的生活经验。后来，慢慢意识比较强了。因为写着写着，就会发现这样一个所谓外省人的概念，眷村的概念。前一阵子蒋晓云，她已经停笔30年以上了，现在又突然开始写小说《桃花井》。她是外省人，但父母不是军人没有住过眷村，她不忍心把她父母那一代的故事全部都让眷村来涵盖。她那个意思，回过头来想，似乎也是我们的意思，只是我们没有去想，没有领悟到，原来外省人跟眷村是有差别的。现在回想起来比较清楚啦，刚开始还是写生活经验，慢慢地写了之后就发现那是我们眷村的往事，是我们父母那一代的众生相。

司：那老师编选《眷村小说选》，就是比较有意识地在编一个和眷村有关的选集？

苏：当时二鱼文化他们想要编一些主题式的选集，就找我编眷村文学选。我不太想要编这个，那时候我还在报社，就觉得有点逾越吧。后来我就找袁琼琼去编，但长久未出版，就又揽回来了。

司：老师您现在又回到台南，您在作品中也多次提过"影剧三村"是您的故乡，一层意思是落地台南？

苏：对，国中之国，故乡中的故乡，会承认台南。

司：那另一方面是不是也代表您对外省身份的坚持？

苏：坚持？

司：嗯。我不晓得我的看法现在是否准确，从作品中看下来，在台湾族群身份似乎比较敏感，您会不会特别强调自己的外省身份？

苏：不会，不敏感，现在不敏感了。我那天还笑一个同学，他是台中人嘛，他就讲，我们台中人，我说现在已经变成这样子，以前我们都说我们是外省人，我们本省人，现在变成台中人、台南人了。他就笑，他们这一代，就20出头的、80年代以后出生的，就在那边笑。的确是这样子，现在这种省籍、眷村的意识，大概就是留在我们这一代人，尤其是因为它将要消失了。它好像变成我们血液当中的一种成分，但并不会变成意识形态的。我不是替别人讲，我只是说我自己。它已经不是一个意识形态，是我们本身生命血液留下来的。我们回想起来，比较早期的一些诗人或者一些作家，1949后到台湾来的，他们会想到说，我们是河南作家，譬如说痖弦会说我是穿过大片大片河南平原出来的，都会大概意识到自己（的原乡）。其实他在台湾生活著书，但以前的那个部分还是在他血液当中。我觉得它已经不是意识形态了，它变成我们血液里头的一部分。

司：我看老师的作品，很多写到眷村，起初会有人问你们的省籍身份吗？

苏：那时候没有特别的眷村文学的概念，后来写多了，大家才会发现，你们这些作家，其实主要也是人啦，作者的关系，眷村的作家多了，大家才会意识到，他们写的东西有点共同的特质。想想看，如果没有这么多的眷村作家，记录眷村的回忆，怎么会有眷村文学？自己有回忆已经是一个整理了，文学有这种功能嘛。

司：老师您说外省人的身份，不是意识形态，是血液里的一部分，那你会特别意识到这个身份吗？比如说你见什么人，或者写小说。我看很多外省第二代作家，他们对认同问题还是写得蛮多的，比如说朱天心老师。

苏：那会有阶段。那个时候讨论比较多，而且那个时候是本土意识比较强烈，所以在那个氛围里头会有一些声明吧，发声，对，会有一些发声。现在，我们当然还会意识到自己是所谓的外省人，然后是眷村人，其实那是像老乡相认的、亲人相认的一种经历。你可以跟其他不是的人，不是这个圈子里头的人也很好啊。

司：我来这边已经一个月，感觉同学也不太提这个，没有人说外省人、本省人什么的。

苏：我觉得是那个时候，特别族群意识比较强烈的时候。现在大家慢慢心里都比较清楚了，就没有人特别再去问这件事情，或者是切割这件事情。可是我们自己心里是清楚自己是从哪里来的。

司：那老师您介意外界称呼您为外省第二代女作家吗？

苏：我们那个代，有点怪。我们那个代，很难分，1949年以后从大陆到台湾来的，有很多的辈分，辈分都乱了，一直到现在都是这样子。像我先生他的同事，都和我们家小孩差不多，比我们家小孩大一点，但是小孩碰到他们还是得叫叔叔。我先生他们早年来的时候，都要叫我公公的同事，不过比他大个十岁左右，也要叫叔叔。他有一次叫那个前辈名字，那个前辈就给他一个耳光："姜坤是你叫的？"到现在还蛮乱的，没有特别地清楚啦。就像白先勇，你们觉得他是第一代还是第二代？

司：我们一般是把他算第二代。

苏：对啊，可是白先勇他来的时候都快念大学了。

司：辈分划分是有点复杂。就像我写论文，为了方便还是用"外省第二代女作家"，但是前面一定要有一个界定，表明写的是1950年代出生的，前边的后边的都不包括在内。

苏：比如说像骆以军，他比我们晚出生，他到底应该算哪一代呢？

司：我有一个硕士师姐刘思宁，她就是写骆以军、郝誉翔他们的，她是说他们是外省第二代里面比较年轻的、晚生的。她就觉得60年代、70年代出生的这些外省第二代和50年代出生的不一样，她是这样认为的。老师您觉得呢？

苏：只好这样分啦。要不然，你说骆以军跟我这一代，在台湾就变成书写的代，那个（书写的）代和外省、眷村那个代是有一点点差距的。（按书写的代）骆以军应该算是下一代，可是他在外省人身份里没有办法看是第几代，我也很难说我自己到底是第几代的。

司：就是说你们自己都会没有办法划分，不像外边的人给你们分得那么清楚。

苏：可能他们也是有所不知吧。

司：可能，因为我也是做这个题目之后才发现，原来第二代还是这么复杂。

苏：你们要是加注的话，还是可行的。

司：就像我那个师姐说的，可能从辈分上都算是第二代，但是出生的年代不一样，生长的年代不一样，所以生活环境不一样，造成想法、价值观等会有些微差距。

苏：还有军种。

司：军种？

苏：你是说外省人啊，我是说眷村。不同的地方，南北的眷村，跟每个军种不同的眷村，会有影响。不是说在书写上面，而是说眷村出来的那种视野。也不能说视野，陆军反正就土土的，空军描写的又是另外一回事，所以空军诗人多，空军跟海军写诗的比较多，他们比较国际军种。陆军都是苦哈哈的，写那些苦干实干的。而且，也跟军阶有关。有一次我看一篇论文，觉得很不可思议，不是属于军官级的，可能属于士官级的后代，他们就觉得说像朱天心他们那种父亲是军官出身的，是比较有权力的，就跟他们不一样。而且，写的这个人也是眷村出身的，父亲也是老兵，我猜想是这个原因，他体会的，他父亲是个老兵，年纪很大才结婚生子。还有很多的情况，父母亲都是不是外省人，也是不同的。像天心这么抗争，很大原因就是说我可以选，我可以选我妈妈那一边，但是我没有办法选嘛。可是要去续血缘的话，真正的外省人，眷村中的外省人的话，他又有不同的差异，对不对？甚至还有（结婚对象是）原住民的，或者年纪很大才结婚的。像朱（西宁）老师，就不算年纪大结婚。所以她（天心）才包含她自己本身对她身份的，本省、外省的，也不能讲认同……

司：还是有一个疑虑，或者焦虑。

苏：主要是那个时候声音太大，本土化的声音太大了。而且，应该是20世纪90年代吧，有一年，中山北路上弄了一些作家的石雕还是画像，做一些介绍，里面就没有朱西宁先生。天心对这种事情（比较看重），她觉得她父亲在台湾那么多年，那么多写作的成绩，就因为一个本土的概念把她爸爸拿掉了。也不是拿掉，就是没有把她父亲的画像放上去。因为我父亲不是写作的，他就是一个开书店的，我就没有她那种伤痕焦虑。我可以理解，但是，我说的焦虑不是说那个无理取闹啊，或者无以名目的那种，而是就不会有她那个挣扎，也不会有她那样的焦虑。她有那个焦虑，就会发声。

司：您觉得第二代的认同还是有个体的差异？

苏：当然不同啦。

司：您比较缓和，而天心老师比较焦虑一点。

苏：不是，因为我没有她的那种焦虑。我自己父亲没有在写作，我不会想到说那个文学步道上没有父亲的名字，我猜想如果有的话，我也会很伤心。我没有那种名目去对那件事情发声。

司：那老师您对父辈是什么看法？

苏：我只能说，我觉得他们基本上没有发疯是很怪的一件事情，他们是很分裂的一代，他们处在一个很分裂的时期，什么东西都还没有名字，都要等着被命名。他们到台湾来以后，所有东西都需要重新命名的。语言都不一样的，我觉得我爸在那个时候大概就意识到了，他比较难介入所谓台语的这个系统，所以跟老百姓就发生了疏离。以前来的时候，一开始还没有眷村，我爸妈他们就住在一个日据房子里，四周全部都是甘蔗园，我妈每天晚上睡觉都吓个半死，而且讲的话都不懂。我现在看我妈妈哦，每一天晚上都看连续剧，都是看台语的，我都不能理解，我说你都听不懂怎么要看这个，我婆婆也是。我就不太懂她们这个，她们很少看国语连续剧，都看台语的，我后来发现台语连续剧的剧情、情节起伏比较大。所以，我发现我父亲他们那一代，什么都面临全部的推翻，然后自己以前可能在家里面生活还不错的，在部队里面也受人尊重的，而且是（生活在）一个大家族里头，虽然复杂，但出了事情以后总是有人出面（帮助解决）。可到这边就没了。就变成眷村里的人是你人生中最重要的人际关系，你出了事情，蒋晓云说张妈妈李妈妈会有人出来帮你，其实也未必是这个样子，有的时候正好是那些张妈妈李妈妈来挑拨，或来变成你的压力。但是，就是面临这些，他们还要工作，还要养整个家庭，再也没有人可以支援你，其他你们那些村子里的人，都是穷光蛋，大家也都没有钱。如果是我的话，我就会觉得很慌乱，怎么把这些孩子带大，怎么教育他们，也没有一个父亲的、祖传下来的庭训。如果说真的是很空白的，重新开始也就还好，但是他们没有，他们带着以前的记忆，所以我觉得他们就一直在那边挣扎挣扎。所以我到了很大，我爸都没有和我讲过在大陆上的爷爷奶奶的事情，我们也都不太知道爷爷奶奶，但是我们可以知道我姑妈。我们在台湾唯一的亲人就是我姑妈，我姑妈叫什么，我姑丈叫什么，我表哥叫什么，我表姐叫什么，他们的小孩叫什么，我们都清清楚楚的，包括他们是哪里人。不过我们对祖父祖母啊，或者对老家，完全都不知道。语言，他也不教我们讲广东话，所以，整个都是把以前的放弃，我爸爸在台湾就开始重新制定我们家以后后辈的辈分。

司：我看到老师书中有写，新的族谱是"立天地正气法古今完人"，长孙起名立信。

苏：我猜想他的那种心情就是从现在开始做起，因为跟以前的那种牵扯，太痛苦的一个经验。可是后来两岸开放探亲以后，爸爸回去，他就立刻回到那个氛围里头，讲广东话，吃广东菜。我就想说我爸最后他的那个胃，那个语言哦，真的，被赶到一个黑洞里头去了。他到晚年，好眷恋老家啊，好眷恋。

司：老师书里有写他不断不断地回老家探亲。

苏：每一年啊，他都不舍得回来。后来不太能动的时候，他每个月眼睛看着我们，我爸不是个会示弱的人，所以我们就不太敢接他的眼光，就觉得，他心里想你什么时候去帮我办台胞证，就可以回去老家，可是他身体状况又不允许。

司：我在老师的作品中看到父辈探亲的内容，包括第二代探亲，那老师可不可以谈谈您对老家的感情？

苏：我呀？我不是番禺人吗，我们现在祖庙，那个宗祠是在肇庆。之前有一个堂叔在那里看祖庙，我们也回去过，也回去祭拜，然后也有我们的名字。我爸爸他不会重男轻女，我们家是重女轻男，我们都是按照辈分排的，其实女的通常是不按辈分排的，可是我们家女的也按照辈分排的，我是伟字辈嘛，宗祠里面也刻我的名字，我爸爸也把我写在里头。所以对我们来讲，老家以前是个很抽象的概念。你老家在哪里？就台南啊，影剧三村啊。后来回去以后，一看到名字在那边，我立刻就想到，以前爸爸他们到台湾时很悲伤吧。当时也觉得很错乱，没有挣扎啦，会有一点点的怀疑，你的名字永远留在那边了，如果那个祖祠不拆的话。看到那个名字，你心里面没有那么分裂，但是你的身份、你的名字是分裂的，你有个名字在那边。

　　对老家，我没有太大的感情。有感情，是因为父亲还在的时候（在那里生活过）。父亲不在以后，就会对跟他在一起生活过的地方（格外在意），很清楚地知道每一块地方都是他生活的痕迹，在哪个地方努力开创过，比较会是那种情感。他在广州的时候，我就会去看他啊，我那时还在港大念书，每次去香港就去看他。等到他们晚年的时候，我都会专程送他们去，去接他（回来）。算是我们家去最多的，待的时间也比较长的。我叔叔啊，同一个爷爷的，还有姑姑，另一个姑姑，是我爸爸同父同母的姑姑，他们也有他们自己的故事，有时候会听到一些动人的啦。他们对姑姑就非常非常尊重，我在那边的姑姑哦，在他们小的时候都带过他们。我觉得我家基本上是一个很有向心力的家庭，我姑妈，在这边的姑妈，其实昨天是我姑妈的出殡，昨天把姑妈送上山。我姑妈那时候回去，她都已经70多岁了，照样给我小奶奶，她比我姑妈大一点点，下跪，就是谢谢我小奶奶在我爷爷不在的时候把苏家的香火延续下去。我姑妈是个很傲气的人，脊梁骨很硬，我爸也是，向我小奶奶下跪谢谢她。我们家是一个父系的家族……（哽咽难言）

　　司：对不起老师，是我提问的问题……

　　苏：不会。好，再说。

　　司：我最早看老师的小说，还是《世间女子》那一本。

苏：对，对。那时我家里头的人，我小奶奶看书，她那个时候就说，唉大陆出的，应该是桂林一家出版社出的嘛？

司：那时候我还没有研究的概念，在图书馆翻出来一本旧旧的书。

苏：最早的一本，他们好像印了12万本还是20万本。后来给了我800块钱稿费，就走了。我就寄去给我小叔，他在大陆嘛。那时候800块钱，后来想说要是现在印个20万本的话，哇，简直是（很大的数字）。1989年，在广州有一个聚会，跟吴祖光先生、汪曾祺先生、李锐、舒婷、丛维熙啊，大概是十个还是八个作家，那是我比较早期接触大陆作家。那时广州正好同时开那个好像图书会，《联合报》的总编辑他们都有去，就出面请作家吃饭。结束以后太累了，就整个团到桂林去旅游。那个出版社大概之前知道我去，就拿了800块钱来给我，我就说请你们吃饭吧，他们说不要不要，赶快就走了。多年以后我猜想，他们到底是什么意思，怕我跟他们打官司？但是我已经签了那个（领款）条子，以后就没辙了。

司：我后来又从头到尾看老师的书，但看第一本书的印象一直贯穿了下来。后来老师写的东西风格还是有变的，有越写越复杂、越写越深刻的倾向。

苏：以前就写那种表面的、生活过的生活，而且也是自己那个年龄对以前生活过的一个整理，所以根本没有意识到别的东西。后来写久了，写多了，挖掘比较深了，自然而然地（就复杂了）。再加上跟同侪的一些竞争吧，就复杂起来了。

司：我发现老师您写小说，人物性格、气质啊，特别喜欢用"纯净"这样一些类似的词。

苏：嗯，我喜欢那种。

司：人物给人的感觉都很强悍，虽然外表不一定看得出来，但是生命都很强悍。我的导师，曹惠民老师，他一直都跟我讲，老师您的作品里有很深刻的东西。我就一直在想，这个很深刻的东西是什么。我觉得，老师特别喜欢写纯净的特质，生命都很强悍，这些人又好像有点怀疑生命，一直在寻找什么的那种状态。我想用"生

165

命的真相"对您的小说做一个概括，老师您觉得呢？

苏：其实，坚强以至纯净，是一种生命的特质。也许在我生活中我看过这种人，所以我喜欢。但是，其实基本上我是一个悲观的人。我会觉得人这一生没有办法避免地要让自己高贵。对贩夫走卒那样的生活，我不是不尊敬，但会觉得人只活成这样子的话，他的意义是什么？可是我对那些思考性很强，本身都没有生活的人，同时会想说，他们感官的快乐到底是什么？生活本身的快乐是什么？这两类人都只有一种生命的境界，这两种东西其实是同时存在的。我父亲那一代人，有些人在时代的洪流里头都没有失去自己，其实他们内心非常恐惧。等我自己慢慢也大了以后，我后来知道恐惧是个很恐怖的东西。它真的像莎士比亚，像亚里士多德《诗学》讲的那种，人家那种遭遇会激起你一种恐惧的感觉，就那种悲剧，还没有要到净化的那种境界的时候。我觉得那种恐惧真的是人生当中，是好难好深的一个遭遇，没有比这个东西更恐怖的了，没有比这个东西更重的了。所以，这两种生命在我的生活中都存在的。看到贩夫走卒我会质疑他生命的意义到底是什么；看到那种很有哲思的，他没有办法体会生活。写了那么久以后，我们取得了一个虚构的权力，整天在那边说故事说故事，说到最后，回过头来，我们根本没有好好地归纳一下自己的生活，在生活的过程当中那种狂喜，或者那种狂悲，我们似乎都很少去体会过。吃到好吃的东西，好高兴哦，看到一个好看的电影，看到一个好美的东西，觉得好美哦。基本上，那个东西有的时候在创作的人来讲是缺失的。就是因为他取得一种虚构的权力，就在那边创作创作，就是高来高去。现在就回过头来想写一点比较真实的东西。我后来发现天心，你去找《印刻》看，我就突然觉得她讲得对，回过头来就觉得虚构的那个部分，作家权力的那个部分，实在有点，就是觉得和生活是脱节的。现在想要回过头来找一些跟生活、跟生命本身的温度有关系的。

司：老师说的这两种状况，在老师作品中都有看到。一开始，您好像比较偏向精神层面。

苏：形而上的。

司：对，形而上的。后来就加入一些世俗的。比如说《过站不停》，《过站不停》是《人间有梦》的扩写，好像就有些不一样，你把一些比较世俗的东西加进去了。

苏：我那时候刚好从"陆总"调到台北艺工总队，碰到我先生，他就觉得我的作品，《红颜已老》那些，整天不食人间烟火，很虚无的。女主角，他说那种人都干吗，我先生都说我喜欢像张爱玲讲的那种女人，地母式的，爱死你们这些狗娘的，那种。这样才生活过啊。我觉得他那时候看出我的危机了。如果你一天到晚写些虚无的东西，形而上的东西，它其实是没有内容的，它也许有血有泪，但是它没有肉，我觉得他是这么看的。他只是点了我这个。我就慢慢思考这个事情，当然也没有办法立刻翻转过来，但是这样一直发展一直发展，发展到现在，是真的觉得那种虚构好累哦，就想要真正有一点生命力的东西。

司：老师您说要写一些新的东西，有生命力的，《时光队伍》算吧？

苏：它结合两者。因为它是纪念我先生的，基本上它还是属于比较史诗式的，没有办法界定它是虚构还是真实，里面都有就是了。

司：那本书并不是一本单纯的悼亡之书，里面还是有很多您的思考。

苏：是，直击生命的现场。

司：对。您好像把张德模老师，不仅当一个亲人、最亲密的人来写，而是把他塑造成了一种典型。

苏：我就很不愿意消费他。但是，因为他的那种个性很少见，而且说到他们那一代的人，就觉得很心疼。我讲的那些人，都是少小就离家的，他们出来时有些人还没有枪杆那么高，但是他们都发展出来一个很特别的个性，我有幸，跟过这些人，服侍过这些人，当他们的学生，然后亲眼看见他们。他们有些人也许真的很烂，很无赖，有些真的是。但是，这么大量的人，他们呈现出来这么统一的个性，有一种共通性、普遍性在他们身上，发展出来一个很戏谑的，而且不怨天尤人的个性，我觉得好难哦。相对我们现在，就看有些，甚至没有个性的人也好，就觉他们真的好丰富哦。这么小就出来了，都没有亲人，在一个部队里头，在一个大时代里头长成，可是他们就好有自己的个性，而且不是文盲。那么困难的时代，他们就一直不停地丰富自己，言之有物，他们从来不会谈什么油盐酱醋，从来没听他们谈过，也不会诉苦。就记得我们家小朋友结婚，跟我那个媳妇，他们才刚刚结婚没多久，就在那边谈那个东西很好吃、那个东西多少钱什么的，我先生就看着他们说，听听你们两个讲的。（笑）五年之后，不知道你们两个要讲什么，果然，他们不讲话了。（笑）我们是从来两个人不会谈论说那个菜一斤多少钱，我先生比我大蛮多的，要买东西，在物质上面，都不会计较，那个人你不会觉得他很贫乏。我觉得他们那一代，可以有这么丰富的内在，觉得真的好心疼他们。我基本上是把他加在那一代来写的。

司：当作一代人来写。

苏：对。而且，他那一代也不是说真正是一代的那种概念，而是他们是自己成一代的，不是时代的那种代，他们既是时代里的那一代人，他们自己个性所反映出来的，集合起来的那种普遍，他们自己有一个队伍。就像我们有时候会说，从两行中间看出第三行，我觉得他们就是那个第三行队伍。

司：老师说的那种特质，您是用流浪者，您经常在书中提到流浪者。

苏：无以名目，他们不着地。

司：我们可以把外省人都归在这个队伍里吗？

苏：不可以。完全不是一个概念。它不是一个外省的概念。我不是还写到更早之前，抗战的时候，西南联大，我就觉得那些人真是丰富。

司：您还写国宝流浪团。

苏：对，我真的觉得他们自己是一个队伍。

（二）朱天心访谈录

时　间：2010 年 10 月 22 日
地　点：台北希罗斯咖啡馆

司方维（以下简称司）：朱老师您几个月前出了新书《初夏荷花时期的爱情》，我们就从新书谈起吧。您的新书是写中年爱情的，这个应该不是您和唐诺老师，你们感情很好。既然您的生活不是这样，为什么想要写这样一个故事呢？

朱天心（以下简称朱）：我觉得一个认真或称职的小说家，也许会从自己经验出发，可是应该不是眼里只有自己，很多很多是自己观察到自己这个年龄的普遍的一个状态。当然有一种写法是只写我们这个例外，那肯定并不是我的动力，我想写的是这个普遍的状态。

司：书里写的中年爱情读起来挺可怕的。但我觉得这本书写的不单单是爱情，而是一个生活的状态，不单是爱情改变，是人的生命状态改变了。

朱：对。我不知道其他作家，他是已经了然于胸，有十足把握才把胸中的东西写出来。对我自己来讲，好像办个案子一样，有个问题在，然后你会想到底是怎么一回事情，我觉得写作对我很大的一个诱因，大概是这样一个状况。你就看到你的同年纪的很多（人），什么都有，没什么忧烦，有时候内心恍惚到底是怎么回事啊，我觉得这好像是我接到的一个案子，我试图去找它的答案。不只是爱情，可能写的是中老年的那个状况，然后女人的老法是怎么样，男人的老法是怎么样，再推回到人类学，到底是不是从根源处就会很不同，包括年轻一代是怎么样。

司：朱老师对年轻一代好像还蛮严厉的，对他们有不少批评。我也听过另外一种说法，是一位年纪较长的老师，他体谅年轻人的"堕落"很大原因来自现实的压力，好比工作难找、房价过高等等。您为什么选择严厉呢？

朱： 同样是我们这个年纪的人，好比在看我的小说的时候，说你怎么对我们这一代这么严厉。多年来，也许过了 30 岁以后吧，我不断看到我们写作的同业，简单讲，每个人都非常怕批评年轻一代，因为比你年轻就等同于你老了，很多人会非常习惯地对不同的世代绝对不说任何话，不然就是你老了你保守。那我对这一点从头到尾毫无负担，我甚至会说不要痴长年龄，你起码应该勇敢地把这个不同或是这个差异给说出来，要是你活到五六十岁或更老，看到年轻人只能说真好真了不起，你白活了，干吗有你呢？当我们一个啦啦队？你没有说出你走到人生早前我们几十年，或你比我们多阅历这么多年，你像个先遣部队一样，你到前面看到了什么，也许有好风景，也许有危险。应该有这个责任义务讲出这个差异，所以我始终一直觉得这个是我作为一个小说家的天职。我把我们这一代已经写得很狠了，这样我写其他世代才有正当性。

司： 老师有很多外省人题材的作品。老师写到外省的认同，普遍处于一种很焦虑、漂泊不定的状态，老师认为这是外省人的一种普遍状态吗？

朱： 我觉得可能是外省人每个阶段认同上的问题不同。我觉得在还未本土化时，20 多年前，大概 1949 年到 1988 年，那时比较单纯的，就很素朴的一个乡愁吧。因为很多，像我父亲他们来的那一整代人，有些就是早上到田里，然后就被拉伕拉来了。他不晓得被拉进部队来几十年就再回不去，有些家里有老婆小孩，有些家里有高堂父母，他们都没空说声再见，甚至要去哪里都不知道。还有就是，像我父亲，因为家族史的关系，对共产党是很大的一个拒绝的，跟着国民党来台湾有一些他的理想性，可是他也不会想到是追随来就半世纪回不去。还有很多很多，只是大男生，都 20 岁左右，去台湾像过个暑假，就回不去了，而且那种回不去是连通信也没有办法。你甚至在怀乡的时候，很有趣的，清明节，我住的地方附近是墓地，老的坟场，你会看到很多很多的本省人在扫墓，对小孩子来讲那个墓是代表各种鬼故事的，很狰狞，但又好奇各种扫墓的仪式,那时候村里的气氛很奇怪,你玩了回去家以后,就看很多父辈也准备了祭品,可是那个表情,因为他们根本不知道在大陆的父母是死是活,不晓得要把他当死人祭还是当活人。那是比较单纯的乡愁。

我觉得到1988年以后,李登辉上去以后,我到现在都觉得李登辉开启了潘多拉盒子,是开启了台湾省籍恶斗的元凶。他接的时候知道位子不稳,可是我觉得他用了一个最不道德的方式。潘多拉盒子不可能选择的,不能只要好东西出来坏东西留在里头,动用了省籍的时候精准地像个导弹一样只针对我的几个政敌,整个社会都在蔓延这个空气。所有外省人都被讲为既得利益者,你们是统治阶级,有没有这样的人,当然有,非常少数的那种将官级或是国民党为官的后代,可是更多的,我看到我的父辈,我父亲的朋友们,他们很多的人来了台湾,前十年国民党明令不能和在地人结婚,那时候觉得随时会回去所以不要跟在地有任何纠葛,第二是大约怕有很多民事纠纷吧。那时候很多人偷偷结了婚,得不到任何军中的补助,军队的薪饷连养活自己都很难了,娶妻生子简直是活不了。我看到我很多父辈到七八十年代确定回不去了才想办法去结婚,自己拿的是死薪水,在台湾能娶到的都是婚姻市场淘汰掉的人。穷人跟穷人的联姻就是永世不得翻身,子女连翻身的机会都没有,甚至很多娶的是外籍新娘。我住的地方,靠山那一带所谓的违建,乘捷运傍晚的时候会看到"祖孙"和乐图,其实都是他们的小孩,看着都觉得好绝望,怎么带大他啊,你能带几年?简单讲,我看到的大部分外省人,不仅跟统治阶级没有关系,也不是既得利益者,跟台湾的经济起飞没有任何关系,没有享受到台湾经济起飞的任何成果。那这样的一大批人,我都觉得欠他们一个道歉。那时候那个气氛动不动外省人应该跟台湾人民道歉,我在想马英九他们道歉一下也许是应该的,因为他们多多少少有意无意占尽外省精英的便宜,可在我看来金字塔底端庞大的外省人,时代欠他们一个道歉吧,他们要向台湾人道歉什么?在那个气氛里,他们成了政治斗争的替罪羊,我很替他们不平。

我写《想我眷村的兄弟们》，会想要把他们的整个处境写出来。那时候我有很多外省朋友，我一直很喜欢的一个学生，写了两篇文章把我骂一顿，他觉得外省人为什么要自己对自己那么残忍，他觉得我那个残忍是在向台湾人输诚的感觉。我完全不是这样想，与其让人家来随便解剖你，不如自己好好自剖，不为人知的委屈要说出来，可是自己也有很多不堪的，不是完人嘛。

刚才讲的外省的焦虑，前半段是乡愁式的。我觉得1988年、1989年以后那种焦虑就很不同，因为你被当替罪羊。甚至对很多外省人来讲，一辈子在台湾在底层过，都还心甘情愿。只是很简单的一个念头，和当初来台湾一样，我们要保家卫国、要保护人民，这是很简单的一个爱国的意识形态或一个想法、一个感情，很素朴的。可是到刚刚讲的1988年以后，你这个信念就变成一个笑话，被讪笑甚至被羞辱，那种感情对他们来讲是最不堪。唯一的信念被讪笑，我经常为他们不平。有很多的评论一直在谈我那时候的作品会说我的那个焦虑是外省人的失落，我完全不同意。失落的意思是曾经有过才有所谓失落，他们谈的都是权力，觉得说外省人肯定高高在上有权力。我父亲，也许在文学上有他很高的位置，可是在军级上他只是个上校，退役的时候，基本上是国民党的中下层军官，他没有过什么怎么会失落？

司：那您觉得现在还是这种状况吗？我感觉现在比较平和，我接触过的台湾同学朋友中还没有人在为省籍烦恼。

朱：我觉得本来就不该有很大的问题。像我们刚才讲的，1988年以前，那个省籍是有差异的，大家乡音不同，历史记忆不同，一些喜欢看的戏曲次文化的东西都会不同。可是仅止于差异，并没有到鸿沟，因为我们还是同样肤色的人，用的文字一样，甚至宗教信仰都是一样的。可是我觉得这个差异就是被政治斗争给放大了，夸大到势不两立，好像是两种根本不同的民族一样，在此之前我们很少意识到你是什么人我是什么人。陈水扁执政这八年，已经操作到极限。大家都执政过了，你有什么能耐彼此都很清楚了，所有的族群又回到起跑点了。大家都很疲惫了，都心知肚明这不是族群的问题，是权力的问题，是阶级的问题，但凡有这么高的权力，什么人都一样。我觉得2008年以后，台湾族群问题好多了。我一直也觉得始终没有清理过战场，没有真正地各自反省过是怎么一回事情。

闽南的小孩，一般城市化得很厉害，除非在乡村长大，不然他会说英语，会说日语，可是他不会说闽南语。与很多外省小孩没有任何差别，可能对他们来讲，流行的系谱的分别，你是日式的你是美式的，那个差别大过族群的。

司：通婚也是很大的原因，到第三代从血缘上也比较难分辨到底是本省还是外省。

朱：我有写一个不成功的小说《南都一望》，到最后做那样一个结尾，就是你岛上还在吵说本省外省的，他想做的事情是我要到法国南部去，到加州……到第三代，某方面来讲，我如有机会不在这个岛上我根本连待也不要待了，去当其他各个国籍的人。我也很有意地用这个做一个讽刺，当我们第一代第二代还在吵，人家才不要当你这个地方的人，人家有办法已经跑掉了。第三代根本不要选择本省外省，根本不要做这个地方的人，如果我们要继续吵下去的话。

司：我的论文选题是外省第二代女作家研究，那老师介意我们称呼您为外省第二代女作家吗？

朱：不介意。

司：我看到蒋晓云老师写的《都是因为王伟忠》，她在里面写到眷村内外的外省人是不同的。写到眷村生活的时候，她用了一个词"简单笃定"，但我看您写的是本省人"笃定安稳"，外省人是焦虑的、飘荡不安的，我看苏伟贞老师的《离开同方》里的眷村也是这样的。您怎么看这种差异？

朱：差别非常大。就像我们说台湾人不是铁板一块，台湾人也有李登辉这样的人，有许文龙，奇美电子的，也有张荣发，长荣的老板，他们上一代是日据时代的台湾精英分子。要是如果不了解台湾的近代史，好比外省人，你会觉得台湾人都跟他们一样，都是精英，跟日本人合作愉快，没有受到迫害，甚至享受荣华富贵，那就

173

大错特错了。大部分台湾人在当时是佃农,很辛苦,吃番薯签,过的是最贫穷线以下的生活。不了解外省人就会说,像马英九,像连战,都是吃香喝辣战争中没吃多少苦。有没有这样的人,当然有,他们点名的几个人都是,可是就那么几个,大部分人都不是这个样子。

我觉得外省人也不是铁板一块,眷村是一个很特别的地方,那时宋美龄募到一笔钱,要安置两百万大军,在最偏远、土地不要钱的地方盖眷村,很封闭。如果生活系统完备,一辈子都不用出眷村进城。我后来离开眷村,才有很多其他外省的朋友,那些外省朋友比较是国民党的文官系统,一般外省人分军、公、教,他们可能是公、教,公务人员和教育,像平路爸爸是大学教授,像导演杨德昌爸爸是"中央印制厂"厂长,高级文官住的不仅不是偏远地方,而且是城市的精华地区,他们一开始就没有跟在地的台湾人隔绝,会讲闽南语。文官来的时候和军队不同,军队是不能携眷的,不是老婆小孩扔在大陆,就是单身很久才能娶,文官是可以携眷来的,像杨德昌是1947年生的,抱着来的,他还有哥哥、妹妹,文官的子女年纪也偏大,他们待遇比较好,跟台湾人没有隔绝,马上就可以融入台湾人的生活。然后也比较生财有道,一来收入本来就比较多,二来他们在城市区很可能经商,在政府工作之外做一些股票什么的,跟军人死薪水封闭在眷村是不同的。他们的小孩因为在城市里头受教育的条件比较好,他们也大概都会出国去念书,出国后不管留在那里还是回来,他们大概都有搭到台湾经济起飞的便车,很早那时候台币兑美元,在美国留学生一年打工的钱寄回来在台湾就可以买一栋房子,他们立即在经济条件上是可以翻几番的,跟眷村永远在那一动都不动是完全两样的。

1988年以后,我就会发现,这真的是很微妙,刚刚讲的眷村老一代的爱国信念被糟蹋被羞辱,不仅被本省人,同样会被外省人糟蹋羞辱,被刚刚讲的公教的那群外省人。因为他们融入台湾社会融入得非常好,他们简直都会觉得那些人很像穷亲戚,他们不仅不能去体会说同样外省人你们一点不能翻身,甚至会觉得说你们拜托不要再讲了，拜托你不要被认出来好不好。王德威很长一段时间评我的东西，我就让他很不安，好像我们小时候玩躲猫猫大小孩最讨厌小小孩跟屁虫，大小孩躲得非常好，小小孩露个腿露个胳膊甚至会大嗓门说我们都躲好了，然后就泄露行迹，你就被逮了。我觉得王德威很长一段时间对我就是这样，我们好不容易躲得很好，你们为什么跑出来替外省哇啦哇啦地说话，害得被台湾社会当场万箭穿心，就国王身边的那个小孩。他们的民主启蒙也比我们早，跟在地人接触比较早、比较密集，他们看到真实的台湾人的处境；不会像我们还"大中国梦"，某方面可以说是跟台湾社会脱节的。他们对国民党的认识也早早就清楚，包括像蒋晓云讲的，他们甚至认为我才不要跟国民党，我只是没有条件在香港待下去，也没钱去美国，我一个都不想跟，我无可奈何来的，跟眷村那种"我要誓死跟随国民党"是两样的。在那个时候其实最残忍的羞辱就是外省的公、教，他们会觉得不要再讲了，像王德威说的不要被人家发现啦，说最好听的话就是赶快地融入，赶快地接受当下，不要再去讲那些可笑的陈芝麻烂谷子，包括平路也是这样的，在我看，所以她会很自在很轻松地在民进党时期当官，掉过头来会劝我们。

　　司：朱老师您除了写很多与政治相关的题材的作品，还非常积极地参加社会公共事务活动，是为什么呢？

　　朱：为什么要提公共事务，不说政治活动，就是为了要对抗政治。政治可以做的事有它一定的范围，可是在台湾这么多年，到后来会很奇怪，包括人民，会被他们操弄到（很可怕的地步）。比如选举，可以四年都不理你，但到选举就得来跟你（拜票），就像男生追女生，唯一人民可以拿票的时候，可以说我说要干吗干吗。作为选民，医生可以讲健保应该怎样改，校长可以讲教育资源要如何分配。本来可以这样要求的，可是正好相反。好不容易可以四年开一次口，一被分成蓝绿，不仅不会捍卫自己的权益，甚至放弃掉自己的权益，我用一个夸张的话，变成打造权力大神的一块砖一块瓦，献给他。当全部人都变成蓝人绿人的时候，是最好操弄的时候。我觉得我自己在做的所谓社会公共事务，很希望能够唤起人民

175

的，原来的社区也好，价值意义也好，最切身的（利益），暂时忘记蓝绿。各种弱势团体，大家能够紧密地结合，奥援彼此。不管政治人物是哪个，又要把你们分成两拨，能够让彼此很清醒地知道（原本的诉求）。

台湾有个说法，你要是不理政治的话政治会来理你的。我们常在讲，为什么东南部的选民老是容易被政党所操弄，就是因为资讯不足。很多人没有订报习惯，没有上网，唯一取得资讯的机会就是政党。你是空白的时候，有人要画什么，就是他的了。对政治的了解和关注，不是要参政，而是我希望不要被任何一方牵着鼻子走，称职地做一个独立的人。

司：您是女性作家，但并不是以女性题材为大宗。您经常在作品中为各种弱势群体代言，您写女性的作品，像《袋鼠族物语》是写母亲，《新党十九日》写家庭主妇，感觉也是其中的一种。您可以谈谈您的女性观吗？

朱：眷村有一点非常好，男女是平等的。在台湾社会有一个说法，就有一个刻板印象，不要娶眷村女孩，眷村女孩最烂，家事都不会做。确实，上一代丢个光，来这边连规矩都不记得，原始家庭，乱世过来好不容易有自己的儿女，疼都来不及。所以我跟唐诺就争辩过，好比我到他们家，我就很不习惯，他们永远是把我当客人，姐姐妈妈在厨房，还有阿嬷，外面菜放好了，就是他爸爸、他、我，偶尔他哥哥。在我们家就是全家坐下来一起（吃饭），我就很不习惯，菜又很好吃到底要不要吃完，后来才发现他们都很节制也不吃完，我们就离开了，坐旁边泡茶，姐姐妈妈她们会来。我后来多次发现这是他们的习惯，好封建哦，台湾家庭就是这样啊。后来我也觉得我们眷村的那种男女平等不是天上掉下来的，是特殊时空的产物。我们家三个女生，我也很难感觉得出男女不平等是怎么样。我经常好奇男生的世界，因为在外边玩疯了，每次时间到了各自就会把小孩喊回家，就觉得这些大人活生生把你的好朋友们都拒绝了，只好回家。然后好奇那些男生回家在干什么，女生回家在干什么我太知道了。我一直对男孩子的世界，他们私下在干吗，我会非常好奇，始终是一个没有被满足的（愿望）。更不用说到后来因为青春期的关系，他们就不跟我们玩了，本来哥们儿一样，这让我惆怅好久。我一直觉得成长是跟童年、跟记忆、跟眷村全部是在一起，那种挥别法是好剧烈的，几乎是断裂式的。

我觉得我在生活中重要的男生，我父亲或唐诺，都是那种非常给你空间给你自由，好像本来是不该给的一样。他可以把自己做到对你没有任何的要求，我觉得我的自我非常非常的完整，我很难像其他女性主义作家，也许受制于她的成长经验，强烈地感觉到男女不平等，感觉到父母亲的重男轻女，在职场上感觉到身份被歧视。我没入职场，人家编辑只认你的文章，不知道你的性别。我真的在性别上没有任何压力或创伤或压抑，甚至到现在我都不觉得我有醒觉。这对我来讲，从来不会是一个题目。

我很缺乏性别意识，甚至很困惑。从小到大，我跟女孩子在一起的时候，大部分时候我觉得我是个男生，和男生在一起的时候，我更觉得自己是男生，我非常珍惜跟他们相处的那种男孩子关系。我知道女孩子恋爱期间会给男孩子很多考验，我的情况不完全是这样，我对朋友是很耐烦很细心很温暖的，独独给他苦头和折磨，我多年后看回去，一句话我恨或者说抵抗他把我变成一个女孩子。因为他的关系，你认了吧，你还是有女性的部分，那个折磨是在抵抗这个过程。我觉得我这个问题的困惑要多过作为一个女性社会性那个角色的部分。

司：所以您多写其他弱势群体，而少写女性题材。

朱：当然，我也不希望受制于自己的经验，因为没有被压迫的经验对这个就缺乏关注。可是有时候你眼前会有更多的弱势人群、弱势团体，都是立时可见，甚至是性命交关的。像我们做动物保护，昨天晚上有人打电话，一只刚出生三天、眼睛还没有睁开的小猫，被人扔在路边，要不要去做？你就得立即做。这些会让我觉得比超越自己性别的经验更急迫，即便我理智上知道完全没有天下太平，还早得很，但多少会受制于你的经验，（女性问题）不是排在前边，永远会被其他（议题）插队。

司：我发现您写的女性题材作品，大多数都是已婚的家庭主妇或者妈妈，其他的诸如职业女性就比较少。这种选择是偶然的吗，还是有目的在？

朱：有时我会把文学创作看作是一个分工，让她们最有切实感受、有急迫性地去写吧。作为一个文学圈来讲的话，可能有人在种玫瑰花，有人在等个乔木的长成，都很好，就去做自己最擅长的，感觉最急切的。就像我做弱势群体，有人会问你为什么不做性别？在我感觉，她们已经很多人了，战斗力很强，虽然在她们主观上很少。我去那个人力比较少的，比如动物保护，动物是弱势中的弱势，不会发声。在写的时候也是，职场写的人很多。这本书（《初夏荷花时期的爱情》）这个年纪的女性什么都有了，有车子有房子有儿子还抱怨什么，真讨厌，我也觉得讨厌。可正因为这样她们的处境是不被人着墨的，用爱情这个字你都觉得脏了爱情。我大概还是会对，不管大家疏忽了还是不屑于写的那样的领域，比较有去探险的兴趣。去写那种无人地带的，好像这对我是一个比较大的挑战和动力，是我选择题材和关怀的一个真相吧。

司：老师您比较想要读者看到那些不为人了解的部分。

朱：对，我比较看重这个分工。我也面临过（批评），好比说我写《春风蝴蝶之事》，其实是写女同性恋，有人说你为什么会写得这么隐晦、龌龊，不写得亮堂堂。我会说那个让真正那个样子的人写，那样写会有它的力道，我更关心那些一生都不顶天立地的人，可能糊里糊涂结了个婚也生了子女，一生都是个删节号，都没有画一个句点。年轻时从来没有大的感情波澜，很寂寞、人生很无趣的时候都会想到他，可是根本不知道（是同性恋），因为在现实中已经有家庭有子女，这可能是更多人很隐晦的、不为人知的处境，不管是男同性恋还是女同性恋。我更想写这一块，很不英雄，很懦弱，不敢勇敢地去争取，不管你是否意识到社会制度、道德等。与其去写非常清楚的英雄形象，我更好奇这些压抑着的、很卑微的、躲在很灰败的生活里的群体。

同性恋有他们非常艰难的处境，毕竟社会到现在，制度上、道德上甚至宗教上都还没有任何他们的空间。怎么办呢？我也只能够在同志大游行的时候去奥援一下。我觉得东方社会与西方社会很不同，东方社会是整体的社会，反而对这个事是宽容的，或者说回避不及吧，反而父母亲是出柜的最大困难。西方父母，因为个人主义或者别的，反而会给他们空间，社会反而没有我们想象的那么开放，因为他们有宗教什么的。东西方社会是倒过来的，各有各急迫要争取的。过往的同志书写，因为要通过社会主流的（认同），必须用俊男美女，里面各种英雄形象。不久前我们选联合文学小说奖，我们没选的那篇同志小说，里面人物个个都像希腊神祇般俊美。我们觉得可以了，同性恋书写早应该过了英雄美人的时代，应该写写里面的阶级什么的。几年前看过一篇我就很感动，主人公有家庭，事业有成，翘班去约会，约在很漂亮的旅馆，等小男生的时候看到自己影子，哇，大肚皮，很不堪的样子。我喜欢这样的书写，我觉得这才是更多人的处境。

司：您这样写，在乎读者的反应吗？尤其是年轻的读者，他们似乎很难有您说的这种生活经验。

朱：我三十几岁的时候，有次一位作家说我怎么不再写十几岁的东西，因为我现在三十几岁啦。他说可是大部分读者都是十几岁，他就好心劝告我应该好好再去写十几岁的东西。这对我来讲是不可能的事情，你不可能回避掉你目前最关注的困难与困惑。现在的读者他们大概喜欢什么我都回避知道，因为意识到后我也会去写那一块。我很讨厌取悦这件事情。就像我喜欢的作者，要是他不专心创作，一直回头来问你喜欢看什么，这不会是我看的理由。我喜欢他专心专意去做他的，不要意识到读者的存在，也许他写的作品到后来我们跟不上了，看不懂了，最终就告别了。他也许不再是我喜欢的作家，但是我尊敬的作家。作为读者如此要求作家，那作为作家更会用同样的标准要求自己。我绝少在乎读者喜欢读什么，我很希望跟我一起看过同样风起的一代人，跟他们一起分享，一起老去，帮他们记得曾经有过的东西，对我来讲是最大的意义。

司：说到年轻的一代，您觉得外省第二代中的晚生者与早生者有区别吗？

朱：很不一样，也是我讲的，融入台湾社会融入得非常好，几乎行迹难辨，也非常知道权力关系，非常知道权力运作的。这群人成长时就已经很王德威，知道要躲起来，要保护自己，要随着环境变色。我们这代人对战争，虽然没有经过，可是很扎实地听过，贫穷的尾巴也经过。我们那时父辈还是中壮年，到他们，战争太远了，父辈成了讨厌的老头，没有人要听他们讲战争，已经翻过一页的事情，非常远了，贫穷也一样。养成的环境很不一样，我们的包袱重很多。

司：朱老师您去过大陆探亲吗？

朱：只去过一次。1991年的时候，因为爸妈都要大三件小三件拿很多东西，一定得我们陪，三个姐妹每个人陪一年。后来没再去。其实我们老家的亲人都非常好，比起很多探亲故事。听过很多探亲故事，很多老兵自己平时节衣缩食，去那边却总得衣锦还乡，他们的亲人也以为你在这边生活很好，也会有很大的需索，后来就不太敢回去。我老家后来迁到苏北，都是很穷的农民。我最亲的姑姑在南京，高中老师，守寡带大表哥。她就完全一介布裙，但她觉得生活得很好啊，所以爸爸寄的钱，她都帮爸爸另外存一个户头，一毛不准动，跟爸爸说你万一将来养老或是买房子啊，就用这个钱。他们就是让我们完全没有任何的负面因素，可以回去。我回去一次没有再回，完全是因为台湾的因素。我到多年后，爸爸不在以后，我才会懊悔。我觉得当时不断在检验外省第二代，我只回去一次后来完全不再回完全是为了要随时准备被问那你回去几次，怎么样只回去一次。因为你要说每年都回去了，他不管你回去老家是扫墓还是什么，你就是倾向大陆。我觉得我完全是对这些人的负气。可是我觉得这些负气，让我错失掉后来这些年跟父亲。你看他很孤单，也拿不动东西，这是我很大的一个懊悔。直到爸爸不在以后的再一两年，好比三峡大坝最后要动工了才去了一次，这一两年跟朋友去北京、上海。

司：那您对老家是什么感情？

朱：很早就让她留在一个文学的世界里。爸爸写老家写了非常多，那去看的时候，就是印证了爸爸笔下的那个世界。叔叔堂哥们人都非常好，很朴实的农民，二愣子（笑）。我去的时候，看到堂哥的小孩子，一脸雀斑，动不动就脸红，即便是十几岁的男孩，哦，这是亲人，这样子。我觉得我一直在节制那个感情，不让它蔓伸。

司：朱老师您也写了很多都市题材的作品，您觉得都市文明最大的问题是什么？

朱：我自己的担心是很中产的那种（残酷）。任何一个国家其实都希望有一个庞大的中产阶级，但从一个写东西的人来看，或你做弱势人权的，最怕中产的那种，他会很理智，很实际，可是理智、实际的另外一面是很算计的、很冷漠的，于己有利的我就去做了，不是切身相关的他基本上是非常冷漠的，很自私，很讲究干净，很讲究效率。对一个国家整体来看，要进步的时候这是一个很大稳定推助进步的力量。可是你置身其中，好比做弱势人权，我就会痛恨中产痛恨到极点。他们权利义务观念会很强烈。好比最简单，我在做流浪猫的时候，有一个很豪华的社区，公共空间照理不可以圈起来，可我们台湾照样圈起来。×区是连着山，开放空间那么大，两三只猫，照顾得好好的，也绝育了，也提早打预防针，天天也是我们去喂，没有任何可抱怨的，可居民跟我们讲我们有交管理费它有交吗？我想说你丢人你跟只猫计较。它没有交为什么可以住在我们的资产上？非常中产阶级的语言。要不就说人活不下去都会自我了断，去烧炭自杀，你就不要喂它吗，不要喂它它也会去自我了断。就是那种很残酷，或者那种权利义务（的观念），我花了钱交了税。那只是代表你暂时在台湾这个地方，地球不是你的，不是只有人才能住的，其他的物种或于你没有利的就置之不理。

我最怕的是这种中产的残酷。我觉得在陈水扁时代就大力发扬了这个中产的残酷。他当时把公娼赶出去，中产的想法就是人人有老婆啊，要解决性需求有老婆或者女朋友，要不去很高档的酒店，这是中产的想法。他不会想到很多，好比外籍劳工，月收入不到几千,或者一些老先生,已经丧偶很多年,靠子女孝敬一个月几千块,这些人的性需求都不是吗,只有你中产的才是正当的,他们无视这些。陈水扁不去动那些高档酒店,那些都是他的选票和金主们,可是又要建立道德形象,就把公娼当垃圾一样清除。我最早对他失望的时候,是看到他这一点,觉得台北这个城市好可怕,只能够让那种住得起的人住,住不起的人一概滚出去。他还有很多政策都是围绕这一点,都是为交得起税的人服务,那不仅是一个制度的问题,我觉得人的心态都会改变,他们会对很多很多的弱势都觉得我们不需要照顾你,不仅不交税还要占我们的社会福利,我们交了税还要来养你,差不多一点吧,自己知趣走开吧。我自己要是对台湾、台北,要是有任何不安、很不舒服、极度不满的话,就在这里。中产性格的自私在经济不好的时候会更变本加厉,人的残酷性常会让我很失望,我很少对任何事情会很沮丧,可是我听到这种残酷的时候会让我对人性很失望。

司:那如果有其他地方可以选,您会选择离开城市吗?

朱:如果要是有任何可以选择,我还是会选择在城市生活的。因为对人的行为活动永远充满好奇,这是你书写的一个主体。城市也够复杂,够独立。其他地方,像我们刚讲的台湾中南部,会受制于执政党,美国中西部农业的州也是。这个并没有带着贬义,其实我带着很大的同情,因为资讯不足,所以独立思考的条件不够。相比之下我喜欢城市,个个都是独立的,因此会产生多样性,每个人思维的空间很大,是我比较喜欢的一个场域。

司:老师您今天讲了很多,听了很有感触,谢谢您!

(三)平路访谈录

时　间:2010 年 11 月 1 日
地　点:台北诚品信义店

司方维(以下简称司):平路老师,我博士论文的选题是外省第二代女作家，老师您介意将您放在外省第二代女作家里面吗？

平路（以下简称平）：我不介意，名称怎么称呼都可以。

司：我发现老师您比较少写和省籍身份有关的作品。

平：我也没有特意多些或少些，我觉得那个应该是在作品中自然会看到的身份。所谓身份，应该就是你这个人的生命上的符号吧。那我觉得作品当中应该会自然浮现，到底浮现了多少，身为作者常常会看不清楚。所以，我的意思是我并没有刻意多写或少写。

司：有段时间台湾关于族群问题的讨论很多，外省人会被质疑爱不爱台湾之类的。很多外省第二代作家会有身份的焦虑。老师您有感受到这方面的压力吗？

平：应该还好吧，比较没有因为我是外省身份的关系而（焦虑），就是我没有很意识到，所以不知道要怎么回答。

司：所以，老师您并没有因为省籍的困扰而写作？

平：对我来讲，准确地写出我要写的东西，比较是我关心的部分。所以其他的，我觉得很少困扰我。

司：老师您怎么看外省第二代这一代人呢？

平：我很少想过这样的问题，或标签，或界定。对我来讲，作者最大的困难是面对文字。我甚至比较会，其实我还比较会想台湾作为一个整体，台湾跟大陆的关系等。所以我很少把自己又再切分一次，说我是外省第二代的作家。可是我相信我当然是的，本来我的出身就是外省第二代，以你的定义的话。它会自然浮现在文字中，所以我没有刻意去说他，我也没有刻意不说他，我写的就是我关心的问题。

司：就像您写《椿哥》，也还不是因为他外省第二代的身份？

平：对，对，我写他是因为他是个小人物，在现代这个社会被挤压的一群人。

司：椿哥很容易让人联想到老舍的骆驼祥子，都是社会最底层的小人物，因为内外各种原因而奋斗失败的故事。但我们也不能否认椿哥的命运和他外省第二代的身份完全无关。

平：对，我觉得你讲的对。

司：老师的《行道天涯》《百龄笺》等小说都是历史题材的，那些算是民国历史吧，那时候老师有意识到外省的身份吗？

平：没有。

司：老师前面说您比较关心台湾跟大陆的关系。那老师您对老家是什么样的感情？

平：我对老家的感情其实是经过我的父亲吧，我得要通过他的眼睛看出去就充满了感情。因为我跟我父亲的感情真的是很深刻，用深刻讲是很准确的。他对我真的非常重要。我想到老家，想到的就是父亲的家。他是非常念旧的人，他来台湾很多年以后，心中的家乡永远是山东。我也陪他回去很多次，那个感情有很坚强的纽带，就是父亲。

司：老师，您怎么看您父亲那一代人呢？

平：这是大问题。经过战乱的，生命非常地辛苦，记忆非常地残破，始终有一个失乡的感觉，就是失掉了家乡的感觉。

司：谢谢老师这么忙还愿意抽空回答我的问题。

（四）袁琼琼访谈录

时　间：2010年11月4日
地　点：台北明星咖啡馆

司方维（以下简称司）：袁老师，我的博士论文选题是外省第二代女作家，眷村是一个很重要的部分。可以先请您谈谈对眷村的看法吗？

袁琼琼（以下简称袁）：在我书里写的那些军人，台湾眷村，他们的地位其实蛮低的，因为非常穷。那个时候，国民党打败了来到台湾的时候，很多人是只穿一身衣服跑过来的，来到台湾后没有认识的人，因为是大陆来的。军人的话还受到所谓的照顾，但顶多只是发口饭吃，其他的照顾不来。他们来到台湾以后，没有吃的，没有喝的，没有用的，没有亲戚，非常多的人在大陆都很有钱的，地很大，都是少爷小姐，来了之后一下子掉在地上，非常大的落差，而且甚至说有些人来到台湾的方式都很艰难。有些人是非逃不可，能来到台湾的人很少，挤破头，把全部家产都卖了。另外因为国民党要带军队过来，军队要眷属，我要带我的老婆，我要带我的父母亲，一个人只能带一个，通常都会选带老婆或带孩子，父母亲就留在那儿。后来两岸通了我们返乡探亲，看父母亲啊。

眷村那一代，非常特殊，它是来自四面八方的人，有不同的背景，有不同的个性，有些是非常有钱的人，有些是穷人，这时候大家都非常平等，住一样的房子，过一样的生活，大家都很穷。我们现在眷村，小时候都是一家开了饭以后他会去看隔壁小孩子有没有吃，爸爸妈妈没回来的带回来吃，我们那时候真的有点类似人民公社，不是强制的，是自愿的，都是隔壁邻居嘛，看到什么情形会自然而然照顾，也没什么钱，有一口饭大家一起来吃。你可以想象到，人跟人之间关系这么密切，知道他没钱了，知道哪个爸爸妈妈该在家的时候不在家，所以事实上都知道，也管不住嘴，就开始批评啊讲啊，眷村里头也有很多那一类的事。我有时候看大陆一些写乡村的小说会讲到在一个小村庄里或者小市镇里那个留言飞来飞去的，眷村里头也常常有这一类的事。但眷村要比那种小村庄好的，没有道德制裁，大家就是爱说，说了之后也没什么影响，你没办法把他抓去关起来啊。所以眷村里有很多很多的故事。但它这个情形是空前绝后的。唯一可以做个比照的，就是20世纪40年代以色列建国的时候，非常多的犹太人放弃了自己的身家，全家移民搬去以色列开始建设，他搬去以色列建设的时候基本上也是从最贫穷的状态开始，那些是有理想有目标来建国的，贫穷他们愿意，有点像美国那时候的西部开拓者，他们是有理想有目标的，而且某方面来说他们还带着家财。可是这些人是我不要来我不要来，可是被拉来了，丢在这地方，是蛮悲惨的。大陆有类似的地方吗？

司：军区大院？但并不完全一样。50年代的时候，组织一些人去开垦北大荒……

袁：哦，我知道，我理解，他们还一大堆人到西藏去啊，新疆，还有东北，一大堆人移过去。但他们一个状态和这个地方的不一样，他们在那开垦荒地可能那个地就是他们的，就在那安家落户了。这边的人他们都是十几年了，待了这么多年都还是想回家，从来没有觉得说这是自己的家。我们眷村里头有非常多的故事是很惨的，很多人总觉得说可以回家，等了二十年不能回家。因为以前可以回家，他在家乡有老婆的，他在这里不愿意娶老婆。我看过那种上校阶级的，人也长得堂堂正正的非常好，他在大陆的时候因为有老婆，蒋介石一直说要"反攻大陆"，一直抱着那个信念，全民都在很快回去的氛围中，然后十年过去了，二十年过去了，三十年过去了，他们自己也觉得说可能要在台湾待下来了，不能不留个根，那时候有这个想法的时候他自己已经五十岁了，然后军人的地位非常低没有钱，他在这地方还没有家，没有亲人，什么都没有。那时候通常能娶什么样的妻子，正常的女孩子不愿意嫁给他，只能娶那种残废的，或者半残废的，腿不能动或者说瞎子聋子或白痴。那种心态出来总觉得说要留一个根，只要有个孩子就好，就会去娶那种智障的，可是大家知道会遗传的，所以事实上很多眷村的人，十分之一的或者更少百分之五，他们的下一代都是这一类的人。他们就是很劣等的眷村第二代，很惨烈的故事。

司：很多外省人其实过得并不如意，很辛苦的。我也看到一些说法说外省人在本省人眼中还是比较有社会地位的，不是说现在，是指早期的时候。老师您怎么看？

袁：这个是这样的，最初的时候，在国民党来之前，这个要牵涉到历史的，我们讲的题目好大，怎么办？事实上我也在写这样一本书，所以有非常多的想法。大家都知道，台湾本来是日本占据的，一直到第二次世界大战结束以后，1945年的时候日本才离开台湾。日本离开台湾的时候，国民党就已经派人来接收了，把台湾从日本人手里接过来，而日本统治的时期台湾人在政府里一点地位都没有，台湾人那时候很多行业不能做，他们不能够当律师，不能够当军人，没有政治地位，唯一能够做的有社会地位的行业，只是医生和教员，其他的行业他们不能进的，政治圈不能进，金融界不能进，是这样子，日本人管制得很紧的。你们可以想象说，他们被日本人管制那么久的时候，事实上也有非常多的台湾人抗暴啊。后来终于日本人退出之后，台湾人自己的一个心态是我们台湾人可以出来管台湾人了，还是有一些有想法的人嘛。可是没有想到他们面对的是国民党直接派人来接收台湾，派来的人在台湾人来看就是外省人，从大陆过来的。可是很荒唐的一个东西，事实上所有的台湾人都是外省人啊，他们主要从广东、福建过来的，许多人在台湾光复之前，来到台湾才不过二十年，但是他就成为了本省人。而以1945年为界线，在那之后过来的通通都变成外省人。不可否认，蒋介石带着他的政府过来的时候，用的都是他自己人啊。我们从比较人情的想法来讲，当然要用自己熟的人嘛，我不可能用一些其他的人进来。另外，那个时候还很乱，台湾刚刚收回来的时候，他们在日本统治下已经五十年，我都觉得台湾目前啊日本化的情形很重，很多广告都是日本人穿和服啊，我今天出来的时候在捷运上还看到一个台湾的广告，那个人还穿着日本服啊。台湾人那时候有个不平，就是说妈妈回来了，但是不疼我，带着别的儿子来管着，把我的家产让别人管。心态上会有一个这是我的，一直被日本人霸占，日本人赶走了之后大妈来了，把这个地方给抢了，那个时候台湾人一直有一个不平之气。

事实上台湾本土的人待了大概有一百年，至少三代，很多人都已经落地生根了，尤其蒋介石来到台湾以后，他有一个非常重要的政策叫耕者有其田，最初的时候台湾的农民都是佃农，三七五减租法令出来后就规定说地主只能拿三七五，剩下的就归种地的。这个实行了几年看看大家也就不吵了，他就耕者有其田，用钱去跟地主买田分给佃农。到后来台湾本土的人是蛮有钱的。现在所有大财团统统都是台湾人啊，他们的根基基本上就是他们自己的土地，以及他们自己的产业。

我是觉得说，外省人来到台湾，第一他们是军人，保卫这个地方，他们是底层阶级，非常的穷，但是他们必须要负责治安、警察，以前台湾人也不可以做警察，只有保正，保正是帮警察的，外省人来之后，军、公、教人员，军人警察都是做一个保护台湾人的作用。商人非常少，地主非常少，根本就没有所谓的既得利益。另外就是上层的政治阶层的人物。那时候外省人是两个阶层，一个是非常有钱，有地位，另一个是非常低下的。中间的那个所谓中产阶级也有钱也有地但是好像老想要当官当不上去，但是很有钱，开银行、开银楼、开大店的那种都是台湾人。有一个事情，一个人穷到极点，没地位到极点，他就不讲话了。看到自己还有可能，觉得说我可以得到而不能得到才会叫。所以台湾人那个心态，他在那边说什么外省人（地位）比较高，事实上是把上面的那个地位和下面的那个地位（混在一起），他没有办法去打上面的那个人，他就来打下面的，把你看成同样的一个人。有点像国外的那个仇华运动，对不对？他恨你们大陆人，那么有钱，一个个那么强势，就去打那个国外的华人。那些华人有地位吗？有力量吗？没有啊。你看到的那个外省人有地位，是用一个吊诡的方式把它借到这个地方来。其实完全不一样，有地位的是上面的人，没有地位的是下面的人，问题是他们动不了，他们就仇视下面的人。

司：现在我们知道眷村里的外省人和眷村外的外省人是不一样的，蒋晓云老师也有写一篇文章说这个事情，老师您怎么看？

袁：刚才讲到来台湾的有军、公、教三种，商业的很少，商业的都跑到香港去了，在香港发家的都是上海人直接过去的。我觉得蒋晓云说的对，这三类人他们的环境是不一样的，国家民族感情不一样，生活的境况也都不一样。有一个东西可以注意，就是蒋晓云她被称为外省作家，也被归为外省第二代，她不是眷村的人，她的这个心态可以代表某一种人的想法，我是外省人但是我不是眷村人，你可以知道眷村是一个被贬低的位置，所以她会说我不是那样子的人。证明了一件事，身为眷村子民，是一种贬义，除非完全没有办法否认，不然一般人不愿承认自己是眷村人。只有在两种情形下不会称为贬义，在他成为政治人物的时候，很多政治人物要强调他的眷村出身，因为他要争取眷村人口的票。另外，像天心，像苏伟贞，或者像我，我们自己已经在文章里头明白地说了我们是眷村的，这是一种我们不能否认的背景。另外，某方面来讲我们是眷村之光，我们没有埋没眷村，我们没有给眷村带来耻辱，我们愿意承认。但是事实上眷村充满了非常多的负面的东西。你没有办法否认你的背景，然后你又有了一点点成就的时候，你会承认你是眷村人。但是一般的只要能够分割的他都宁愿分割，因为眷村是一个贬义的说法。而且眷村也很不成器啊，尤其现在的情况，第二代、第三代下来的时候，一大堆乌烟瘴气的事情啊。我不知道这比方对不对，有点像那个，大陆不是叫什么南漂北漂吗，他们漂到那个地方以后啊基本上都没有办法有什么成就，虽然有理想有抱负，但生活都过得很差。通常一个人他都会希望脱离那个身份，而不是以有那个身份为荣。我同样有这个背景，我不以我有这个背景为荣，我只是觉得我理解这个背景，这不是一个好像什么我家里有万贯家财，不是这种背景啊。你看蒋晓云那个话，她是在告诉你你不要以为我是眷村的人，我不是哦，我没有那么糟。

司：蒋晓云老师还提到眷村的"忠君爱党"气氛，那种国家意识，她的父辈那些外省人就没有。

袁：我得这样子说，你可以想象眷村人，我其实也没有啊，我也没有非常强烈的那种意识啊。因为你想想看，你不要说眷村好不好，整个台湾在那个时候，因为蒋介石在那个时候刚刚才到台湾嘛，他检讨他之所以失败最大的败笔败在哪里，败在文化。因此来到台湾的时候他就做思想教育啊。我们有三民主义课啊，有社会德育课啊，这个是生活的一部分唉。这个东西牵涉到两件事情，一个是真正地背着血海深仇过来的那些人，他们真的是。我以前一个朋友，就那样被拖来了，他是他爸爸妈妈的独儿子，而且是老生子，很老的时候才生的。忽然被拉去当兵，就带到台湾来了，完全不知道这孩子到哪儿去了。国仇家恨那些东西，你必须要找一些东西来责怪啊，我们既然在台湾，就只好去怪毛泽东。我相信某些人就会怪蒋介石啊，就这样的嘛，我们要找一个名目来责怪嘛。那个时候全民都是这个样子啊，那时候那个国家意识我觉得是整个岛的一个意识，像我们这种文学少女，在那边随波逐流的，接受那个环境，但是并不会真正地有强烈的那个意识。我自己感觉我那种意识其实不强。我后来在 1982 年还是 1981 年的时候到爱荷华去，那个时候你们的"文革"刚刚结束，那时候我到美国去看到大陆人的时候，我真地觉得很奇怪，我那时候也三十多嘛，因为从小被教的是大陆人很可怕的青面獠牙的，抓到女生就不知道干吗了，我在那里看到大陆留学生，哦，也是人呐，也都蛮好的。我自己觉得我那个时候国家民族意识没有那么强，我面对一件事情，后来让我体验到我实在是太没有政治意识了。

司：我看老师的作品，也觉得老师并没有特别突出眷村的背景。像《沧桑》《今生缘》，不能说眷村背景对小说完全无意义，但感觉不是要特别突出的。

袁：我想我一直不明显地把时代背景带进来，因为我觉得时代背景没有太大的意义，我总想说希望我的书在十几二十几年后还是可以看得进去。我觉得三毛的书啊，或者说琼瑶的书啊，你们现在也在看吧？时代性太强的东西，后面人看就会有隔了。其实张爱玲，我就会觉得有点隔了，时代性太明显了。我自己是有意地不要把那个时代的情怀放进去，只写那些人最基本的东西就好了。基本的东西几代过去都不会变掉，男生爱女生，女生爱男生，恨还是恨啊，爱还是爱啊，嫉妒还是嫉妒。

司：袁老师您没有想要把吵得沸沸扬扬的省籍问题带到您的创作里？

袁：不准备。因为我觉得写那个东西无意义，我不认为这个事情不会解决，会解决的。我有时候觉得天心很可惜，天心是很优秀的作家，但是她那个书里头这一类的东西太强烈，然后等到有一天真的台湾回到大陆的时候，她的那一些发言就没有意义了。我们拿鲁迅来说，鲁迅的文笔其实我不觉得他写得特别好，但是他的那个内在情感动人，其实他写的是很基本的东西嘛，虽然他在讲那个什么祥林嫂啊，就像我们看狄更斯的小说一样，他写的那个时代虽然我们没有经历，但他讲到人面对那种冤屈或者不公平，弱者被欺负的那个东西，是一直到现在都还存在的。所以我有时候觉得她（朱天心）太着重于台湾人是怎么样的状态，外省人是怎么样的状态，你把那个人写出来的时候，那个东西等到历史改变的时候基本上就留不下来了。

司：老师讲最多的好像是男女情爱，或者说男女缠斗，"缠斗"是老师您自己的说法。

袁：男女关系是最基本的人际关系啊。

司：像《自己的天空》，很多人都会觉得这是一本女性启蒙的书……

袁：你觉得呢？

司：我不觉得。

袁：我也不觉得啊，我就觉得好奇怪，那篇东西怎么搞的。

司：那老师觉得自己是个女权主义者吗？

袁：我不觉得。我不知道唉，我从来都很关注男人跟女人的事情，我不特别觉得说我很歧视男性，但是我看到一些男人的弱点，我也看到一些女人的弱点，我比较同情女人，因为我们自己是女人嘛。我比较同情女人，然后我会觉得女人要活得好的话，你要知道怎么样去对付男人。你知道怎样对付男人，你会活得比较舒服一点。可能这样，好像我的文章里常常会告诉人家说女人应该怎样对男人。可能因为这样，看起来有点像女权主义者。但事实上我不认为我是女权主义者。不知道为什么一直都被放在那个位置上，好奇怪。

附录二　研究资料要目

一　本书论及的主要作家作品目录

苏伟贞：
《红颜已老》，台北：联经出版公司1981年版。
《陪他一段》，台北：洪范书店有限公司1983年版。
《人间有梦》，台北：妇女杂志1983年版。
《世间女子》，台北：联经出版公司1983年版。
《问你》，台北：李白出版社1984年版。
《岁月的声音》，台北：洪范书店有限公司1984年版。
《有缘千里》，台北：洪范书店有限公司1984年版。
《旧爱》，台北：洪范书店有限公司1985年版。
《陌路》，台北：联经出版公司1986年版。
《离家出走》，台北：洪范书店有限公司1987年版。
《流离》，台北：洪范书店有限公司1989年版。
《来不及长大》，台北：洪范书店有限公司1989年版。
《我们之间》，台北：洪范书店有限公司1990年版。
《离开同方》，台北：联经出版公司1990年版。
《过站不停》，台北：洪范书店有限公司1991年版。
《热的绝灭》，台北：洪范书店有限公司1992年版。
《沉默之岛》，台北：时报文化出版公司1994年版。
《梦书》，台北：联合文学出版社1995年版。
《封闭的岛屿》，台北：麦田出版股份有限公司1996年版。

《单人旅行》，台北：联合文学出版社 1999 年版。
《魔术时刻》，台北：INK 印刻出版有限公司 2002 年版。
《私阅读》，台北：三民书店 2003 年版。
《时光队伍》，台北：INK 印刻出版有限公司 2006 年版。
《租书店的女儿》，台北：INK 印刻出版有限公司 2010 年版。

朱天文：
《乔太守新记》，台北：皇冠出版社 1977 年版。
《淡江记》，台北：三三书坊 1979 年版。
《传说》，台北：三三书坊 1981 年版。
《小毕的故事》，台北：三三书坊 1983 年版。
《最想念的季节》，台北：三三书坊 1984 年版。
《炎夏之都》，台北：时报文化出版事业有限公司 1987 年版。
《恋恋风尘》，台北：三三书坊 1987 年版。
《悲情城市》，台北：远流出版公司 1989 年版。
《世纪末的华丽》，台北：远流出版公司 1990 年版。
《朱天文电影小说集》，台北：远流出版公司 1991 年版。
《戏梦人生》，台北：麦田出版股份有限公司 1993 年版。
《荒人手记》，台北：时报文化出版事业有限公司 1994 年版。
《好男好女》，台北：麦田出版股份有限公司 1995 年版。
《花忆前身》，台北：麦田出版股份有限公司 1996 年版。
《千禧曼波》，台北：麦田出版股份有限公司 2001 年版。
《巫言》，台北：INK 印刻出版有限公司 2008 年版。
《剧照会说话》，台北：INK 印刻出版有限公司 2008 年版。
《朱天文作品集》，台北：INK 印刻出版有限公司 2008 年版。

朱天心：
《方舟上的日子》，台北：言心出版社 1977 年版。
《击壤歌——北一女三年记》，台北：长河出版社 1977 年版。
《昨日当我年轻时》，台北：三三书坊 1980 年版。

《末了》,台北:联经出版事业公司 1982 年版。
《台大学生关琳的日记》,台北:三三书坊 1984 年版。
《时移事往》,台北:三三书坊 1989 年版。
《我记得……》,台北:三三书坊 1989 年版。
《想我眷村的兄弟们》,台北:麦田出版股份有限公司 1992 年版。
《学飞的盟盟》,台北:时报文化出版公司 1994 年版。
《小说家的政治周记》,台北:时报文化出版公司 1994 年版。
《古都》,台北:麦田出版公司 1997 年版。
《漫游者》,台北:联合文学出版社 2000 年版。
《二十二岁之前》,台北:联合文学出版社 2001 年版。
《猎人们》,台北:INK 印刻出版有限公司 2005 年版。
《南都一望》,《印刻文学生活志》2006 年第 9 期。
《初夏荷花时期的爱情》,台北:INK 印刻出版有限公司 2010 年版。

袁琼琼：

《红尘心事》,台北:尔雅出版社 1981 年版。
《随意》,台北:洪范书店有限公司 1983 年版。
《沧桑》,台北:洪范书店有限公司 1985 年版。
《又凉又暖的季节》,台北:林白出版社 1986 年版。
《两个人的事》,台北:洪范书店有限公司 1988 年版。
《袁琼琼极短篇》,台北:尔雅出版社 1988 年版。
《今生缘》,台北:联合文学出版社 1988 年版。
《苹果会微笑》,台北:洪范书店有限公司 1989 年版。
《春水船》,台北:洪范书店有限公司 1989 年版。
《自己的天空》,台北:洪范书店有限公司 1990 年版。
《情爱风尘》,台北:洪范书店有限公司 1990 年版。
《万人情妇》,台北:探索文化事业有限公司 1997 年版。
《恐怖时代》,台北:时报文化出版社 1998 年版。
《食字癖者的札记》,台北:三民书局 2003 年版。
《孤单情书》,台北:INK 印刻出版有限公司 2006 年版。

《缱绻情书》，台北：INK 印刻出版有限公司 2007 年版。
《冰火情书》，台北：INK 印刻出版有限公司 2007 年版。
《暧昧情书》，台北：INK 印刻出版有限公司 2007 年版。

平路：
《玉米田之死》，台北：联经出版事业公司 1985 年版。
《椿哥》，台北：联经出版事业公司 1986 年版。
《红尘五注》，台北：皇冠杂志社 1989 年版。
《行道天涯》，台北：联合文学出版社 1995 年版。
《百龄笺》，台北：联合文学出版社 1998 年版。
《凝脂温泉》，台北：联合文学出版社 2000 年版。
《何日君再来》，台北：联合文学出版社 2002 年版。
《五印封缄》，台北：INK 印刻出版有限公司 2003 年版。

其他：
苏伟贞主编：《台湾眷村小说选》，台北：二鱼文化出版公司 2004 年版。
朱天文、朱天心、朱天衣合著：《三姊妹》，台北：皇冠杂志社 1985 年版。
朱天文、朱天心、朱天衣合著：《下午茶话题》，台北：麦田出版股份有限公司 1992 年版。
蒋晓云：《随缘》，台北：皇冠杂志社 1985 年版。
蒋晓云：《桃花井》，台北：INK 印刻出版有限公司 2011 年版。
陈玉慧：《征婚启事》，台北：远流出版公司 1992 年版。
陈玉慧：《海神家族》，台北：INK 印刻出版有限公司 2004 年版。

二 专著要目

吴晓：《漂泊与寻觅：浙籍台港暨海外华人文学研究》，天津人民出版社 1999 年版。

卓慧臻：《从传说到巫言：朱天文的小说世界与台湾文化》，中国旅游出版社 2009 年版。

张嫱主编：《宝岛眷村》，中国人民大学出版社 2010 年版。

古远清：《几度飘零——大陆赴台文人沉浮录》，广西师范大学出版社 2010 年版。

李孟舜：《灵根自植——台湾眷村文学与文化研究》，河南人民出版社 2014 年版。

三　期刊论文要目

（一）大陆

包恒新：《台湾退役军人的乡愁》，《福建文学》1982 年第 9 期。

古月：《台湾女作家袁琼琼和〈沧桑〉》，《长江文艺》1985 年第 1 期。

古继堂：《袁琼琼和她的〈沧桑〉》，《语文月刊》1987 年第 4 期。

蔡洪声：《朱天文和她的小说》，《文艺报》1989 年 7 月 29 日。

王德威：《女作家的现代鬼话——从张爱玲到苏伟贞》，《台港文学选刊》1989 年第 3 期。

何人：《台湾新生代女作家平路》，《海峡》1990 年第 3 期。

钟晓毅：《睁眼观世界——试论蒋晓云的小说创作》，《广东民族学院学报（社会科学版）》1990 年第 3 期。

李琼丝：《生命中不可承受的沉重——平路的写作》，《四海—港台海外华文文学》1991 年第 1 期。

伊云：《平路小说漫评》，《文艺理论与批评》1993 年第 5 期。

朱西宁：《台地近期的小说生态——从八十年代走入九十年代》，《台湾与海外华文文学评论和研究》1994 年第 2 期。

朱双一：《从老兵悲歌到眷村史乘——有关族群关系的一个议题》，《台湾研究集刊》1994 年第 3 期。

朱双一：《从儿女私语到眷村传奇》，《台港文学选刊》1994 年第

7期。

刘介民：《茫茫世界的求索——〈沉默之岛〉之秘密与"雌雄同体"的象征》，《当代作家评论》1995年第3期。

朱双一：《近年来台湾文学中的新人文主义倾向》，《台湾研究集刊》1995年第3/4期。

李孝佺：《女性天空与女性文学的新空间——评袁琼琼〈自己的天空〉》，《青岛大学师范学院学报》1996年第2期。

胡亭亭：《道是"有情"却"无情"——读蒋晓云的〈无情世代〉》，《名作欣赏》1996年第3期。

陈漱渝：《触犯禁忌与亵渎崇高——平路著〈行道天涯〉的得失》，《台声》1997年第4期。

平路：《海外，用中文写作》，《台港文学选刊》1997年第4期。

李又冰：《文字的凿石者：作家朱天文专访》，《台港文学选刊》1998年第7期。

唐小兵：《〈古都〉·废墟·桃花源外》，《读书》1998年第9期。

朱嘉雯：《七十年代的大观园——三三文学社团与〈红楼梦〉》，《红楼梦学刊》1998年第4期。

郑树森：《复古的魅力》，《台港文学选刊》1999年第4期。

王德威：《老灵魂前世今生》，《读书》1999年第6期。

巫汉祥：《自恋主义文化的写真——评郝誉翔的短篇小说〈洗〉》，《台湾研究集刊》1999年第3期。

李仕芬：《情深苦果——读苏伟贞的〈老爸关云短〉》，《台湾研究集刊》1999年第3期。

李娜：《"新人类"与"老灵魂"的世纪末合唱——论朱天心20世纪90年代的小说创作》，《理论与创作》2000年第1期。

朱艳：《台湾后现代社会和女性真我的展现——评朱氏姐妹的小说集〈世纪末的华丽〉、〈威尼斯之死〉》，《高等函授学报》（哲学社会科学版）2000年第2期。

徐钢：《复活的意义，无声的阴影及写作的姿态——阅读苏伟贞小说的戏剧性》，《东南学术》2001年第1期。

周怡：《试论朱天心的青春小说》，《青年思想家》2002年第6期。

王俊义：《情天欲海的悲情守望——简论台湾新生代女作家苏伟贞的小说创作》，《语文学刊》2003年第6期。

朱天文：《命名的喜悦是最大的回馈》，《南方周末》2004年1月8日。

张体：《透视当代台湾"同志"文本及其写作——〈孽子〉、〈荒人手记〉析例》，《理论与创作》2004年第1期。

舞鹤：《菩萨必须低眉——和朱天文谈〈巫言〉》，《书城》2004年第5期。

刘俊：《时空变形后的人间生态及其意义——论朱天文的〈巫时〉和〈E界〉》，《上海文学》2005年第1期。

辛金顺：《女子絮语——论平路〈凝脂温泉〉的闺阁叙述》，《华文文学》2005年第1期。

李兰：《孤独的栖居 诗意的讲述——解读〈日历日历挂在墙壁〉》，《名作欣赏》2005年第22期。

周琰：《世纪末情绪的演绎——读朱天文的〈世纪末的华丽〉》，《海南广播电视大学学报》2005年第4期。

张杨：《"自己的天空"之异彩——评台湾新生代女作家袁琼琼的创作》，《洛阳师范学院学报》2006年第1期。

薛红云：《根着何处——论苏伟贞〈沉默之岛〉中的认同焦虑》，《世界华文文学论坛》2006年第1期。

李炜：《互文的叙事——对苏伟贞〈日历日历挂在墙壁〉的文本细读》，《华文文学》2006年第2期。

周斌：《论朱天文的电影剧作》，《华文文学》2006年第2期。

何小勇、郭旭胜：《出走与留守——〈挂满星星的房间〉和〈日历日历挂在墙壁〉对照阅读》，《名作欣赏》2006年第8期。

孙媛：《梦想：女人的宿命——解读〈日历日历挂在墙壁〉的精神意蕴》，《名作欣赏》2006年第8期。

杨蓉蓉：《叙事人称、家国意识和"他者"追寻——论朱天心90年代后的小说创作》，《世界华文文学论坛》2006年第3期。

徐志翔：《彷徨于"无地"的记忆之书——朱天心中短篇小说集〈古都〉浅析》，《世界华文文学论坛》2006年第3期。

张错：《凡人的异类　离散的尽头——台湾"眷村文学"两代人的叙述》，《中国比较文学》2006年第4期。

沈虹：《"老灵魂"与"异乡人"——论朱天心〈古都〉中时空的双重变奏》，《中文自学指导》2006年第6期。

谢晨燕：《南岛文坛中的双声叠韵——朱天文、朱天心九十年代小说比较》，《语文学刊》2006年第22期。

杨敏：《双重时间悖论下的悲喜人生——试析苏伟贞〈日历日历挂在墙壁〉》，《河北理工大学学报》（社会科学版）2006年第4期。

陈美霞：《在朱天心的文学世界里寻找张爱玲》，《世界华文文学论坛》2006年第3期。

陈蔚：《想象世界的另一种方式——解读朱天文小说中的"黄色"意象》，《现代语文》（文学研究版）2007年第2期。

李晨：《论朱天文创作中的阴性书写方式》，《江汉论坛》2007年第2期。

陆卓宁：《"纯情"与吊诡——"双面"袁琼琼》，《名作欣赏》2007年第5期。

陈蔚：《论台湾著名编剧朱天文小说文本的语言艺术》，《电影文学》2007年第8期。

陈蔚：《赋予生活一种有意味的形式——论朱天文小说的日常书写》，《世界华文文学论坛》2007年第2期。

陈蔚：《论朱天文小说中被边缘化的女性》，《南京林业大学学报》（人文社会科学版）2007年第2期。

刘俊：《从〈有缘千里〉到〈离开同方〉——论苏伟贞的眷村小说》，《暨南学报》2007年第4期。

艾尤：《放逐式的同性情欲之女性欲望表达——以朱天文和邱妙津的同性恋代表作为阐释文本》，《北方论丛》2007年第6期。

陈蔚：《冷眼旁观人生——论朱天文小说的叙述特色》，《山西师大学报》（社会科学版）2007 年第 6 期。

陈蔚：《在游戏的态度中揭示生活的真实——朱天文小说碎片式语言艺术管窥》，《社会科学论坛（学术研究卷）》2007 年第 12 期。

李秋丽：《她的后现代声音——读〈世纪末的华丽〉》，《语文学刊》2007 年第 24 期。

王云芳：《虚妄而又执着的追寻——试论平路小说中的乡愁美学》，《当代文坛》2008 年第 1 期。

陈蔚：《用另类的方式书写无常人生——论朱天文小说的叙事风格》，《巢湖学院学报》2008 年第 1 期。

郭丹：《漂泊在失忆之城里的"外省人"——从"外省人"的写作身份比较朱天心、林白的小说》，《安徽文学（下半月）》2008 年第 2 期。

张清芳：《浅论台湾"眷村小说"流派的流变》，《文艺争鸣》2008 年第 5 期。

杜晓梅：《时空交错　虚实相生——〈老爸关云短〉的逆时序》，《山东文学》2008 年第 5 期。

郑廷鑫：《朱天文：写小说才是我的本职》，《南方人物周刊》2008 年第 25 期。

王寅：《拆生命的房子　建小说的房子：专访朱天文》，《南方周末》2008 年 9 月 25 日第 D26 版。

曾丽琴：《文明的祭奠——论朱天心的〈漫游者〉》，《世界华文文学论坛》2008 年第 3 期。

肖宝凤：《漫游者说：论朱天心〈古都〉的历史书写》，《世界华文文学论坛》2008 年第 3 期。

金进：《历史中的困惑与成熟——从小说创作的艺术成长角度看朱天心的文学创作》，《华文文学》2008 年第 6 期。

林双琴：《平淡中的绚丽——以〈世间女子〉窥苏伟贞女性形象之一斑》，《作家》2009 年第 2 期。

郎艳丽：《重新书写的女性主体——解读朱天文的〈世纪末的华丽〉》，《兰州学刊》2009 年第 S1 期。

王颖：《为谁惆怅为谁颦——读朱天文最新长篇〈巫言〉》，《扬子江评论》2009年第2期。

毛尖：《关于〈巫言〉——毛尖访谈朱天文》，《东方早报》2009年5月3日。

石剑峰：《朱天文：小说家很像人类学家》，《东方早报》2009年5月22日。

王德威：《狂言流言，巫言莫言——〈生死疲劳〉与〈巫言〉所引起的反思》，《江苏大学学报》（社会科学版）2009年第3期。

何映宇：《朱天文：光影言语，戏梦人生》，《新民周刊》2009年6月4日。

罗屿：《迷恋现世，临水照花》，《新世纪周刊》2009年第18期。

罗屿：《朱天文：文字巫术，让死神也迷路》，《新世纪周刊》2009年第18期。

滨田麻矢：《朱天心〈古都〉与胡兰成的美学》，《励耘学刊（文学卷）》2009年第1期。

姜妍：《朱天文：人生总有不结伴的一刻》，《新京报》2009年7月4日。

莫闻味：《从温情的态度到冷静的旁观》，《外滩画报》2009年7月9日。

三三、谢浩然：《朱天心：我已经敏感到这种地步了》，《明日风尚》2009年第7期。

朱天文：《如果不写，在生活里我只会是一个很失败的人》，《明日风尚》2009年第7期。

吴成贵：《摆脱张爱玲影响 朱天文：属于我的花朵已经开了》，《华商报》2009年8月1日。

郑雅匀：《千疮百孔的都市之爱——读台湾女作家苏伟贞的情感小说》，《文教资料》2009年第22期。

刘子超：《朱天心：光把小说写好有什么用》，《南方人物周刊》2009年第33期。

王尧：《朱天心：过简单生活的大作家》，《人民日报·海外版》

2009年8月27日第3版。

石剑峰:《朱天心唐诺夫妇繁华处挖掘寒凉的废墟》,《东方早报》2009年8月28日。

姜妍:《唐诺朱天心夫妇:纯粹写作者的简单生活》,《新京报》2009年8月28日。

白杨:《流失在历史洪流中的"台北人"——从白先勇的〈台北人〉到朱天文的〈世纪末的华丽〉》,《南方文坛》2009年第5期。

许维贤:《从"无家可归"到"同性恋者无祖国"——论〈孽子〉和〈荒人手记〉的"中国性"以及"去中国性"》,《励耘学刊》(文学卷)2009年第2期。

陈阔:《安妮宝贝与苏伟贞作品悲剧意识比较》,《大众文艺》(理论)2009年第18期。

张向辉:《遗失的桃花源——论王安忆、朱天心创作中的都市废墟意识》,《郑州大学学报》(哲学社会科学版)2009年第2期。

王安忆:《刻舟求剑人——朱天心小说印象》,《当代作家评论》2009年第4期。

张秀琴:《世纪末的苍凉——朱天心小说风格浅议》,《安徽文学》(下半月)2009年第11期。

张艳艳:《一个"怀乡症患者"的努力——对朱天文力作〈巫言〉的症候式解读》,《华文文学》2010年第1期。

王尧:《回味往昔的乡愁与温情——透视台湾眷村文化热》,《两岸关系》2010年第3期。

张向辉:《守望·逃离·追寻——王安忆朱氏姐妹创作之比较》,《华文文学》2010年第2期。

陈竞、傅小平、张滢莹、金莹:《唐诺、朱天心:简单生活 纯粹写作》,《文学报》2010年4月22日。

钟华:《简单而诗意的选择——朱天心、唐诺的写作生活》,《科学时报》2010年4月23日。

王艳芳:《论台湾女性小说的生态伦理关怀——以朱天文为例》,

《河南师范大学学报》（哲学社会科学版）2010年第3期。

樊洛平：《台湾女作家笔下的眷村书写》，《河南师范大学学报》（哲学社会科学版）2010年第3期。

陈思和：《多重叠影下的深度象征——试析苏伟贞小说创作中的三个文本》，《东吴学术》2010年第1期。

黄锦树：《民国·台北：朱天文的早期写作》，《南方都市报》2010年5月17日。

肖宝凤：《"仿佛在君父的城邦"：论近20年来外省作家的历史叙述与家国想象》，《台湾研究集刊》2010年第3期。

李茂叶：《互文语境的蓄意设置与互文小说的生成——苏伟贞〈日历日历挂在墙壁〉文体研究》，《时代文学（上）》2010年第3期。

刘贤汉：《后殖民语境下的"身份认同"——论朱天心〈想我眷村的兄弟们〉》，《浙江树人大学学报》（人文社会科学版）2010年第4期。

张杨：《探寻"自己的天空"——试论台湾新生代女作家袁琼琼的创作》，《语文知识》2010年第3期。

郑国庆：《〈荒人手记〉与朱天文的警世寓言》，《福建论坛》（人文社会科学版）2010年第9期。

朱立立：《物化都市的感觉主义书写——朱天文短篇小说的身体叙事与颓废意识》，《福建论坛》（人文社会科学版）2010年第9期。

吴燕君：《影响的焦虑——论苏伟贞小说中的父子图式》，《青年文学家》2010年第18期。

张艳艳：《书写何为？——论朱天文〈巫言〉书写本位意识与美学救赎实践的可能》，《海南师范大学学报》（社会科学版）2010年第5期。

林琳：《游移的蝙蝠——浅谈眷村文学的几个特点》，《中州大学学报》2011年第1期。

杨心远、郭越、语荒、李冰：《刘瑜×苏伟贞　现代女性多维度生长态》,《明日风尚》2011年第3期。

王文艳:《飞扬烂漫的青春之歌——试论朱天文的〈击壤歌〉》,《作家》2011年第6期。

陈建芳:《神圣之书:多主题变奏下的建构与解构——评朱天文的小说〈巫言〉》,《华文文学》2011年第2期。

丁纯:《洒然的青春忆念——读朱天心的小说〈击壤歌〉》,《赣南师范学院学报》2011年第2期。

李雁雪:《奢华的写作——试述朱天文对张爱玲的继承》,《安徽文学》(下半月)2011年第4期。

崔秀霞:《如何"恋物",怎样叙事?——〈巫言〉"拜物教"之形式探讨》,《理论与创作》2011年第3期。

陈美霞:《殊途同归:怀旧与台湾经验——试论台湾眷村文艺风潮》,《艺苑》2011年第1期。

丁丽珍:《边缘书写日常,冷眼旁观苍凉——论朱天文小说的叙事特色》,《青春岁月》2011年第10期。

司方维:《朱天心女性书写的独特取向》,《常州工学院学报》(社会科学版)2011年第3期。

张春田:《"世纪末"的症候性及其文化政治——重探朱天文的〈世纪末的华丽〉和〈荒人手记〉》,《枣庄学院学报》2011年第4期。

李健:《论苏伟贞小说的时间意识》,《常州工学院学报》(社会科学版)2011年第4期。

丁纯:《论朱天文小说的叙事策略——以〈荒人手记〉为例》,《广州大学学报》(社会科学版)2011年第9期。

王小平:《台湾知识人身份的自我界定——论朱天文〈巫言〉的智性书写》,《杭州师范大学学报》(社会科学版)2011年第3期。

王云芳:《台湾地区女作家朱氏姐妹作品传承文化传统的倾向》,《沈阳师范大学学报》(社会科学版)2011年第5期。

王敏:《寻找女性"自己的天空"——评袁琼琼的散文〈爱情二题〉》,《名作欣赏》2011年第29期。

司方维：《一部多维度的爱情小说——论朱天心〈初夏荷花时期的爱情〉》，《作家》2011年第20期。

赵晓霞：《从"末世"到"巫时"——论朱天文小说里的时间书写》，《时代文学》（下半月）2011年第11期。

曾丽琴：《都市·身体·语言——朱天文小说论析》，《湛江师范学院学报》2012年第1期。

陈美霞：《台湾外省第二代家族书写研究》，《台湾研究集刊》2012第1期。

肖宝凤；李琳：《论20世纪90年代以来台湾作家的女性历史书写》，《台湾研究集刊》2012年第1期。

韩毅：《朱天文小说的眷村情结》，《连云港师范高等专科学校学报》2012年第2期。

司方维：《台湾"外省女作家"访谈录（一）——访谈袁琼琼》，《常州工学院学报》2012年第2期。

朱立：《落幕的哀歌　无根的焦虑——论台湾眷村小说叙说主旨的演变》，《新乡学院学报》（社会科学版）2012年第3期。

邹贤友：《朱天文〈巫言〉的反完整性叙事特征》，《成都大学学报》（社会科学版）2012年第4期。

蒋一之：《朱天文研究在大陆：1995—2012》，《华文文学》2012年第5期。

曹佳培：《论朱天心与川端康成同名小说〈古都〉中的"物哀"》，《名作欣赏》2012年第32期。

金进：《朱天文的文学创作精神流变——以〈世纪末的华丽〉、〈荒人手记〉和〈巫言〉为中心》，《当代作家评论》2013年第2期。

司方维：《女性身份的三维书写——论台湾外省第二代女作家的性别书写》，《芒种》2013年第9期。

苏伟贞：《悼亡作为写作——白先勇与〈蓦然回首〉、〈第六只手指〉、〈树犹如此〉》，《文学评论》2013年第3期。

张怡微：《却看小说的从前　蒋晓云"民国素人志"系列小说》，

《上海文化》2013 年第 5 期。

杨晟婷：《都市废墟上的御风飞行——论朱天心都市书写》，《名作欣赏》2013 年第 33 期。

张向辉：《与时间角力——朱天心作品的时间意识》，《世界华文文学论坛》2013 年第 4 期。

张杨：《海峡对岸的"第二性"——从袁琼琼的创作看台湾 20 世纪新女性主义文学的发展》，《河南广播电视大学学报》2014 年第 1 期。

张滢莹：《蒋晓云：用文字为民国时代留下剪影》，《文学报》2014 年 3 月 6 日第 2 版。

丁杨：《蒋晓云：写"民国素人"补上历史拼图》，《中华读书报》2014 年 3 月 12 日第 11 版。

阎菲：《眷村小说女性形象精神理路探究》，《江西科技学院学报》2014 年第 1 期。

黄灵：《时间胶囊里的华人世界　访台湾女作家蒋晓云》，《检察风云》2014 年第 7 期。

尹丛丛：《蒋晓云："又一张爱玲"的民国素人志》，《齐鲁周刊》2014 年第 14 期。

张舟：《朱天文的文学创作与电影》，《安徽文学》（下半月）2014 年第 4 期。

黄英哲：《历史、记忆与书写——论朱天心〈古都〉》，《南方文坛》2014 年第 3 期。

韩松：《论朱天文笔下的眷村书写》，《山西广播电视大学学报》2014 年第 2 期。

郑越予、方忠：《论朱天文的"双性同体"书写》，《世界华文文学论坛》2014 年第 2 期。

隋双双：《眷村文学中的父亲形象》，《安徽文学》（下半月）2014 年第 7 期。

司方维：《朱天心访谈录》，《常州工学院学报》（社会科学版）2014 年第 4 期。

时茹冰：《台湾眷村文学中的族群书写》，《现代语文》（学术综合版）2014年第9期。

隋双双、隋萍：《眷村小说中的第二代人书写》，《牡丹江大学学报》2014年第10期。

张向辉：《眷村书写的多重记忆》，《常州工学院学报》（社会科学版）2014年第5期。

何瑛：《中产阶级的治愈式旅行——读朱天心〈初夏荷花时期的爱情〉》，《中国图书评论》2014年第11期。

李怡：《飘零的民国——我读〈百年好合：民国素人志〉》，《中国图书评论》2014年第11期。

席艳红：《台湾眷村作家朱天文、朱天心小说主题探究》，《语文建设》2014年第32期。

曾晨：《矛盾的立场 矛盾的态度——从〈荒人手记〉看朱天文的价值立场》，《鸡西大学学报》2014年第11期。

李青：《〈桃花井〉：三十年后说书人》，《中华读书报》2014年11月26日第11版。

席艳红：《朱天文笔下的生命体验与心理轨迹》，《作家》2014年第22期。

半塘月：《"桃花井"里的别样故事》，《石家庄日报》2014年12月24日第10版。

黄映霞：《试论朱天文的肉体写作》，《扬州教育学院学报》2015年第1期。

张向辉：《青春启蒙·自我建构·生存困惑——论朱天文的男性成长小说》，《世界华文文学论坛》2015年第1期。

赵倩茹：《作为他者的漂泊灵魂——浅析王安忆〈我爱比尔〉与朱天心〈古都〉中的身份困境》，《文教资料》2015年第9期。

周环：《女性与实物的备忘录——评朱天文的〈巫言〉》，《现代语文》（学术综合版）2015年第3期。

丁杨：《蒋晓云：我那时写得还不错》，《中华读书报》2015年4月1日第11版。

傅燕婷：《城市：身体与空间的双向互动——朱天心的台北认同书写》，《山西大同大学学报》（社会科学版）2015年第2期。

宋宁：《台湾女作家朱天文创作中的传统文化传承》，《哈尔滨师范大学社会科学学报》2015年第3期。

薛凌：《解读朱天文电影文学中的"乡镇"意象》，《西北大学学报》（哲学社会科学版）2015年第3期。

王改宁：《从弱到强的女性成长——袁琼琼〈自己的天空〉与方方〈万箭穿心〉之比较》，《安阳工学院学报》2015年第3期。

陆沁诗：《都市文学镜像中的都市异化与主体重建——以朱天文、朱天心作品中的台北书写为例》，《江淮论坛》2015年第3期。

李涵：《蒋晓云：一步一步走向有光的所在》，《文艺报》2015年5月29日第3版。

田佩佩：《刻舟求剑的寻找之旅——〈初夏荷花时期的爱情〉中的死亡意蕴》，《名作欣赏》2015年第18期。

傅燕婷：《朱天心小说中的边缘主妇形象》，《滁州学院学报》2015年第3期。

陈晓倩、朱玉彬：《〈荒人手记〉及其英译本中同性恋话语"态度"资源的比较》，《宿州学院学报》2015年第7期。

赵亦然：《缺席的在场与华丽的荒凉——两代外省人的台北想象》，《长城》2015年第5期。

王瑞华：《孙中山宋庆龄与平路的家史》，《华文文学》2015年第5期。

石文婷：《解读〈桃花井〉：返乡、重建与归乡》，《作家》2015年第20期。

司方维、曹惠民：《台湾文学族群书写研究的观察与思考》，《世界华文文学论坛》2015年第4期。

张向辉：《外省第二代的地方书写——以苏伟贞、郝誉翔的创作为例》，《世界华文文学论坛》2015年第4期。

司方维：《苏伟贞访谈录》，《常州工学院学报》（社科版）2015年第6期。

（二）台湾

马叔礼：《心向往之——来谈〈陪他一段〉》，《中外文学》1980年第2期。

林双不：《四面探讨苏伟贞的"情份"》，《明道文艺》1981年第4期。

黄宝莲：《颜尚红而心已老——读〈红颜已老〉抒感》，《书评书目》1981年第5期。

南山凤：《读袁琼琼的〈红尘心事〉》，《书评书目》1981年第7期。

陈乐融：《陪他一段红颜已老：论苏伟贞小说的爱情观照》，《中外文学》1983年第9期。

高天生：《雄鸡一鸣天下晓——论苏伟贞小说的社会意识》，《文讯》1983年第12期。

尼洛：《谈苏伟贞小说的思路》，《妇女杂志》1984年第1期。

袁则难：《也是为了爱：我看苏伟贞的小说》，《新书月刊》1984年第1期。

苏伟贞主讲，吴晨华整理：《小说中的她们》，《妇女杂志》1984年第9期。

黄庆萱：《命运与性格的交错——论平路〈椿哥〉的时代反映与民族关怀》，《明道文艺》1984年第10期。

姜捷：《流萤，敢近太阳飞：与苏伟贞并肩走过的那段岁月》，《新书月刊》1984年第11期。

尼洛：《谈〈有缘千里〉中的小说语言》，《文讯》1985年第2期。

陈景怡：《读苏伟贞的〈世间女子〉》，《文讯》1985年第4期。

洪淑苓：《岁月的痕迹：评苏伟贞近作〈旧爱〉》，《文讯》1985年第8期。

曾昭旭：《抑郁于红尘的玉洁冰清：谈苏伟贞小说中的心情》，《鹅湖》1985年第11期。

黄碧端：《沧桑异事》，《联合文学》1986年第1期。

209

姜捷：《苏伟贞是书痴、字痴、情痴》，《妇女杂志》1986年第5期。

钟凤美：《让缺憾从人性中跃升：纵谈袁琼琼小说〈沧桑〉》，《文艺月刊》1986年第7期。

杨明：《深情在睫，孤意在眉：侧写朱天心》，《文讯》1986年第8期。

黄乔彬：《朱天心这个人》，《东海文艺季刊》1986年第9期。

钟凤美：《游子魂组曲：试论平路的〈玉米田之死〉》，《文艺月刊》1987年第3期。

郑明娳：《民国女子的平常心——读〈一又二分之一〉》，《文讯》1989年第3期。

王德威：《持续之必然？——评苏伟贞的〈流离〉》，《联合文学》1989年第8期。

陈炳良：《水仙子人物再探：苏伟贞、钟玲等人作品析论》，《中外文学》1989年第10期。

吕兴昌：《洞见生命的幽微——评苏伟贞编〈向人生开玩笑〉》，《联合文学》1990年第1期。

陈义芝：《悲悯撼人，为一个时代作结——评苏伟贞长篇小说〈离开同方〉》，《文讯》1991年第3期。

黄锦树：《被都市化遗弃的眷村：台湾：从朱天心新作〈想我眷村的兄弟们〉谈起》，《海峡评论》1992年第6期。

路况：《"黑盒子"边缘的"白色杂音"——评朱天心的〈想我眷村的兄弟们〉》，《联合文学》1992年第7期。

吴婉茹：《谈〈我记得……〉之中的虚无感》，《问学集》1993年第5期。

胡衍南、廖咸浩：《舍弃原乡乡愁的两个模式——谈朱天心、张大春的小说创作》，《台湾文学观察杂志》1993年第6期。

邱贵芬、廖咸浩：《想我（自我）放逐的兄弟（姊妹）们——阅读第二代"外省"（女）作家朱天心》，《中外文学》1993年第8期。

苏伟贞：《比较须兰小说》，《联合文学》1993年第12期。

刘介民：《小说的"启示"及其艰辛的设计——对苏伟贞〈热的绝灭〉的思索》，《文讯》1994年第3期。

张诵圣：《朱天文与台湾文化及文学的新动向》，高志仁、黄素卿译，《中外文学》1994年第3期。

黄建元：《返璞归真的告白——评苏伟贞〈热的绝灭〉》，《传习》1994年第6期。

刘亮雅：《摆荡在现代与后现代之间——朱天文近期作品中的国族、世代、性别、情欲问题》，《中外文学》1995年第6期。

刘介民：《〈沉默之岛〉嘉年华文体与"雌雄同体"的象征》，《中外文学》1995年第6期。

朱伟诚：《受困主流的同志荒人——朱天文〈荒人手记〉的同志阅读》，《中外文学》1995年第8期。

纪大伟：《带饿思泼辣：〈荒人手记〉的酷儿阅读》，《中外文学》1995年第8期。

南方朔：《重塑革命者的血肉和心情——从马奎兹〈迷宫中的将军〉到平路的〈行道天涯〉》，《联合文学》1995年第4期。

杨照：《历史的圣洁门面背后——评平路长篇小说〈行道天涯〉》，《联合文学》1995年第4期。

林燿德：《孙中山/玻利瓦 vs. 宋庆龄/平路——评〈行道天涯〉》，《联合文学》1995年第4期。

邱妙津：《中国传统里的乌托邦——兼论〈荒人手记〉中的"情色"与"色情"乌托邦》，《联合文学》1995年第9期。

平路：《我对"台湾文学"的看法》，《文讯》1995年第12期。

赖宝笙：《平路——写作的人终究要不断的写下去》，《生涯智谋》1996年第2期。

黄锦树：《神姬之舞：后四十回？（后）现代启示录？——论朱天文》，《中外文学》1996年第3期。

许俊雅：《自焚的女人——袁琼琼的〈微笑〉》，《中国现代文学理论》1996年第6期。

王德威:《从〈狂人日记〉到〈荒人手记〉——论朱天文,兼及胡兰成与张爱玲》,《现代中文文学评论》1996年第6期。

邱贵芬:《"西部拓荒史":评袁琼琼〈今生缘〉》,《中外文学》1996年第7期。

邱贵芬:《国族建构与当代台湾女性小说的认同政治》,《思与言》1996年第9期。

黄静宜:《朱天文短篇小说中几个重要主题探讨》,《书评》1996年第10期。

张诵圣:《评苏伟贞〈倒影小维〉——兼及前作〈沉默之岛〉》,《中外文学》1997年第4期。

邱贵芬:《书写女性的黑暗大陆:评平路的〈婚期〉》,《中外文学》1997年第4期。

王德威:《老灵魂前世今生——朱天心的小说》,《联合文学》1997年第6期。

张诵圣:《绝望的反射——评朱天心〈古都〉》,《联合文学》1997年第8期。

江林信:《缤纷花丛的太平间——读朱天文〈花忆前身〉》,《书评》1997年第10期。

沈冬青:《故乡永恒的过客——探索朱天心的〈古都〉》,《幼狮文艺》1997年第12期。

庄宜文:《在君父的城邦:三三文学集团研究(上)》,《国文天地》1998年第1期。

庄宜文:《在君父的城邦:三三文学集团研究(下)》,《国文天地》1998年第2期。

萧义玲:《女性情欲之自主与人格之实现——论苏伟贞小说中的女性意识》,《文学台湾》1998年第4期。

巫梦虹:《论苏伟贞短篇小说中的女子感情类型》,《传习》1998年第4期。

朱双一:《世俗风情画和女性真我的展现——略论袁琼琼的小说创作》,《联合文学》1998年第5期。

杨惠婉：《展望当代台湾女性文学新视野——以朱天心近期小说为例》，《台湾人文（师大）》1998年第7期。

蔡荣裕：《文学终究是走路的某种方式——也是评论苏伟贞的小说》，《中外文学》1998年第8期。

陈国伟：《遗失地址的理想国——朱天心小说中的记忆乌托邦》，《淡水牛津文艺》1998年第10期。

梅家玲：《少年台湾：八、九〇年代台湾小说中青少年的自我追寻与家国想象》，《汉学研究》1998年第12期。

陈绫琪：《世纪末的荒人美学：朱天文的〈世纪末的华丽〉与〈荒人手记〉》，《中国现代文学理论》1999年第3期。

郑凤嘉：《寂寞寒枝——苏伟贞小说中女性情感》，《传习》1999年第4期。

黄锦树主讲、李文冰记录整理：《小说和地理的关系——以朱天心的〈古都〉为例》，《幼狮文艺》1999年第5期。

林积萍：《朱天心〈想我眷村的兄弟们〉析论——文学社会学研究法之应用》，《东吴中文研究集刊》1999年第5期。

蔡淑华：《探勘一座孤岛——试读苏伟贞的与其情爱女子》，《中文研究学报》1999年第6期。

逍遥：《文学论述——浅谈朱天文的"仍然在殷勤地闪耀着"》，《淡水牛津文艺》1999年第7期。

刘亮雅：《世纪末台湾小说里的性别跨界与颓废：以李昂、朱天文、邱妙津、成英姝为例》，《中外文学》1999年第11期。

叶美瑶整理，张小虹主讲：《卿卿"物"忘我——文学与性别》，《联合文学》1999年第12期。

张春荣：《精悍匕首——平路〈红尘五注〉》，《文讯》1999年第12期。

庄蕙绮：《理想彼岸的消逝——试析朱天心〈想我眷村的兄弟们〉》，《中华学苑》2000年第2期。

《女作家座谈系列——袁琼琼座谈会》，《中国女性文学研究室学刊》2000年第3期。

庄宜文：《双面夏娃——朱天文、朱天心作品比较》，《台湾文学学报》2000 年第 6 期。

黄砚：《媒体人兼作家——平路在虚实之间把玩趣味》，《卓越杂志》2000 年第 9 期。

《女作家座谈会系列——苏伟贞座谈会》，《中国女性文学研究室学刊》2000 年第 10 期。

吕明纯：《人类主体神话的"解构"或"超越"？——试析平路〈人工智能纪事〉》，《问学集》2000 年第 10 期。

郝誉翔：《荒凉虚无的故事高手——阅读袁琼琼》，《幼狮文艺》2000 年第 11 期。

吴继文：《迷宫的忧郁——漫游者朱天心的孤独之旅》，《出版情报》2000 年第 11 期。

彭瑞金：《战后的台湾小说》，《国文天地》2000 年第 12 期。

郭定宇：《漫游者朱天心——一个作家的展演》，《新朝华人艺术杂志》2000 年第 12 期。

谢材俊：《一场必须加注的聊天会：朱天心的秘密》，《新朝华人艺术杂志》2000 年第 12 期。

张小虹：《女儿的忧郁——朱天心〈漫游者〉中的创伤与断离空间》，《联合文学》2001 年第 1 期。

吕正惠：《隐藏于历史与乡土中的自我——李昂〈自传の小说〉与朱天心〈古都〉》，《台湾文学学报》2001 年第 2 期。

朱伟诚：《无重力状态的漫游忆往——读朱天心〈漫游者〉》，《联合文学》2001 年第 3 期。

张小虹：《朱天文〈世纪末的华丽〉导读》，《文学台湾》2001 年第 4 期。

《更远的地方——朱天心作品讨论会》，《联合文学》2001 年第 4 期。

范铭如：《"漫游者"的拾荒癖》，《联合文学》2001 年第 4 期。

廖朝阳：《〈匈牙利之水〉导读》，《文学台湾》2001 年第 4 期。

郝誉翔：《袁琼琼〈自己的天空〉导读》，《文学台湾》2001 年第

4 期。

梁一萍：《封闭之外：〈以上情节……〉导读》，《文学台湾》2001年第 4 期。

刘亮雅：《平路〈百龄笺〉导读》，《文学台湾》2001 年第 4 期。

张瑞芬：《秋千外的天空——学院闺秀散文的特质与演变》，《逢甲人文社会学报》2001 年第 5 期。

庄明哲：《台湾人或中国人：分裂的民族认同？》，《中山人文社会科学期刊》2001 年第 6 期。

张惠菁：《萤火虫洞话语——读朱天心〈漫游者〉》，《联合文学》2001 年第 7 期。

郝誉翔：《一九八七年的逃亡——论朱天心小说中的朝圣之旅》，《东华人文学报》2001 年第 7 期。

胡锦媛：《游牧书写——读朱天心〈漫游者〉》，《联合文学》2001 年第 8 期。

黄锦树：《世俗的救赎？：论张派作家胡兰成的超越之路》，《中山人文学报》2001 年第 10 期。

汪淑珍：《以〈陪他一段〉为例论苏伟贞小说技巧》，《亲民学报》2001 年第 11 期。

魏可风：《不必了吧！：苏伟贞》，《幼狮文艺》2002 年第 2 期。

陈绫琪：《颠覆性的模仿与杂汇——由朱天文的〈荒人手记〉谈台湾文学的后现代》，《中外文学》2002 年第 3 期。

范铭如：《文化·空间·阅读政治——苏伟贞的〈孤岛张爱玲〉》，《联合文学》2002 年第 3 期。

陈碧月：《浅谈两岸的女性爱情小说》，《国文天地》2002 年第 4 期。

罗怡芬、罗珮瑄：《徜徉于苍穹的滑翔翼——朱天文的电影与小说》，《东吴大学中国文学系系刊》2002 年第 6 期。

李小清：《来自裂缝的女声：试析朱天心〈想我眷村兄弟们〉的性别、省籍族群及阶级观》，《清云学报》2002 年第 6 期。

郝誉翔：《给下一轮太平盛世的备忘录——论平路小说之"谜"》，

《东华人文学报》2002年第7期。

骆以军:《不确定的灰色地带——读苏伟贞的〈魔术时刻〉》,《联合文学》2002年第7期。

范铭如:《苏伟贞〈魔术时刻〉评介》,《中国女性文学研究室学刊》2002年第9期。

罗叶:《以传奇拼写小说——〈何日君再来〉的几个问题》,《文讯》2002年第10期。

刘亮雅:《九〇年代女性创伤记忆小说中的重新记忆政治——以陈烨〈泥河〉、李昂〈迷园〉与朱天心〈古都〉为例》,《中外文学》2002年第11期。

江宝钗:《讲评——论苏伟贞〈日历日历挂在墙壁〉》,《文讯》2002年第12期。

刘乃慈:《假作真时真亦假——评苏伟贞〈日历日历挂在墙壁〉》,《文讯》2002年第12期。

赖奕伦:《古都新城——朱天心〈古都〉的空间结构之研究》,《文讯》2002年第12期。

辛金顺:《女子絮语——论平路〈凝脂温泉〉的闺阁叙述》,《书评》2003年第4期。

黄怡雯:《事情并不像你想象的那样简单——解读朱天心〈袋鼠族物语〉》,《兴大中文研究生论文集》2003年第5期。

刘乃慈:《假作真时真亦假——评苏伟贞〈日历日历挂在墙壁〉》,《中国女性文学研究室学刊》2003年第5期。

戴华萱:《抢救大明星?抢救文学?——读平路的〈何日君再来〉》,《中国女性文学研究室学刊》2003年第5期。

刘振琪:《朱天心小说〈从前从前有个浦岛太郎〉析论》,《中州学报》2003年第6期。

刘亮雅:《在全球化与地化的交错之中:白先勇、李昂、朱天文和纪大伟小说中的男同性恋呈现》,王梅春、廖勇超译,《中外文学》2003年第8期。

张瑞芬:《明月前身幽兰谷——胡兰成、朱天文与"三三"》,《台湾文学学报》2003 年第 8 期。

颜淑华：《朱天心的蜕变——从〈我记得……〉、〈想我眷村的兄弟们〉到〈古都〉》，《航空技术学院学报》2003 年第 8 期。

曾美云：《从眷村到台湾——朱天心小说中的眷村图像与族群意识》，《语文学报》2003 年第 12 期。

徐宗洁：《厌弃或耽溺？——论朱天文〈炎夏之都〉中的身体意识》，《台湾人文（师大）》2003 年第 12 期。

朱天心：《凝神盯视现实》，《联合文学》2004 年第 3 期。

邵毓娟：《眷村再见/现：试析朱天心作品中恋物式主体建构》，《中外文学》2004 年第 3 期。

张瑞芬：《张爱玲的散文系谱》，《逢甲人文社会学报》2004 年第 5 期。

张瑞芬：《一枝花话·话一枝花——论张爱玲、胡兰成与朱天文》，《印刻文学生活志》2004 年第 7 期。

苏伟贞：《张爱玲与名词荒——一个关于"文革的结束"及"知青下放"的故事》，《印刻文学生活志》2004 年第 7 期。

赖奕伦：《记忆的羊皮书卷——朱天心〈古都〉的台北地景考略》，《中国现代文学》2004 年第 9 期。

李静玫：《迷恋？迷惑？——论朱天文〈世纪末的华丽〉主体意识的矛盾》，《台北师院语文集刊》2004 年第 11 期。

苏伟贞：《台湾文学营创作奖得奖作品展——好或者坏，都是我们的人生》，《印刻文学生活志》2004 年第 12 期。

彭婉蕙：《消逝、重塑、转换——论朱天心的城市书写》，《中极学刊》2004 年第 12 期。

胡衍南：《论"外省第二代"作家的父亲（家族）书写》，《清华中文学林》2005 年第 4 期。

陈建忠：《历史创伤、精神危机、自我救赎/放逐：论朱天心与王安忆的都市书写》，《清华中文学林》2005 年第 4 期。

张琬贻：《迷走我城，八方洪荒——试析朱天心〈古都〉里女性与鬼魅的声音》，《清华中文学林》2005 年第 4 期。

张瑞芬：《国族·家族·女性——陈玉慧、施叔青、钟文音近期文本中的国族/家族寓意》，《逢甲人文社会学报》2005年第6期。

范铭如：《逃离与依违——〈何日君再来〉的空间、饮食与文化身分》，《当代》2005年第7期。

黄锦树：《抒情传统与现代性：传统之发明，或创造性的转化》，《中外文学》2005年第7期。

杨佳娴：《离/返乡旅行：以李渝、朱天文、朱天心和骆以军描写台北的小说为例》，《中外文学》2005年第7期。

谢春馨：《你我她（他）还是谁谁谁？——评朱天心〈想我眷村的兄弟们〉》，《台湾文学评论》2005年第10期。

赵英宝：《双城记——解读两位女小说家、解构两座后殖民都市》，《中山女高学报》2005年第12期。

陈皇旭：《战后台湾外省小说家文本中的"文化身分"问题》，《中极学刊》2005年第12期。

刘亮雅：《文化翻译：后现代、后殖民与解严以来的台湾文学》，《中外文学》2006年第3期。

邱贵芬：《"在地性"的生成：从台湾现代派小说谈"根"与"路径"的辩证》，《中外文学》2006年第3期。

刘亮雅：《文化翻译：后现代、后殖民与解严以来的台湾文学》，《中外文学》2006年第3期。

朱天心：《台北·东京作家交流特集——日本/台湾不在东亚？》，《印刻文学生活志》2006年第4期。

陈翠英：《桃源的失落与重构——朱天心〈古都〉的叙事特质与多重义旨》，《台大中文学报》2006年第6期。

黄慧凤：《"族"——意识形态之结合与政治利益的竞技场》，《问学集》2006年第6期。

顾敏耀：《猫儿的美丽与哀愁——评朱天心〈猎人们〉》，《文讯》2006年第7期。

邱彦彬：《恒常与无常：论朱天心〈古都〉中的空间、身体与政治经济学》，《中外文学》2006年第9期。

刘希珍:《试探〈世纪末的华丽〉的断裂书写》,《思辨集》2006年第10期。

苏伟贞:《自夸与自鄙——张爱玲的书信演出》,《印刻文学生活志》2006年第11期。

钟文音:《既旁观又介入者的临终之眼——评苏伟贞〈时光队伍〉》,《文讯》2006年第11期。

张瑞芬:《现代主义与六〇年代的台湾女性散文》,《逢甲人文社会学报》2006年第12期。

许慧芳:《幸存者的微光意识与终极关怀——解读苏伟贞的〈时光队伍〉》,《华医社会人文学报》2006年第12期。

沈乃慧:《岛屿的忧郁梦境——评析平路的后现代台湾意象》,《花大中文学报》2006年第12期。

朱伟诚:《国族寓言霸权下的同志国:当代台湾文学中的同性恋与国家》,《中外文学》2007年第3期。

赵庆华:《相聚、离开、沉默、流浪——阅读苏伟贞"眷村四部曲"》,《台湾文学研究》2007年第4期。

庄裕安:《乃敢与君绝——推荐苏伟贞〈时光队伍〉》,《文讯》2007年第9期。

钟文音:《凡写出即已是虚构——评袁琼琼〈暧昧情书〉》,《文讯》2007年第11期。

苏伟贞:《真情与假货——读严歌苓〈赴宴者〉及其他》,《文讯》2007年第11期。

黄文成:《感官的魅惑与权力的重塑——台湾九〇年代女性嗅觉小说书写探析》,《文学新钥》2007年第12期。

张诵圣:《台湾现代主义文学潮流的崛起》,《台湾文学学报》2007年第12期。

唐瑞霞:《〈海神家族〉之主体论》,《大叶大学通识教育学报》2008年第2期。

陈春燕:《全球情境,荒人观点》,《中外文学》2008年第3期。

蒋慧仙采访:《朱天文——降生土星的巫人》,《诚品好读月报》

2008 年第 4 期。

张瑞芬：《方舟上的独白——评朱天文〈巫言〉》，《文讯》2008 年第 4 期。

苏伟贞：《上海·1947·张爱玲电影缘起——兼谈〈不了情〉、〈太太万岁〉剧本的人生参照》，《中外文学》2008 年第 6 期。

朱天心：《那年，我们一起站出来》，《印刻文学生活志》2008 年第 7 期。

谭玉芝：《名作家朱天心与女儿盟盟》，《小作家月刊》2008 年第 7 期。

吴翔逸：《从"聆听"岁月到"瞻仰"岁月——试论苏伟贞散文风格的视角与小说的对位呈显》，《文学前瞻》2008 年第 8 期。

李奭学：《散文易写难工——评平路〈浪漫不浪漫〉》，《文讯》2008 年第 8 期。

黄锦树：《巫言乱语——关于两部长篇小说的评注》，《台湾文学研究学报》2008 年第 10 期。

苏伟贞：《鸦片床与诊疗椅：张爱玲〈金锁记〉、欧文·亚隆〈诊疗椅上的谎言〉心理治疗图示》，《东吴中文学报》2008 年第 11 期。

蔡林缙：《给时间以"巫魔"——论朱天文〈巫时〉与苏伟贞〈魔术时刻〉的"时间概念"》，《中国现代文学》2008 年第 12 期。

沈素因：《论袁琼琼小说〈疯〉——以女性主义为观察视角》，《立德学报》2008 年第 12 期。

廖淑芳：《通过鬼魅与自我相遇——论平路〈微雨魂魄〉中的公寓身体及其鬼魅叙事的"文类"特质》，《文学新钥》2008 年第 12 期。

吴忻怡：《成为认同参照的"他者"：朱天心及其相关研究的社会学考察》，《台湾社会学刊》2008 年第 12 期。

黄宗洁：《朱天心小说中的死亡书写》，《东华人文学报》2009 年第 1 期。

卢诗青、陈明珠：《炫丽苍凉的主体性观看——论朱天文〈世纪末的华丽〉中米亚的身体意识》,《树德科技大学学报》2009年第1期。

张汝芳:《眷村文学中的女性书写——以袁琼琼〈沧桑〉为例》,《中国语文》2009年第3期。

欧俞君:《爱情,沉重——谈苏伟贞小说中女子的执着与压抑》,《丰商学报》2009年第6期。

苏伟贞:《为何憎恨女人?:〈台北人〉之尹雪艳案例》,《台湾文学学报》2009年第6期。

柯品文:《官能书写对欲望的重构与拆解:以朱天文〈世纪末的华丽〉和徐四金〈香水〉为论述文本》,《人文暨社会科学期刊》2009年第6期。

刘雪真:《形式之寓意——论朱天心〈古都〉的叙事策略》,《东海中文学报》2009年第7期。

蔡振念:《论朱天心族群身份/认同的转折》,《成大中文学报》2009年第7期。

刘向仁:《一场华丽的地景阅读——朱天心〈古都〉中的台北漫游》,《国文新天地》2009年第10期。

苏伟贞:《生成一书信:张爱玲的创作—演出》,《东吴中文学报》2009年第11期。

钟正道:《论朱天文小说的电影感》,《东吴中文学报》2009年第11期。

张瑞芬:《心叶田田——评朱天心〈初夏荷花时期的爱情〉》,《文讯》2010年第2期。

苏伟贞:《(新)女性的出走与回归——以八、九〇年代〈联合报〉小说奖为主兼论媒体效应》,《台湾文学研究学报》2010年第4期。

蒋兴立:《蜉蝣之城——朱天文与施叔青小说中的台北时尚书写》,《国文学报》2010年第6期。

庄家玮:《朱天文〈荒人手记〉中的伤悼叙事与爱欲历程》,《东方人文学志》2010年第6期。

张瑞芬：《南都一望——评介苏伟贞〈租书店的女儿〉》，《文讯》2010 年第 6 期。

林韵文：《慕尼黑的蓝光——陈玉慧的存在旅程与心灵的返乡》，《中国现代文学》2010 年第 17 期。

李鸿琼：《在虚实间：论朱天心〈古都〉中的记忆与共群》，《文山评论：文学与文化》2011 年第 4 卷第 2 期。

杨乃女：《气味、历史与记忆：朱天心〈匈牙利之水〉中的嗅觉主体》，《中外文学》2011 年第 40 卷第 1 期。

黄宗洁：《物质肉身搭建的巫者之境——论朱天文〈巫言〉中的物件书写与主体认同》，《台北教育大学语文集刊》2011 年第 20 期。

吕奇芬：《后现代巫者的系谱与变貌：九〇后华文文学对萨满文化复兴的回应》，《中山人文学报》2011 年第 31 期。

吕奇芬：《后现代巫者的气味祭仪、萨满文化复兴及其身体实践——新探三部台湾当代小说》，《中外文学》2012 年第 41 卷第 2 期。

萧湘凤：《苏伟贞〈以上情节……〉之电影镜头内外书写》，《台北大学中文学报》2012 年第 12 期。

刘慧珠：《"中年之爱"的叙事演绎朱天心〈初夏荷花时期的爱情〉析论》，《修平人文社会学报》2012 年第 18 期。

王钰婷：《旅行的意义：苏伟贞散文与小说参照性阅读》，《台北教育大学语文集刊》2012 年第 22 期。

唐瑞霞、傅佩琍：《〈征婚启事〉两性关系研究》，《育达科大学报》2012 年第 30 期。

黄自鸿：《聚焦身体与小说空间：兼论台湾都市文学的衰弱身体》，《东华人文学报》2013 年第 23 期。

赵岚音：《家、两性关系与身份认同——陈玉慧的小说〈海神家族〉》，《人文社会科学研究》2013 年第 7 卷第 4 期。

李欣伦：《在路上，我写作——从陈玉慧日记体散文与小说的互文探索女作家的自我凝视与写作辩证》，《东海中文学报》2014 年第 27 期。

徐祯苓:《试论陈玉慧〈CHINA〉的帝国想象与文化辩证——从器物谈起》,《长庚人文社会学报》2014 年第 7 卷第 1 期。

杨若萍:《论朱天文小说的通俗性选择——以〈叙前尘〉为主的探讨》,《中华科技大学学报》2014 年第 58 期。

四 硕博论文要目

(一) 大陆

杨明:《1949 大陆迁台作家的怀乡书写》,博士学位论文,四川大学,2007 年。

王云芳:《迁徙流变中的文化传统:境外鲁籍作家创作研究》,博士学位论文,山东大学,2008 年。

张向辉:《守望·逃离·追寻——王安忆朱氏姐妹创作之比较》,博士学位论文,苏州大学,2009 年。

司方维:《身份想象与认同解构——台湾外省第二代女作家研究》,博士学位论文,苏州大学,2011 年。

潘华虹:《朱天心小说研究》,硕士学位论文,中国社会科学院,2003 年。

陈蔚:《朱天文小说论》,硕士学位论文,南京大学,2003 年。

刘思宁:《新世纪的溯源之旅——论郝誉翔、骆以军创作中的身世书写》,硕士学位论文,苏州大学,2007 年。

邱巧如:《论台湾作家骆以军的后现代主义写作》,硕士学位论文,福建师范大学,2007 年。

谢晨燕:《万象之都的魔幻游戏:朱天文、朱天心创作之"互文性"研究》,硕士学位论文,福建师范大学,2007 年。

肖宝凤:《漫游者的权力:朱天心小说研究》,硕士学位论文,汕头大学,2007 年。

徐志翔:《时空坐标系的漫游者——朱天心小说研究》,硕士学位论文，郑州大学，2007年。

许正：《解严后眷村小说书写策略研究》，硕士学位论文，福建师范大学，2008年。

盖冕：《身份的焦虑与认同的书写——王安忆和朱天心的小说综论（1990— ）》，硕士学位论文，华东师范大学，2008年。

王卉卉：《无法超越的精神藩篱——论朱天文小说中的人物生存困境》，硕士学位论文，华侨大学，2009年。

于加彩：《梦里花落知多少——朱西宁小说中的原乡书写》，硕士学位论文，福建师范大学，2009年。

朱云霞：《从〈海神家族〉看台湾家族小说的女性视角》，硕士学位论文，厦门大学，2009年。

李孟舜：《局内的局外人——眷村文学的双重离散经验与文化身份认同》，硕士学位论文，郑州大学，2009年。

杨威威：《朱天文中短篇小说中的身份认同问题》，硕士学位论文，北京语言大学，2009年。

李健：《苏伟贞小说的时空意识》，硕士学位论文，苏州大学，2010年。

苑婷：《白先勇小说中的外省人意识——以〈台北人〉为例》，硕士学位论文，新疆师范大学，2010年。

李丹舟：《台北无故事——论朱天文小说的城市记忆与想象》，硕士学位论文，暨南大学，2010年。

吴燕君：《女性叙事与家国想象：苏伟贞小说研究》，硕士学位论文，福建师范大学，2011年。

陈玫静：《朱天文、朱天心：交相映照的小说世界》，硕士学位论文，复旦大学，2011年。

李莹莹：《论朱天文笔下的"时间"》，硕士学位论文，华东师范大学，2011年。

安镜伊：《从青春书写到世纪末观照——试论朱天文作品中"台湾经验"的文化内涵》，硕士学位论文，吉林大学，2011年。

王丽娟：《从〈台北人〉到〈纽约客〉：白先勇小说的"乡愁"叙

事》，硕士学位论文，吉林大学，2011年。

赵晓霞：《朱天文小说论》，硕士学位论文，山东师范大学，2011年。

康凤丽：《〈巫言〉的叙述丛林》，硕士学位论文，中央民族大学，2011年。

杨希：《卡桑德拉的预言——"张派"传人王安忆、朱天文、施叔青的世纪末书写》，硕士学位论文，哈尔滨师范大学，2011年。

柴扉：《外省第二代的文学版图——朱天心小说研究》，硕士学位论文，南京师范大学，2012年。

李芳：《论朱天文作品中"士"之情怀的原色与变异》，硕士学位论文，湖南师范大学，2012年。

张恩丽：《疏离与融入——台湾眷村小说研究》，硕士学位论文，郑州大学，2012年。

叶咏菁：《新世纪的文字炼金术士——论朱天文〈巫言〉的文学叙事影响与其人生观》，硕士学位论文，浙江大学，2012年。

王依善：《台湾外省第二代作家的记忆书写》，硕士学位论文，浙江大学，2012年。

范承刚：《台湾眷村小说成长主题研究》，硕士学位论文，暨南大学，2012年。

张琼：《论白先勇小说中的家族叙事》，硕士学位论文，华侨大学，2012年。

谢昕妤：《悲歌可以当泣　远望可以当归——当代台湾文学"老兵形象"研究》，硕士学位论文，广西民族大学，2012年。

童宁宁：《讲故事的人和他的故事迷宫——骆以军及其作品研究》，硕士学位论文，复旦大学，2012年。

陈晓：《文学与电影的联姻——以侯孝贤、朱天文合作为研究个案》，硕士学位论文，华东师范大学，2012年。

吉霁：《光复初期台湾文学重建和大陆赴台作家研究》，硕士学位论文，山东大学，2013年。

路培：《论多元文化语境下朱天文小说中的台湾书写》，硕士学位论文，湘潭大学，2013年。

张亚琳：《朱天文小说的叙事伦理》，硕士学位论文，山东师范大学，2013年。

阮承香：《记忆建构与自我认同——赴台第一代女作家怀旧散文研究》，硕士学位论文，福建师范大学，2013年。

俞巧珍：《当代大陆迁台女作家流寓经验书写研究》，硕士学位论文，广西民族大学，2013年。

肖奇：《1949年后台湾外省籍作家小说中的"台北人"研究》，硕士学位论文，南京大学，2013年。

李阳子：《乡关何处——朱天心小说中的认同困境》，硕士学位论文，中央民族大学，2013年。

张瑞：《白先勇小说异族形象研究》，硕士学位论文，暨南大学，2013年。

张舟：《朱天文的文学与电影创作关系研究》，硕士学位论文，上海外国语大学，2013年。

张蓉：《台湾眷村小说离散主题研究》，硕士学位论文，广西师范大学，2014年。

王超：《朱天文小说创作中的"语—图"关系研究》，硕士学位论文，山东大学，2014年。

邵敏：《都市文化视野下的朱天文小说研究》，硕士学位论文，安徽大学，2014年。

黄婷：《朱天文散文艺术特色研究》，硕士学位论文，暨南大学，2014年。

郭玲霞：《苏伟贞小说中的空间诗学》，硕士学位论文，福建师范大学，2014年。

于晓晴：《以巫之言，怜取当下——论朱天文〈巫言〉的叙述特色》，硕士学位论文，山东大学，2015年。

巴朝霞：《伟大的头脑是雌雄同体——苏伟贞小说女性理想人格的建构历程》，硕士学位论文，西南大学，2015年。

刘春苗：《朱天文电影文学创作研究》，硕士学位论文，华侨大学，

2015年。

陈晓倩：《〈荒人手记〉及其英译本中同性恋话语评价资源的比较研究》，硕士学位论文，安徽大学，2015年。

黄艺旬：《新狎邪与士传统——朱天文小说研究》，硕士学位论文，广西民族大学，2015年。

植蓝演：《论胡兰成影响下的朱天文》，硕士学位论文，广东技术师范学院，2015年。

唐培培：《论朱天文小说的阴性美学建构》，硕士学位论文，曲阜师范大学，2015年。

（二）台湾

张志维：《阅读符号之身：〈S/Z〉与〈荒人手记〉的体象/文象/性象》，博士学位论文，台湾大学，2000年。

庄宜文：《张爱玲的文学投影——台、港、沪三地张派小说研究》，博士学位论文，东吴大学，2001年。

李宜芳：《台湾当代施家朱家姐妹九〇年代小说创作风貌》，博士学位论文，佛光大学，2007年。

侯如绮：《台湾外省小说家的离散与叙述（1950—1987）》，博士学位论文，东海大学，2008年。

罗夏美：《虚妄之花——朱天文小说的后现代主义叙事策略》，博士学位论文，成功大学，2009年。

刘叔慧：《华丽的修行——朱天文的文学实践》，硕士学位论文，淡江大学，1995年。

蔡淑华：《眷村小说研究——以外省第二代作家为对象》，硕士学位论文，政治大学，1996年。

廖美珍：《现代才女的旧魂新面貌——论苏伟贞的小说》，硕士学位论文，淡江大学，1996年。

唐毓丽：《平路小说研究》，硕士学位论文，南华大学，1999年。

周淑嫔：《苏伟贞小说研究——以女性观照与眷村题材为主》，硕士学位论文，台湾师范大学，2000年。

吴雅慧：《朱天心小说的时空坐标》，硕士学位论文，中兴大学，2000年。

施佳莹：《论苏伟贞小说与战后台湾文学史建构的关系》，硕士学位论文，政治大学，2000年。

徐正芬：《朱天文小说研究》，硕士学位论文，台湾师范大学，2001年。

曾燕瑀：《朱天心小说研究》，硕士学位论文，清华大学，2001年。

谢倩如：《朱天心小说研究》，硕士学位论文，高雄师范大学，2002年。

邱玫玲：《以自我记忆建构他者历史——朱天心小说的书写网络》，硕士学位论文，彰化师范大学，2002年。

刘纹豪：《国族认同的失落与争辩——朱天心小说研究（1977—2000）》，硕士学位论文，淡江大学，2002年。

郭淑文：《袁琼琼小说研究》，硕士学位论文，彰化师范大学，2002年。

蔡淑芬：《解严前后台湾女性作家的呐喊和救赎——以郭良蕙、聂华苓、李昂、平路作品为例》，硕士学位论文，成功大学，2002年。

王钰婷：《身体、性别、政治与历史——以〈行道天涯〉和〈自传の小说〉为考察对象》，硕士学位论文，成功大学，2003年。

庄惠雯：《外省作家第一代与第二代族群认同比较研究——以朱西宁、朱天文、朱天心为例》，硕士学位论文，静宜大学，2003年。

陈培文：《朱天心的生命风景与时代课题》，硕士学位论文，成功大学，2003年。

沈芳序：《三三文学集团研究》，硕士学位论文，静宜大学，2004年。

孙洁茹：《游移/犹疑？——朱天文、朱天心及其作品中的认同与政治》，硕士学位论文，成功大学，2004年。

林荣昌：《航向色情乌托邦——论苏伟贞〈沉默之岛〉与朱天文

〈荒人手记〉的情欲书写》，硕士学位论文，台南大学，2004年。
吴淑芳：《文学想象与历史的再建构——平路小说研究》，硕士学位论文，中兴大学，2004年。
余嘉雯：《袁琼琼小说的女性主题研究》，硕士学位论文，高雄师范大学，2005年。
吴培毓：《平路小说研究（1983—2006）》，硕士学位论文，台湾师范大学，2005年。
吕金霓：《解严之后朱天文的小说创作倾向研究——以〈世纪末的华丽〉、〈荒人手记〉为探讨对象》，硕士学位论文，东吴大学，2005年。
陈慧贞：《朱天心小说的题材研究——以成长为线索的考察》，硕士学位论文，台湾师范大学，2005年。
林秀兰：《论李昂、平路与朱天心的记忆书写》，硕士学位论文，台北教育大学，2006年。
程慈敏：《袁琼琼小说女性书写之研究》，硕士学位论文，台中教育大学，2006年。
罗郁玫：《如何叛逃张爱玲——朱天文与胡兰成的文学关系》，硕士学位论文，政治大学，2006年。
邓美华：《平路小说对人生困境的省思——从自身经验出发》，硕士学位论文，台湾师范大学，2006年。
蔡晓婷：《潜海人底，探骊得珠——朱天文及其长篇小说〈荒人手记〉研究》，硕士学位论文，高雄师范大学，2007年。
蔡美玲：《朱天心小说女性形象之研究》，硕士学位论文，新竹教育大学，2007年。
苏睿琪：《眷村图象·追忆·认同——朱天心90年代小说篇章意象研究》，硕士学位论文，成功大学，2007年。
吴昆展：《论外省第二代作家的（台湾）历史书写与后现代技法——以张大春、林燿德与朱天心的小说为探讨对象》，硕士学位论文，中兴大学，2007年。
曾佳婕：《漫游、感知与记忆：论维吉妮亚·吴尔夫〈流连街头〉

与朱天心〈匈牙利之水〉及〈古都〉》，硕士学位论文，交通大学，2007年。

樊蕙蓉：《张爱玲〈金锁记〉与苏伟贞〈沉默之岛〉的人物心理及女性意识》，硕士学位论文，高雄师范大学，2007年。

曹雅萍：《袁琼琼小说人物形象研究》，硕士学位论文，台北市立教育大学，2007年。

李素祯：《袁琼琼小说中两性关系研究》，硕士学位论文，屏东教育大学，2008年。

吴春娥：《袁琼琼小说艺术研究》，硕士学位论文，中正大学，2008年。

郭蔚真：《平路小说女性书写之研究》，硕士学位论文，云林科技大学，2008年。

谢采纹：《朱天文、朱天心小说分期及主题探究》，硕士学位论文，台湾师范大学，2008年。

张淑惠：《苏伟贞小说研究》，硕士学位论文，逢甲大学，2008年。

许婷雅：《女性与迁移——苏伟贞小说的家园书写》，硕士学位论文，成功大学，2009年。

韩莉红：《苏伟贞小说的爱情书写研究》，硕士学位论文，彰化师范大学，2009年。

柯雅文：《眷村文学之认同困境与乡愁意识——以苏伟贞与张启疆作品为主》，硕士学位论文，静宜大学，2009年。

王韵涵：《小说中的空间研究——以苏伟贞的作品为例》，硕士学位论文，台北教育大学，2009年。

翁俪玲：《袁琼琼及其小说研究》，硕士学位论文，高雄师范大学，2009年。

葛正仪：《朱天文〈巫言〉之研究》，硕士学位论文，台南大学，2009年。

卓佳燕：《写实、惊悚、信仰——袁琼琼的死亡书写》，硕士学位论文，中央大学，2009年。

李芳璇：《平路女性书写之研究》，硕士学位论文，政治大学，

2009年。

张硕芳：《离题与细节——论朱天文〈巫言〉的巫者美学》，硕士学位论文，东海大学，2009年。

郑翰琳：《旅行的女人——以钟文音、陈玉慧、黄宝莲的旅行书写为观察对象》，硕士学位论文，中兴大学，2009年。

彭春：《台湾张派女作家小说的服饰书写》，硕士学位论文，屏东教育大学，2010年。

范慧敏：《"视看—知觉—生活世界"：论〈行道天涯〉、〈沉默之岛〉、〈荒人手记〉中的身体图式》，硕士学位论文，成功大学，2011年。

陈佩瑜：《论朱天文〈巫言〉启示录》，硕士学位论文，成功大学，2012年。

刘姿麟：《解严后十年（1987—1997）女作家的都市书写——以朱天文、朱天心、成英姝为例》，硕士学位论文，元智大学，2012年。

陈依卿：《从〈海神家族〉与〈睡眠的航线〉论信仰于战乱时代之必要性与关怀意义》，硕士学位论文，中兴大学，2014年。

（此部分为台湾外省第二代女作家的研究资料要目，对相关学术专著、单篇论文、硕博学位论文等，做了尽可能完整的梳理。史料浩繁，或仍有遗珠之憾，但能为后续研究提供资料上的帮助。）

主要参考文献

［英］特雷·伊格尔顿：《二十世纪西方文学理论》，伍晓明译，陕西师范大学出版社 1986 年版。

［美］赫伯特·马尔库塞：《爱欲与文明》，黄勇、薛民译，上海译文出版社 1987 年版。

［美］露丝·本尼迪克特：《文化模式》，王炜等译，生活·读书·新知三联书店 1988 年版。

［德］瓦尔特·本雅明：《发达资本主义时代的抒情诗人》，张旭东、魏文生译，生活·读书·新知三联书店 1989 年版。

［美］赫伯特·马尔库塞：《单向度的人》，张峰译，重庆出版社 1998 年版。

［法］西蒙娜·德·波伏娃：《第二性》，陶铁柱译，中国书籍出版社 1998 年版。

［英］安东尼·吉登斯：《现代性与自我认同：现代晚期的自我与社会》，赵旭东、方文译，生活·读书·新知三联书店 1998 年版。

［美］爱德华·W. 萨义德《东方学》，王宇根译，生活·读书·新知三联书店 1999 年版。

［法］让·波德里亚：《消费社会》，刘成富、全志钢译，南京大学出版社 2000 年版。

［英］弗吉尼亚·伍尔芙：《伍尔芙随笔全集》，石云龙等译，中国社会科学出版社 2001 年版。

［美］爱德华·W. 萨义德：《知识分子论》，单德兴译，生活·读

书·新知三联书店 2002 年版。

[法] 莫里斯·哈布瓦赫:《论集体记忆》,毕然、郭金华译,上海人民出版社 2002 年版。

[法] 蒂菲纳·萨莫瓦约:《互文性研究》,邵炜译,天津人民出版社 2003 年版。

[美] 阿里夫·德里克:《跨国资本时代的后殖民批评》,王宁等译,北京大学出版社 2004 年版。

[美] 本尼迪克特·安德森:《想象的共同体:民族主义的起源与散布》,吴叡人译,上海人民出版社 2005 年版。

[英] 迈克·克朗:《文化地理学》,杨淑华、宋慧敏译,南京大学出版社 2005 年版。

[美] 张英进:《中国现代文学与电影中的城市:空间、时间与性别构形》,秦立彦译,江苏人民出版社 2007 年版。

[法] 加斯东·巴什拉:《空间的诗学》,张逸婧译,上海译文出版社 2009 年版。

[意] 伊塔洛·卡尔维诺:《新千年文学备忘录》,黄灿然译,译林出版社 2009 年版。

张京媛主编:《当代女性主义文学批评》,北京大学出版社 1992 年版。

张京媛主编:《新历史主义与文学批评》,北京大学出版社 1993 年版。

吕同六主编:《20 世纪世界小说理论经典》,华夏出版社 1995 年版。

罗钢、刘象愚主编:《后殖民主义文化理论》,中国社会科学出版社 1999 年版。

张京媛主编:《后殖民理论与文化批评》,北京大学出版社 1999 年版。

罗钢、王中忱主编:《消费文化读本》,中国社会科学出版社 2003 年版。

赵一凡、张中载、李德恩主编:《西方文论关键词》,外语教学与研究出版社 2006 年版。

孟悦、罗钢主编：《物质文化读本》，北京大学出版社 2008 年版。

汪民安、陈永国、马海良主编：《城市文化读本》，北京大学出版社 2008 年版。

周宪主编：《文学与认同：跨学科的反思》，中华书局 2008 年版。

古继堂：《台湾小说发展史》，春风文艺出版社 1989 年版。

刘登翰、庄明萱、黄重添、林承璜主编：《台湾文学史》（上卷），海峡文艺出版社 1991 年版。

刘登翰、庄明萱、黄重添、林承璜主编：《台湾文学史》（下卷），海峡文艺出版社 1993 年版。

王德威：《阅读当代小说——台湾·大陆·香港·海外》，台北：远流出版事业股份有限公司 1991 年版。

郑明娳总主编：《当代台湾文学评论大系》，台北：正中书局 1993 年版。

吕正惠：《战后台湾文学经验》，台北：新地文学出版社 1992 年版。

杨匡汉主编：《中国文化中的台湾文学》，长江文艺出版社 2002 年版。

古继堂主编：《简明台湾文学史》，时事出版社 2002 年版。

杨照：《文学、社会与历史想象：战后台湾文学史散论》，台北：联合文学出版社 1995 年版。

游胜冠：《台湾文学本土论的兴起与发展》，台北：前卫出版社 1996 年版。

王德威：《想像中国的方法》，生活·读书·新知三联书店 1998 年版。

朱双一：《近 20 年台湾文学流脉："战后新世代"文学论》，厦门大学出版社 1999 年版，

曹惠民主编：《台港澳文学教程》，汉语大词典出版社 2000 年版。

周发祥：《西方文论与中国文学》，江苏教育出版社 2000 年版。

吕正惠、赵遐秋主编：《台湾新文学思潮史纲》，昆仑出版社 2001 年版。

张诵圣：《文学场域的变迁》，台北：联合文学出版社2001年版。
孟樊：《后现代的认同政治》，台北：扬智文化事业股份有限公司2001年版。
朱光潜：《西方美学史》，人民文学出版社2002年版。
范铭如：《众里寻她——台湾女性小说纵论》，台北：麦田出版股份有限公司2002年版。
胡兰成：《中国文学史话》，上海社会科学院出版社2003年版。
梅家玲：《性别，还是家国：五〇与八、九〇年代台湾小说论》，台北：麦田出版股份有限公司2004年版。
王德威：《落地的麦子不死：张爱玲与"张派"传人》，山东画报出版社2004年版。
方忠：《20世纪台湾文学史论》，百花洲文艺出版社2004年版。
刘小枫：《沉重的肉身：现代性伦理的叙事维语》，华夏出版社2004年版。
曹惠民：《他者的声音》，江苏人民出版社2005年版。
刘俊：《跨界整合：世界华文文学综论》，新星出版社2005年版。
樊洛平：《当代台湾女性小说史论》，河南人民出版社2005年版。
秦风编著：《岁月台湾：1900—2000》，广西师范大学出版社2005年版。
陆卓宁主编：《20世纪台湾文学史略》，民族出版社2006年版。
陈大为、钟怡雯主编：《20世纪台湾文学专题Ⅱ：创作类型与主题》，台北：万卷楼图书股份有限公司2006年版，
朱双一、张羽：《海峡两岸新文学思潮的渊源和比较》，厦门大学出版社2006年版。
王德威：《当代小说二十家》，生活·读书·新知三联书店2006年版。
陈国伟：《想象台湾：当代小说中的族群书写》，台北：五南图书出版股份有限公司2007年版。
周芬伶：《圣与魔——战后小说的心灵图像1945—2006》，台北：INK印刻出版有限公司2007年版。

陈建忠、应凤凰、邱贵芬、张诵圣、刘亮雅合著：《台湾小说史论》，台北：麦田出版股份有限公司2007年版。
王德威：《后遗民写作》，台北：麦田出版股份有限公司2007年版。
刘登翰：《华文文学　跨域的建构》，福建人民出版社2007年版。
朱立立：《身份认同与华文文学研究》，上海三联书店2008年版。
朱双一：《台湾文学与中华地域文化》，鹭江出版社2008年版。
卓慧臻：《从传说到巫言：朱天文的小说世界与台湾文化》，中国旅游出版社2009年版。
朱双一：《百年台湾文学的散点透视》，台北：海峡学术出版社2009年版。
赵稀方：《后殖民理论》，北京大学出版社2009年版。
廖信忠：《我们台湾这些年》，重庆出版社2009年版。
曹惠民：《出走的夏娃——一位大陆学人的台湾文学观》，台北：秀威资讯科技股份有限公司2010年版。
张嫱主编：《宝岛眷村》，中国人民大学出版社2010年版。
朱双一：《台湾文学创作思潮简史》，九州出版社2010年版。

（单篇论文见文中引述，此处不再列出）

后　记

　　本书是在博士论文的基础上修改而成的。毕业这些年，虽然有出版的计划，但因为各种各样的原因，一直耽搁至今。其间吕正惠、樊洛平两位老师也曾热情联络出版事宜，辜负两位老师的好意实在抱歉，在此向两位老师再次表示感谢。

　　出版在即，恳请我的博士导师曹惠民教授赐序，老师欣然应允。老师身体微恙正在休养中，却洋洋洒洒写了四千字的长序，一字一句道尽师生缘分。老师不仅赐序，大到题名小至字句都一一仔细看过，提出修改的建议。有师若此，何止幸运。老师的赞誉，实在愧不敢当，唯有当作前行路上的鼓励，希望能够不负厚望，不负师恩。

　　一路走来，遇到了太多良师益友。单言博论写作，范培松教授、方汉文教授、王尧教授、季进教授等老师都在论文开题及写作过程中不吝指导，师兄师姐们慷慨借书，好友们言笑晏晏谈文也逛街。不能不提的，是还得到了中华发展基金会的资助赴台两个月，有赖台北教育大学语文与创作学系的多方照顾，收集到若干资料，并有幸受教于廖玉蕙老师、林于弘老师、吕正惠老师与陈信元老师，得到晓菁、力文、东霖和其他同学们的热心帮助。因为廖老师的举荐，苏伟贞老师、朱天心老师、袁琼琼老师与平路老师接受了我的访谈，谢谢她们的包容与支持，为我的研究提供了珍贵的第一手资料。

　　这些年一直跟着吴俊老师与曹惠民老师做史料工作，也算有点心得。史料收集工作很烦琐很辛苦，但却非常重要。趁这次出版之机，也将台湾外省第二代女作家的研究资料再次做了整理，其中包括一部分台湾地区的资料，一并收集在内，附于文后。史料收集不敢言全，但能为后续研究提供一些资料上的帮助。

这两年花了比较多的时间陪伴儿子，新生命的成长总是充满喜悦。谢谢这个还懵懵懂懂的小家伙，他是我继续努力的动力。谢谢我的家人，谢谢他们始终如一的陪伴与支持。

最后，谢谢中国社会科学出版社的慈明亮编辑，认真负责又有耐心，高效细致地完成出版的每一个环节，付出了辛苦的劳动。

2016 年 10 月 29 日